토끼를 기르기전에 알아두어야 할 것들

박형서 소설집
토끼를 기르기 전에 알아두어야 할 것들

초판 발행_2003년 12월 22일
2쇄 발행_2006년 12월 29일

지은이_박형서
펴낸이_채호기
펴낸곳_ ㈜문학과지성사
등록번호_제10-918호(1993. 12. 16)

주소_서울 마포구 서교동 395-2(121-840)
편집_전화 338)7224~5 팩스 323)4180
영업_전화 338)7222~3 팩스 338)7221
홈페이지_www.moonji.com

ⓒ 박형서, 2003. Printed in Seoul, Korea

ISBN 89-320-1467-1

  지은이는 2003년 한국문화예술진흥원이 지원한 문예진흥기금을 수혜받았습니다.

토끼를 기르기전에 알아두어야 할 것들

박형서 소설집

문학과지성사
2003

차 례

토끼를 기르기 전에 알아두어야 할 것들

아내, 하루 종일 울다

마당에서 돌아온 아내는 하루 종일 울면서 지냈다. 이따금 이봐, 이제 됐으니 그만 하도록 해, 라고 편잔을 줄라치면 아내는 눈물이 잔뜩 묻은 무서운 눈으로 나를 노려보았다.

"당신은 토끼를 사랑하지 않았어요. 진작에 다 알고 있었다고요. 오줌도 똥도 나만 치웠잖아요." 아내가 말했다.

"적잖이 치웠다고 생각하고 있어." 나도 지지 않고 말했다. "당신만 치운 것은 아니라는 얘기야."

"어련하시겠어요." 아내는 그렇게 비웃고는 향을 챙겨 다시 마당으로 나갔다. 거실의 창문으로 아내가 불쌍한 토끼 부부를 위해 향을 피우고, 두 손을 모아 합장하며 명복을 비는 것이 보였다. 토끼를 사랑하지 않는다는 아내의 말에 대꾸하지 못한 것이 맘에 걸렸다. 나는 정말 그 가여운 토끼 부부를 사랑하지 않았을까. 분명한 건, 3주일 전 내가 그들을 처음 사올 때부터 측은하게 생각했다는 것이다. 주먹보다도 작은 녀석들은 표정부터 '아, 이렇게 작게 세상을 살아가야 한다면 차라리 태어나지 말아야 옳았어' 하고 고민하는 것처럼 보였다. 게다가 처음 이틀 동안은 먹이를 주어도 먹지 않았다.

"금세 죽어버릴 것이 틀림없어." 완전히 모든 것을 알고 있는 듯이 아내에게 말했다. "토끼는 생명력이 약하다고 『이상한 나라의 앨리스』에서 읽은 적이 있거든."

어느새 토끼 편이 된 아내는 버럭 화를 냈다. "토끼는 포유류 중에서 생명력이 가장 강하다고 『이솝 우화』에 나와 있어요. 『이상한 나라의 앨리스』에는 토끼가 잘 죽는다는 말 따위 없고요."

"『이솝 우화』도 마찬가지야." 나는 커피를 홀짝거리며 대꾸했다. "포유류니, 토끼니 따윈 없다고."

하지만 역시 토끼의 생명력이 그렇게 약하지는 않았다. 이틀이 지나자 먹이를 먹기 시작했는데, 그 기세가 얼마나 맹렬했던지 아내의 손가락까지 깨물어서 피를 냈다. 그 바람에 아내는 뒤로 넘어지면서 재떨이에 엉덩방아를 찧었다. 그리고는 뭐라고 음운 단위로 중얼거렸다.

아무튼 가련한 토끼 부부가 풍겨내는 알 수 없는 분위기의 영역 속에 우리 집이 포함되기 시작한 그날부터 아내와 내게는 야릇한 변화가 일어났다. 주로 아내에게 변화가 두드러졌는데, 생활의 많은 부분을 아내에게 의존하는 나로서는 그 변화에 휩쓸리지 않을 도리가 없었다. 아내는 토끼 모양 파이프를 억지로 내 담배 필터에 끼워놓았다. "그렇게 독한 연기를 뿜어내면 토끼가 견디질 못한다고요." 아내는 또 사과를 토끼 모양으로 깎아왔다. "토끼를 사랑하는 마음도 함께 드세요." 아내는 늙은 내게 장난꾸러기 바니가 그려져 있는 티셔츠를 입혔다. "당신이 얼마나 귀여워 보이는지 모를 거예요." 대부분의 것들은 참아낼 수 있는 사소한 것들이었지만, 문제는 식탁에 육류가 전혀 오르지 않는다는 것이었다.

"저 예쁜 빨간 눈들을 제발 좀 보라고요. 야만인처럼 초식 동물 앞에서 육식을 하다니." 견디자고 다짐했지만 단백질이 부족해 자꾸 다리가 후들거리는 것까지 견뎌낼 수는 없었다. "이렇게 풀만 먹다간 다리에 힘이 풀려 계단에서 구를지도 몰라" 하고 내가 말하자, 아내는 "코끼리도 코뿔소도 풀만 먹어요. 그거 알아요?" 하고 대꾸했다. 결국 동네의 조그만 식당에 홀로 숨어 게걸스럽게 고기를 먹어야 했다.

아내는 날씨가 좋은 날이면 토끼를 마당에 데리고 나가 풀을 뜯겼다. "우리 집에 잡초가 많아서 다행이에요. 토끼에겐 뷔페일 테니까."

그 뷔페 중에 어떤 것이 소화가 잘 안 되었던지 토끼가 죽어버린 것이다. 처음에는 잘 몰랐으나 아침에 화장실에 가려다가 보니 한 마리는 축 늘어진 채 눈만 끔벅거리고 있었고, 다른 한 마리는 세수를 하는 듯한 모습으로 비실대고 있었다. 당황해서 나도 모르게 눈을 끔벅거리며 세수까지 하고는 침실로 돌아와 아내에게 말했더니, 아내는 당장에 토끼를 병원으로 데리고 갔다. 그렇게 한 마리는 병원에 가는 도중에, 다른 한 마리는 주사를 맞고 집에 돌아와 죽었다. 3주일 만이었으니, 토끼의 생애는 짧아도 더럽게 짧았던 셈이다.

"끅, 했다고요." 무덤을 파는 내 뒤에서 아내가 말했다. "죽기 전에, 내가 쓰다듬어주니까 안심한 표정이었어요. 그러더니 끅, 하고 죽었어요."

"토끼는 끅, 하고 죽나 보군." 내가 대꾸했다. "그거 가여운데."

나는 구덩이에 토끼와 동전 몇 개, 쌀 한 줌을 넣은 상자를 넣고 흙을 덮었다. 그리고 밟아주기 위해 발을 들었더니 "밟지 말아요, 제발 밟지 말라고요, 엉엉" 하고 아내가 울기 시작했다. 나는 뭐라고 변명할 생각이었지만 잠자코 거실로 돌아왔다. 아내는 마당에 한참 동안 있었다.

아내, 나를 의심하다

거실로 돌아온 아내는 무언가 곰곰이 생각하는 듯했다. 그렇게 오랫동안 가만히 있더니 불쑥 고개를 들어 이쪽을 노려보았다. 멍하니 마주 보고 있다가는 "나는 아무 짓도 하지 않았어"라거나 "처음엔 그럴 생각이 아니었어" 혹은 "모든 것이 당신을 위해서야" 따위의 말을 지껄이게 될 것만 같았다.

"토끼 부부가 왜 죽었을까요?" 눈이 퉁퉁 부은 아내가 말했다. "3주일 동안이나 우리 집에 있었는데 이렇게 갑자기 죽어버리다니, 이상도 하지."

"죽는 건 언제나 갑자기야. 100년을 앓던 늙은이도 어느 날 갑자기 죽어버리지." 내가 대꾸했다. "게다가 마당에 있는 풀 때문에 죽은 거라고 당신도 말했잖아."

"토끼가 못 먹는 풀을 먹었다는 건가요?" 아내가 다시 말했다. "글쎄, 그럴 수도 있겠죠. 당신이 못 먹는 풀을 먹였을 수도 있고요."

"토끼 밥 주는 건 당신 몫이었어!" 허리를 꼿꼿이 세우고는 따졌다. "죽이고 싶었다면 식사 후 주둥이 닦아줄 때 목을 시계 방향으로 두 바퀴 비틀었을 거야!"

"하지만 토끼는 아침밥 먹기도 전에 죽었다고요." 아내가 말했다. "분명히, 뭔가를 잘못 먹어서 그런 거예요. 그것도 어제 저녁에."

"애초에 마당에 데리고 나간 게 잘못이었지. 닥치는 대로 먹었잖아." 내가 말했다.

"토끼는 바보가 아니에요. 먹는 풀과 못 먹는 풀은 킁킁대는 코로 다 알아본다고요." 아내가 대꾸했다. 목소리에 힘이 없었는데, 그 나른한 목소리가 토끼의 비극에 힘을 실어주었다.

"정말 이상도 하지." 아내가 다시 중얼거렸다. "토끼만이 알 수 있는 것일까?"

"그럼 의사로 자수성가한 토끼를 찾아가보라고" 하고 내가 다시 빈정거렸다. 아내는 "그럴 필요는 없어요, 내가 찾아낼 테니까" 하고 대꾸했다. "나는 누가 뭐라 해도 토끼 부부를 사랑했으니까요. 당신이랑 달라요. 토끼와 나는 공통점이 있다고요. 당신은 모르겠지만."

30년을 부둥켜안고 살아온 아내에게서 들으면 분명 기분이 나빠질 그런 얘기가 30년을 부둥켜안고 살아온 아내의 입에서 나왔다. 게다가 토끼가 가련하다고 인정하더라도 우리 곁에 머물렀던 건 겨우 3주일이었다. 3주일 만에 그들 토끼 부부가 합심해 부린 무슨 마법에 걸려, 나는 어딘가 불쾌한 얼룩이 있을 때나 주목받는 초라한 걸레 신세로 전락한 것이다. 나는 기분이 몹시 나빠져 다시 커피를 마시려 주전자에 물을 담고 불을 댕겼다.

"당신은 토끼 부부에게 미안하지도 않은 거예요, 분명히." 아내가 다시 내 신경을 긁었다. 나는 홱, 돌아서서 "나도 미안하다고! 그 부부만이 아니라 온 세상 토끼들에게 모조리 미안해하고 있어. 애초에 우리 집에 데리고 온 것도 미안하고 마당에 무슨 독풀이 나 있는지 몰랐다는 사실에 대해서도 미안하다고. 그래도 분수에 안 맞게 토끼에게 뷔페를 먹이려다가 죽이는 당신보다 미안한 건 아니야!" 하고 소리쳤다. 아내는 나를 한참 동안 노려보다가 침실로 뛰어갔다. 입을 삐죽하면서 우는 그녀를 보니 내가 좀 못되게 군 것은 아닐까, 하는 생각이 들었다.

커피를 다 마시자 얼추 화가 풀린 나는 침실로 가 아내를 위로하기로 마음먹었다. 문은 잠겨 있지 않았다. 나는 흉가에 잠입한 탈옥수처럼 살금살금 들어가 침대에 앉았다. 화장대에 얼굴을 묻고 있던 아내는 내게 고개를 조금 돌렸는데, 바로 그 순간 마지막 눈물이 톡, 하고 떨어졌다.

아내는 손등으로 눈언저리를 한 번 쓱 문지른 뒤 화장대에서 일어나 내 곁에 앉았다.

"정말이지, 왜 죽었는지 알고 싶을 뿐이에요." 고개를 숙인 채 내 손가락을 조몰락거리며 아내가 말했다. "단지 알고 싶을 뿐이라고요, 엉엉."

아까보다 훨씬 기분이 풀어진 나는 아내의 등을 두드리며, 예전부터 당신이 알려고 했던 것은 전부 알아내고야 말았다는 둥, 그럴 때마다 나는 감탄을 했는데 알고 보니 당신에게는 그러한 능력이 천부적이었기에 더욱 놀랐다는 둥 입에 발린 말을 하며 위로했다. 그러자 조금 후 아내는 눈물을 닦고, 주먹을 불끈 쥐면서 말했다. "무언가 사연이 있을 거예요. 그걸 찾아낼 거라고요."

그 말을 듣자 어쩐지 불안해져서 심장이 뛰었다.

혹시나 했지만, 역시 아내는 마당에 나가서 모든 풀을 죄다 손톱 크기만큼 잘라왔다. 그리고는 희랍의 알파벳으로 번호를 붙이고, 식물도감을 꺼내들고, 현미경으로 자세히 관찰하면서 분류해 나갔다.

"여기 분명히 있을 거야" 하고 중얼거리며 부산하게 움직였지만, 한 시간이 지나고 두 시간이 지나고 결국 하루가 온통 지나가도 아내는 토끼를 죽인 못된 풀을 찾아내지 못했다. 집중하자고 중얼거리다가도 금세 멍하니 허공만 바라보다가는, 파뜩 놀란 듯이 방을 뛰쳐나가 토끼의 무덤 앞에 향을 피우며 정신을 추스르곤 했다. 아내에게는 먹고 싸는 일만 반복하던 토끼 부부의 부재가 상당한 정신적 공황을 가져온 듯했다.

나는 그런 아내를 멀뚱멀뚱 지켜보고 있을 수밖에 없었다. 저녁 식사 후 책상에 앉아 꾸벅꾸벅 졸다가 화들짝 깬 아내는 식물도감과 현미경과 손톱만 한 표본들에 의존하여 토끼의 사인(死因)을 규명하려던 짓을 그만두었다. "직접 먹어봐야겠어요."

모처럼 말문이 열린 아내와 대화 좀 나누려고 작정했던 나는 화가 났다. "먹겠다고? 토끼가 무얼 먹었는지 직접 먹어보시겠다, 이 말씀이군."

"그래요. 직접 먹어봐야겠어요. 궁금해서 견딜 수가 없어요. 게다가 난 인간이니까 풀 조금 먹고 죽지는 않을 거래요."

"그런 바보 같은 말을 누가 해줬지?"

"토끼 부부가 조금 전 꿈에 나타나 알려줬어요. 꼭 사실 같았으니 사실이라고 믿는 게 내 도리예요." 아내는 이렇게 말하고 마당으로 나갔다.

거실에서 보니, 아내는 정말로 민들레며 씀바귀며 토끼풀의 이파리를 조금씩 따서 입에 넣었다. 그리곤 오물오물 씹는 것이 정말 토끼 부부가 꿈에 나타나 가르쳐주지 않았더라면 흉내 내기 불가능할 정도로 토끼 같았다. 30년이나 같이 살아온 아내가 단 한 번의 뒤숭숭한 백일몽으로 인해 토끼로 변모해가는 것을 지켜보아야 하는 일이 나로서는 몹시 고통스러웠다. 그래서 커피를 마셨다.

아내는 밤 12시가 넘어 침대에 조용히 스며들어왔다. 그리고 비몽사몽간에 뒤척이는 내 귀에 대고 이렇게 속삭였다. "오늘은 실패했어요."

안락한 수면을 방해받은 나는 화가 나서, "토끼는 말을 하지 않아! 더군다나 토끼도 밤에는 잠을 잔다고!" 하고 고함을 질러주었다. 아내는 돌아누워 금세 잠이 들었다.

다음날도, 아내는 밖에 나가 이런저런 화초와 꽃나무 줄기를 갉았다. 전날 밤에 내가 한 말 때문에 화가 났는지, 아니면 내 의견이 맞다 생각했는지 조심스레 말을 걸어도 대꾸조차 하지 않았다. 그저 가만히 나를 바라보다가, 아차, 잊고 있었구나, 하는 듯이 이리저리 옮겨 다니며 담배풀을 한입 베어 먹고 다시 미나리를 훑었다. 나를 바라보던 눈이 토끼처럼 빨갛게 충혈된 것이 보였는데, 그 순간에 내가 품은 감정은 놀자고 졸라도 무뚝뚝하게 공부만 해대는 친구를 대할 때와 같은 일종의 못돼먹은 적개심이었다. 심술이 뻗친 나는 획 돌아서서, "토끼는 옷 따위 입지 않는다고!" 하고 내뱉고는 들어왔다. 들어오다 현관에서 바라본 아내는 무언가를 유심히 생각하고 있었다.

아내, 옷을 벗다

조금 후에 거실에서 내다보니, 아내는 홀라당 발가벗고는 역시 풀을 뜯고 있었다. 그 모습은 30년을 같이 살아온 내가 아니라면 필경 커다란 토끼로 생각할 정도로 토끼와 닮아 있었다. 그녀는 진화가 덜 되었던지 엉덩이 위쪽의 꼬리뼈가 남들보다 많이 남아 있었는데, 그것이 뭉툭한 토끼 꼬리처럼 보였다. 눈은 빨갛게 충혈되어서 '토끼눈'이 되어 있었고, 결혼하기 바로 전에 수술했지만 아직 흔적이 남아 있는 언청이 입술은 토끼처럼 방사형으로 오물대며 풀을 씹고 있었다. 그 모습을 보고 있자니 이대로 가다가는 아내를 잃고 어마어마한 덩치의 토끼나 한 마리 얻게 되는 게 아닐까, 하는 걱정이 들었다.

나는 슬리퍼를 신고 아내가 풀을 뜯는 마당으로 걸어 나갔다. 아내의 벗은 몸은 우아한 곡선을 이루고 있었으며 하얗게 빛났지만, 이상하게도 인간의 암컷다운 매력은 느껴지지 않았다. 이전에 토끼 부부가 좋아했던 풀들이 많이 자생하던 곳에는 동글동글한 아내의 똥이 있었다. 무슨 수단이 동원되었는지는 모르겠지만 정말로 토끼의 똥처럼 정확한 구 모양을 이루고 있었으며, 다만 일반적인 토끼의 그것보다 거대할 뿐이었다.

내가 가까이 가자 놀란 아내는 불편하게 접은 뒷발만으로 껑충껑충 뛰어 조그마한 수석(水石) 뒤에 숨었다. 그리고는 빨간 눈으로 나를 바라보았다. 온통 경계심이 가득한 눈이었다. 아내를 놀라게 했다는 미안함만 안고 거실로 돌아왔다. 아내의 탐색은 어디까지 진행되었는지, 그리고 의구심이 종결되면 다시 이전의 아내, 그러니까 두 발로 당당하게 걸으면서 육식을 하고, 옷도 제법 챙겨 입고, 잠자리에서는 어쩐지 토라진 척 새침을 떨며 나를 녹아내리게 하던 아내로 돌아갈 것인지를 묻고 싶었지만 일단은 마음이 상해 커피를 마셔야 했다.

아내는 밤이 되어도 침대로 돌아오지 않았다. 달빛마저 구름에 가려진 새벽, 무서워 두근대는 가슴을 안고 나가보니 아내는 창고 곁에 쪼그린 채 잠이 들어 있었다. 토끼처럼 자고 있었는데, 솔직히 말하자면 대단히 기묘한 모양이어서 흡사 요가를 하다가 잠이 든 것처럼 보였다. 뭐라도 덮어주어야 하지 않을까, 하고 생각했지만 그랬다가는 또 내게 화를 내며 경계를 하거나 혹은 도망쳐버릴 것이 분명하기에 한참 동안 구경만 했다.

결국 나는 아내를 그렇게 내버려둔 채 하릴없이 정원 주위를 몇 바퀴 돌았다. 슬리퍼 사이로 드러난 발등에 이슬이 묻었다. 아주 차가웠다.

도대체 아내는 어떻게 되는 것일까, 하고 생각했지만 굶어 죽거나 얼어 죽는 것만큼은 피해주었으면 하는 심정이었다.

아내, 계단에서 죽다

아내가 침실에서 주먹을 불끈 쥐며 원인 규명에의 의지를 다지던 때로부터 3일째 되는 날이었다. 나는 늘 하던 대로 아침 일찍 일어나 외로운 식탁에서 밥을 먹고는 커피를 마셨다. 커피 잔을 들고 거실에 가서 신문을 보고 있자니 현관에서 와당탕 하는 소리가 들렸다.

아내였다. 나를 보지 못한 것인지 아내는 토끼처럼 날렵하게 이층으로 뛰어 올라가고 있었다. 놀란 나는 "어……" 하고 신음을 했는데, 그 작은 소리를 들은 아내는 귀를 쫑긋, 하더니 다시 내게 뛰어왔다. 하지만 정말 토끼가 되었다고 믿고 있었던 모양인지 아내는 올라가는 것이 아니라 하필이면 아래쪽으로 내려와야 한다는 점에 무척 당황하여, 머리와 팔꿈치를 마구 부딪치며 굴러 떨어졌다.

나는 신문을 깨끗이 접어 탁자 밑 신문 보관함에 넣어두고는 아내에게 다가갔다. 아내는 거친 신음 소리를 내고 있었다. 가끔 울컥 하며 피를 토했는데, 왜 울컥 하는 걸까 하고 가슴을 보니 무섭게 멍이 들어 있었다. 아마도 계단 모서리에 다친 모양이었다. 아내는 내게 무슨 말인가 하려고 했던 것 같다. 이제 이 따위 일은 집어치워야겠어요, 라든지, 혹은 잘 알고 계셨겠지만 토끼는 원래 이렇게 놀아요, 라고 말이다. 아니면 토끼를 죽인 풀을 발견했다는 것인지도 모른다. 알 수 없는 일이다. 말을 하든지 아니면 글로 써야 비로소 두 지적 생명체 간에 의사소통이 가능해진다고 믿고 있는 나로서는 추측의 한계가 거기까지였다.

병원에 가야 한다는 생각에 서둘러 아내를 안고 밖으로 나왔다. 아내는 계속 울컥울컥 하면서 선홍색 피를 토했지만, 그 와중에도 손가락을 들어 마당 한구석을 가리켰다. 정말로 그 풀을 찾은 것일까 궁금했지만, "어디 나도 좀 봐" 하고 아내를 바닥에 내려놓았다가는 그야말로 무책임한 남편이 되어버린다. 그래서 그대로 병원이나 데리고 가려는데, 문을 열고 밖으로 나서는 순간 아내는 다시 손을 들려고 하다가 끅, 소리를 내며 죽었다.

나는 할 수 없이 창고에서 3단 냉장고를 포장했던 상자를 꺼내 아내를 담고, 집을 온통 뒤져 상자에 걸맞게 상당한 양의 동전과 쌀을 담았다. 그리고 반나절이나 땅을 판 다음에 묻었다. 명복을 빌고 있자니 어쩐지 아내에게 미안해져서 향을 한 상자 다 태웠다. 그리고 향마저 모두 타버리자 낙심한 나머지 가을바람에 시들어가는 정원에 불을 질렀다. 내가 지른 불은 금세 번져 정원을 홀랑 태워버리고, 아내가 추운 새벽녘 오들오들 떨며 기대어 잤던 창고까지 무너뜨렸다. 그리고 끝이었다. 불은 잠에서 깨어난 아이의 나른한 기지개처럼 조용한 몇 가닥의 연기를 토하고는 그 열기마저 차갑게 식어버렸다. 이제 내 집에는 조금의 풀이나 화초도 남아 있지 않다는 사실은, 풀이나 화초를 갉아먹을 아무런 존재도 남지 않았다는 사실을 떠올리게 만들었다. 그리고 다시 아내를 생각하게 만들었다.

아내는 그 풀을 발견한 것일까. 하지만 그 풀 때문에 죽은 것은 아닐 것이다. 아내가 믿는 대로, 꿈에서 나타난 토끼 부부가 그 풀 때문에 죽지는 않는다고 했으니까. 그럼 아내를 죽인 것은 계단이다. 계단의 어디에 부딪힌 것일까. 몹시 궁금해졌다.

이런 생각을 하다 보니 어느새 이층의 계단 가장자리에 서 있었다. 아내가 피를 토하던 저 아래가 손에 잡힐 듯 눈에 들어왔다. 아내는 여기서 "어" 하는 내 목소리를 들었다. 얼굴을 이렇게 돌려, 멍청하게 신문을 들고 있는 거실의 나를 바라보았다. 그리고 구른 것이다……

나는 고개를 젓고는 인간답게 천천히 걸어 내려왔다. 그리고 커피를 마셨다. 나도 모르게 아내의 입장에 서 있던, 조금 전의 그 위험한 상태가 아찔하게 느껴졌다. 세상 사람들이 서로서로 사랑하고, 그래서 좀더 잘 이해하기 위해 입장을 바꾸어가며 살아간다면 결국 인류는 3주일도 안 되어 멸종해버릴 것이다.

거실에서 검게 그슬린 마당을 바라보고 있자니 나도 모르게 아내를 묻은 자리에 시선이 머물렀다. 보드라운 흙이 봉긋이 솟아 있었다. 차마 내 발로 아내의 무덤을 밟을 수는 없었다. 이제 이 가을의 마지막 비가 내릴 것이다. 그때, 나는 아마도 다시 한 번 아내의 무덤에 흙을 높이 쌓아 올려야만 할 것이다.

나는 아내를 좋아했고, 아내는 토끼를 좋아했다. 이런 사실이, 마치 뫼비우스의 띠처럼 나를 끝없는 후회 속에 거닐게 만들었다. 하지만 아내는 이미 죽었고, 죽어서 묻혔으며, 죽어서 묻힌 아내를 뫼비우스의 띠입네, 하고 자꾸만 회상하는 것은 바람직한 행동이 아니었다. 나는 조금씩 냉정해지려고 노력했다. 그러자 조금 후에는 어느 정도 나를 합리화시킬 수 있었다.

1. 어느 날 토끼가 죽었다. 쉽게 생각하자면 마당의 풀을 먹고 죽은 것처럼 보이지만 아닐 수도 있다. 아내는 종일 거실에 앉아 신문을 읽고 화가 날 때면 커피나 마셔대는 남편보다는 무조건적인 토끼를 훨씬 더 사랑했고, 따라서 남편과의 생활을 약간은 희생하더라도 토끼가 죽은 정확한 원인을 알아내고 싶어했다. 자신의 실수 때문이었는지, 아니면 토끼의 부주의 때문이었는지를 알아내고 싶었던 것이다. 그렇다면 토끼의 입장에서 마당을 거닐던 그 숭고한 행위도 어느 정도는 이기적인 것이 된다. 그 과정은 인간 특유의 자기 합리화에 의한 것이기 때문이다. 즉 여러 가지 가정(假定) 중에서 자신의 과오를 제거해나가는 과정이었던 것이다. 원인을 알아내어 다음에 올 토끼에게는 안전함을 보장해주겠다는 의도였건, 혹은 원인을 찾아내지 못하면 그저 명이 다해 죽었겠지, 하고 안심할 수 있을 것이라는 계산이었건 간에 말이다. 주먹을 불끈 쥐고 결심을 하던 아내의 눈망울 속에는 인간이기에 가져야 하는 모종의 음모가 숨어 있었다. 아내 자신은 몰랐겠지만 토끼처럼 벌거벗고, 인간의 말을 쓰지 않고, 밖에서 이슬을 맞으며 잠이 든다는 것들은 사실상 토끼의 죽음이 내포하고 있는 본질과는 거리가 먼 것들이다. 아내의 '역지사지(易地思之)'에는 인간에게 있어서 모든 합리적인 행위에 선행되어야만 할, 필연적인 행동의 동기가 결핍되어 있었다.

하지만 이렇게 결정해버리기에는 아쉬운 점이 남는다. 분명히 아내는 토끼를 사랑하고 있었다. 그리고 늘 토끼 부부에게 좀더 서로에게 다정히 굴라고 엄숙하게 충고하곤 했었다. 그러한 일상적인 중얼거림은 동등한 입장으로 간주된 사랑이 없다면 불가능했을 것이다. 그것을 나는 너무나도 쉽게 무시해버렸다. 아내의 정신적, 육체적 변화의 과정에는 세상에 흔히 떠도는 저급한 소문과는 다른 성질의 것이 수용되어 있었다. 품안에서 토끼가 죽어갔을 때, 아내는 이성을 잃었다. 그리하여 가련한 토끼 부부를 죽인 원인을 알아내려 발버둥을 친 것이다. 즉 아내의 경우에는 합리적이니 비합리적이니 시끄럽게 앙알거리기 전에 순수함의 농도를 따져야 할 것이다. 따라서 다음과 같은 결론에 도달했다.

2. 아내는 토끼가 죽기 전에, 그리고 토끼의 입장에 서기 전에, 그러니까 두 마리의 토끼 부부가 우리 집에 자리를 잡기 시작하는 순간에 이미 그들과 자신을 동일 선상에서 바라보고 있었다. 토끼가 풀을 뜯어 먹을 때 자신도 모르게 입을 오물거리던 아내의 행위는 그것을 입증한다. 그런 토끼가 어느 날 죽었다. 아내는 미안해한다. 그리고 그들의 고통을 진심으로 이해하고, 그들의 고통의 원인을 또한 밝혀내고자 노력한다. 여기서 아내는 하나의 중대한 결심을 하는데, 그건 바로 스스로를 토끼로 만들어버리는 것이었다. 토끼가 공포를 느꼈고, 결국 죽음에까지 이르게 된 그 상황을 실지로 체험해보려 한 것이다. 아내는 실지로 토끼가 되었다. 스스로는 멍청해서 처음부터 완벽한 한 마리의 토끼로 거듭나지 못했지만, 남편이 가끔씩 던지던 가시 돋친 말들이 많은 도움을 주었다. 옷을 벗어던지고, 토끼풀을 씹고, 인간의 언어를 잊어버리고, 그리고 밤이 되면 정원의 구석에서 잠이 들었다. 이때 아내가 느낀 감정은 토끼에 대한 사랑과, 그 사랑에 의해 실지로 진행되어가는 자신의

신체적, 정신적 변형에 대한 고마움이었다. 꼬리뼈는 점점 늘어나 진화하기 이전의 모습으로 돌아갔고, 씀바귀가 그렇게 맛날 수가 없었다.

사실 집에 뛰어든 건, 어디선가 들려오는 불길한 소리에 놀라 얼굴을 파묻고 같이 벌벌 떨어줄 수컷 토끼를 찾는 행위에 불과한 것이다. 아내는 실지로 토끼처럼 끅, 하고 죽었다.

여기까지 생각하다 보니 갑자기 무서운 생각이 들었다. 죽어 묻힌 아내를 바보 취급하는 것은 아닐까. 아내는 바보 취급당하는 것만은 쉽사리 참아 넘기지 않는다. 분명히 아내는 이미 죽어서 마당에 묻혔고, 죽어서 묻힌 아내는 내가 뭐라 지껄여도 할 말이 없다. 살아남은 자들의 머릿속에 각인된 모습은 누가 뭐라 해도, 일종의 변형된 진실이라고 부르더라도, 온전히 무덤 안에 들어 있는 자의 몫이다. 하지만 그렇다고 안심해도 좋을까? 아내가 이미 죽어 묻혔더라도 그곳은 아주 가까운, 내가 이렇게 잔머리를 굴리며 바라보고 있는 마당의 한구석이다. 아내의 무덤을 꼭꼭 밟아주지 않은 일이 떠올랐다. 아내는 쉽게 상자를 찢고, 입에 잔뜩 물린 쌀을 퉤퉤 뱉어내고, 그리고 무수한 동전을 주머니에 쓸어 담으며 내게 잔소리를 하기 위하여 걸어 나올지도 모른다. 아내는 그것을 혹시 믿고 있었는지도 모른다. 그래서 내가 토끼의 무덤을 발로 꼭꼭 밟을 때, 울면서 말렸던 것이다. 아내는, 아내는 부활을 믿고 있었다!

3. 모든 것은 고대 중국에서부터 전해 내려오는 회생진법(回生陣法)에 의한 것이었다. 이 집은 부지 매입에서부터 설계, 건축까지 모든 것을 아내가 해냈다. 굉장히 경사가 심한 곳에 집이 걸쳐

있기 때문에 거실의 뒤쪽 구석은 1층의 바닥이 약간 지하일 정도로 낮고, 앞쪽, 정원이 있는 마당은 그 아래로 나 있는 인도보다 약 이십오 척(尺) 정도 높은 곳에 있다. 새벽에 토끼가 괴로워하던 장소는 바로 집의 가장 뒤쪽, 거실의 끝이었고, 아내가 토끼를 임시로 묻은 곳은 정원의 끝 쪽이었다. 해수면에서의 높이는 동일하지만 한쪽은 지하, 한쪽은 허공이었다. 거실의 끝 쪽에서 급하게 하강하기 시작한 수맥은 일직선상에 놓인 정원의 끝 부분에서 폭포처럼 흩어졌다. 그리고 그 한가운데에서 보드라운 흙에 쌓인 토끼들은 회생의 준비로 꿈틀대고 있었다. 아내는 토끼가 먹었던 모든 풀들을 하나씩 입에 넣고 오물거리는 척했지만, 실상 그녀가 한 일은 토끼의 무덤 주위를 돌며 중국 포자만두 모양의 진법을 형성하는 일이었다. 늘어놓은 진법 간의 거리를 제대로 맞추려면 토끼처럼 쭈그리고 앉아 최대한 뻗은 자신의 다리 길이만큼을 나아가야 했다. 무척 힘이 드는 일이었기에 땀이 잔뜩 묻은 옷 따위는 벗어 던졌다. 불청객이 다가오면 진법이 흐트러지지 않도록, 애초엔 하강의 성질을 가진 물 속에 있었지만 이제 허공의 흙에 박혀 있는 수석(水石) 뒤에서 불경을 외웠다. 그 외에는 일체의 잡담은 스스로 금하였고, 집중하기 위하여 마당에서 밤을 새웠다. 지극정성으로 진법을 밟으며 토끼의 회생을 갈구하던 아내는 어느 순간 보드랍게 솟아오른 흙이 꿈틀대는 것을 보았다. 그리고 집으로 뛰어 들어왔다. 남편은 이층에 있겠지. 아내는 계단을 단숨에 뛰어 올라갔다. 바로 그때 무리한 진법 운용에 소진한 기는 높은 곳에 오른 아내의 폐를 자극했고, 근육통이 생긴 다리마저 휘청거리자 아내는 계단에서 굴러 떨어졌다. 나의 품에 안겨 마당에 나갔다. 피가 입 안 가득히 고여 있기에 끝내 터져 나오지는 않았지만 그 순간 아내

22

가 내게 하려고 했던 말, 그것은 바로 이것이었다.

"여보, 어서 삽을 가져와!"

혹은,

"여보, 어서 저길 파도록!"

하지만 샤먼에 대한 까닭 없는 증오감, 그리고 무당이나 사이비 교주들의 얼굴에서 흔히 나타나는 음습한 표정에 대한 거부감이 위의 결론을 부정하게 만들었다. 나는 차갑게 식어버린 커피 잔을 마주하고 오도카니 앉아만 있었다. 어서 결론을 내야 한다는 의무감이 차갑게 식어버린 커피만큼 냉정하게 나를 재촉했다. 나는 뜨겁게 달아오른 머리를 움켜쥐었다.

아내는 분명 내가 쉽사리 알 수 있는 영역에 존재하지는 않았지만 천지(天池)에 살고 있다는 괴물만큼은 아니었다. 내가 가지지 못한 감각을 하나쯤 더 가지고 있다고는 생각되었지만 박쥐의 초음파 정도는 아니었다. 아내를 제대로 이해하려면, 어차피 내가 알고 있는 한계를 인식하면서 할 수밖에 없었다. 나는 아내의 얼굴을 떠올리려 애를 썼다. 어찌 된 일인지 아내의 얼굴은 30년 전에 잃어버린 자전거를 떠올리는 것보다도 어려웠다. "사랑해요"라는 말을 아내는 자주 했다. 내 눈을 빤히 쳐다보면서, 나를 사랑하기에 딱히 즐겁거나 뭐 행복한 건 아니라는 표정으로, 아주 분명하게 끊어지도록 사, 랑, 해, 요, 이렇게 발음했다. 그럴 때마다 나는 사랑에 관한 좁혀질 수 없는 견해 차이가 우리 사이에 있음을 인정해야 했다.

4. 서로에 대한 아무런 구속도 없이 떨어져 풀을 뜯다가도 위험

이 다가오면 모여 서로에게 얼굴을 묻곤 하던 토끼 부부에게서, 아내는 30년을 거의 의무적인 사랑만을 강요당해온 우리에게 없던 어떤 것을 발견했다. 아내는 그것을 간과하지 않았다. 아내는 토끼를 사랑함에 있어서, 토끼 부부 자체가 가지고 있는 사랑스러움보다는 그들이 가져온 모종의 변화를 사랑했다. 그 변화는 아주 매혹적이었고 따라서 변화하기 이전의 모습으로는 절대로 돌아갈 수 없었다.

그것은 일종의 계시였다. 아내는 영민했기에, 우둔한 남편은 눈치조차 채지 못한 그러한 계시를 느낄 수 있었던 것이다. 아내는 토끼 부부와의 동거가 시작되면서 많은 변화를 일으켰다. 그리고 때에 따라서는 그것을 남편에게 강요하기까지 했다. 아내는 이유조차 명확하지 않은 토끼 부부의 죽음으로 자신이 오랜 시간 동안 서서히 추구하고자 했던 이상이 한순간에 괴멸되어가는 것을 느꼈다. 이러한 괴멸은 필연적으로 자신과 남편 사이에 존재하는 평화에도 영향을 미칠 수 있었다. 당황할 시간조차 없었다. 아내는 그 문제에 정면으로 대처하고자 했다. 물론 아내는 자신에게 닥쳐올지도 모르는 위험을 알고 있었다. 자신의 앞길이 어떠할지도, 아내는 예감하고 있었다. 이쯤에서 아내는 고개를 들어 커피를 마시고 있는 남편을 본다. 어쨌든 커피 한 잔이라면 난 좋아, 하는 듯 무심한 표정의 남편을. 그리고 결심한다. 거추장스러운 옷을 벗어던지고, 또한 모든 고통을 감내하면서 아내는 잡초가 가득 자란 밀림 속에서 묵묵히 쓴 토끼풀을 씹어대며 바로 그것만을 고민한다.

그리하여 오랜 시간이 흘렀고 아내는 결국 답을 알아냈다, 무서운 정답을. 당장에 와당탕, 하며 현관으로 뛰어 들어왔다. 이층이었어, 그래 맞아, 이층이었어. 아내는 이렇게 중얼거리며 계단을 올랐다. 그리고 계단을 완전히 다 오른 순간, 예감대로 그곳에서 온갖 불행을 몽실몽실 뿜어내고 있는 '그'를 보았다. 계단 끝 너머 그 흉측한 파괴자의 얼굴을 본 것이다. 물론 도망칠 수 있었다. 재빨리 도망쳐 현관을, 그리고 대문을 빠져나가 위험으로부터 자신을 구해낼 수 있었다. 하지만 어, 하고 말 같지 않은 소리나 내는 남편은 이 사악한 힘이 보이지 않는 아래층 거실의 저편에 서서 자신만을 바라보고 있을 뿐이었다. 바보 같은, 그래서 누군가 돌보아 주어야 할 것 같은 멍청한 얼굴로. 아내는 그 짧은 순간, 이 집의 평화를 위하여, 아니 남편을 위하여 될 수 있는 한 끝까지 버티어 내자고 다짐했다. 하지만 결국엔 저항할 수 없는 억센 힘에 떠밀려 아래로 굴러 떨어졌고, 그리하여 아내는 죽어간 것이다. 그 자신 예감했던 애초의 그 모습으로. 아내가 죽어가며 필사적으로 가리킨 곳은 정원이 아니었다. 토끼가 묻힌 무덤 따위는 아무래도 좋았다. 다만 어디든, 그저 내 곁이기만을 원했던 것이다.

아아, 아내의 무뚝뚝한 사, 랑, 해, 요.

나는 몸을 소파에 깊이 파묻고 눈을 감았다. 온갖 상념이 머리털을 훑고 지나갈 뿐, 막상 손에 잡히는 것은 한 줌도 없었다. 조급함마저 사라지자 끝없는 무료함이 시작되었다. 그 무료함 속에서 모든 결론을 관통하고 초월하는 하나의 관념이 거실을 유령처럼 배회하고 있었다. 나는 내 망막에 맺힌 그를 보고 싶었지만 보려고 하는 순간 홀연히 정원 속으로, 그리고 재에 덮인 아내의 무덤 속으로 사라져버릴까 두려워 쉽사리 눈을 뜰 수가 없었다. 다만 느낄 수 있었는데, 그 느낌은 고작 느낌인 주제에 똑똑 끊어지는 낭랑한 목소리로 내게 여러 가지를 설명해주었다. 그래, 그랬구나. 나는 고개를 끄덕였다.

아내는 오랜 세월 함께 살아온 내게도 말하지 못한 비밀을 하나 가지고 있었다. 아마도 '외로움'이라는 단어가 그 비밀을 표상(表象)하는 가장 근사치의 기호일 것이다. 나는 조용히 외로움, 이라고 중얼거렸다. 이내 곱게 분쇄된 외로움이 거실에 가득 차 질식할 것만 같았다. 피부로 가볍게 들러붙는 선홍색의 그것은, 전혀 외로움에 익숙하지 않은 나에게는 너무나도 낯설었기에 오히려 더없이 낯익은 듯 여겨졌다. 분명한 것은 하나밖에 없다. 아내는 소중한 한 쌍의 토끼 부부를 잃었고, 나는 소중한 아내를 잃었다. 지겹게도 복이 없던 우리 부부는 한 가지씩 자신의 소중한 부분을 잃어버린 것이다. 얼마나 소중한 것이었냐 하면, 앞으로 오랜 시간이 지나도 늘 방금 전에 잃어버린 듯한 느낌 속에 살 것이란 예감이 들 정도였다. 제각기 자신의 소중한 것을 잃은 후에 다가온, 아내가 느낀 상실감과 나의 그것 사이에는 작은 차이가 있었다. 어쩌면 토끼의 죽음에서 아내가 본 것은 우르르 무너져내리는 지붕이었고, 아내의 죽음에서 내가 본 것은 완전히 무너지고 난 후의 지붕이었을 것이다.

일어나 거실을 거닐었다. 창문 너머 바라본 마당은 자꾸 나를 힘들게 만들었다. 휙, 하고 바람이라도 불라치면 곱게 땅에 안착하지 못한 재들이 마당의 빈 공간을 어지럽게 유영했다. 어느 순간은 무언가 내가 기억하고 있는 형상을 만들어 보이기도 했지만, 대부분 내가 전혀 알지 못하는 모습들을 표현하고 있었다. 한때는 우리 부부 게으름의 결과로 잡초의 밀림이던 정원이었기에 초라한 그 모습은 폐쇄된 항구의 흔적처럼 쓸쓸해 보였다. 예전에 내 아내가 혼자 저기에 머물렀지, 하는 생각이 들었다. 이러니저러니 해도, 어쩌면 그녀 곁에 나도 함께 있었어야 했던 것은 아닐까.

나는 슬리퍼를 신고 밖으로 나왔다. 그저 조금 걸었을 뿐인데 허리가 숙여지고 무릎이 떨려왔다. 바람이 차가웠다. 곧 이 가을의 마지막 비가 내릴 것이고, 그 비마저 그치고 나면 겨울이 시작될 것이다. 많은 시간 살아왔지만 눈이나 비 따위 현상이 전해주는 환절기의 느낌은 항상 낯설었다. 그 느낌은 이젠 아무도 울어주지 않는, 오래전 침몰한 잠수함처럼 내 감각의 이면에 어둡고 무겁게 가라앉아 있었다. 결국 나는 이러저러한 것이 '있다' 혹은 '있었다'는 사실만을 기억한 채, 전혀 익숙해지지 않는 감정의 덩어리를 가슴 한구석에 싸안고 평생을 살아버린 멍청이에 불과했던 것이다.

초점을 맞출 구름 하나 없는 맑은 하늘이 흐르고 있었다. 그 허한 하늘을 대하자니 토끼 부부의 언제나 태연하던 모습이 보고 싶어졌고 발작적으로 화를 내곤 하던 아내의 모습도 그리워졌다. 갈증은 내 시선을 억지로 허공에서 끌어내렸고, 부질없는 저항을 포기하자 이내 재에 덮인 아내의 무덤이 커다랗게 눈에 들어왔다. 아주 오랫동안 지속되었던 내 안의 무언가가 이제는 서서히 변해가고 있는 것을 느꼈다. 아니, 이미 오래전부터 진행되고 있던 어떤 변화 같은 것을 비로소 느낄 수 있었다. 쓸쓸해지고, 가슴이 들썩거렸다. 30년은 분명 짧은 시간이 아니었다. 하지만 아내는 3일이라는 짧은 기간, 마치 낯선 타인과도 같은 사고와 행위를 내게 전시함으로써 지나온 30년의 세월과 명확히 구분을 지었다. 그리고 그러한 순간에조차 나는 아무런 생각도 없이, 별로 기억에 남을 것도 없어 단지 흐릿하게 기억되는 30년 동안의 세월을, 떼를 쓰는 아이처럼 3일간 연장시키려고만 들었다. 어쩌면, 내 잘못이었을까.

"응애, 하고 태어날 때부터 난 그랬는걸요. 매력도, 사교성도 없던 주제에 외로움만큼은 언제나 질색이었지요" 하고 아내가 말한 적이 있었다. "마치 토끼처럼요."

〔『현대문학』, 2000년〕

사막에서

누가 사막을 사랑할 것인가? 온갖 악몽의 오르골이 그곳에 가득하여 차라리 외롭지는 않으리라. 허공을 향해 뿜어진 나의 탄식에는 엷은 습기가 배어 있었으며, 사막의 건조한 대기에 섞여버리는데 그리 오랜 시간이 걸리지 않았다. 팽팽히 조율된 하늘은 샤갈처럼 투명한 파란색이었고 무더운 날씨임에도 청량한 공기는 서늘하기까지 했다. 나는 동행인에게서 고개를 돌려버리기 위하여 여러 번 몸을 뒤틀었다. 하지만 이 모든 내 저항을 가볍게 무시하며 그는 접근해왔다. 바삐 놀리던 걸음도 아무런 의미가 없다 생각하는 순간, 어깨에 힘이 빠지면서 바닥에 나의 그림자가 없는 것을 깨달았다. 하늘은 정말 파란색이었다. 나는 태양을 등에 가득 지고 나아갔다. 조금도 변하지 않는 풍경 속에 흔들리는 것은 오직 하나, 그림자뿐이었다. 회로가 녹아내린 기계처럼 걸으며 그의 그림자를 아주 오랫동안 응시했다. 그에게 있는 그림자를 나는 가질 수 없는 것인가. 누구의 그림자도 보이지 않을, 둥그런 우주의 한가운데 펼쳐져 있는 사막을 상상했다. 중력으로부터 자유로운 고운 모래는 안개처럼 허공을 유영하고, 지친 방랑자는 그 속에 영원히 기록될 자신의 또렷한 궤적을 남기며 지나간다. 그러한, 빛과 습기와 기온이 내 상상과 동일한 사막을, 내 꿈의 사막을 닮았으나 완전히 차원이 다른 어느 저주받은 여인의 사막을, 나는 상상해보았다. 저물어가는 태양 빛을 받은 사막의 모래는 원망의 입자가 뿌려진 차량 사고 현장의 아스팔트처럼 반짝이며 빛났다. 너무 조용한 것은 혹시 아닌가 생각했다. 주위는 바늘로 해부용 개구리의 심장을 찌른 듯 적막했고 이따금 견딜 수 없는 그 고요한 파동이 내 귀로 전해졌다. 그것은 작은 은행에 울려 퍼지는 경찰의 외침을 닮았다 말해야 할지 모른다. 예전에 잊어버린 편지는 투명에 가까운 강물의 끄트머리를 떠오르게 해준다. 나는 지금도 저 굽이치는 하얀 물결의 미소며 조금씩 느낌을 달리하는 울음소리를 기억한다. 미소는 미소 나름으로, 울음은 울음 나름으로 마치 문자와도 같은 상징을 보여준다. 그것이 보이지 않는 잉크로 써진 규칙 없는 암호라도 나는 괘념치 않으리라. 존재하는 것은 존재하는 이유를 위하여 평생 노고를 다하고, 그것은 일면 물고 물리는 톱니바퀴와 같은 것이므로. 시야가 흐려질 때까지 생각하고 생각했다. 일전에 나는 한 광인을 본 적이 있다. 아버지 쪽의 먼 친척이었던 그녀는 먼지 하나 앉지 않은 깨끗한 안경을 하늘거리는 깃털처럼 코 위에 올려놓고 있었다. 아버지를 따라 들어선 강원도 춘천 외곽의 작은 정신병원, 나는 또렷이 감지되는 불운의 전조에 기겁하여 손톱이 손바닥 안으로 파고들 정도로 주먹을 꽉 쥐고 있어야만 했다. 그녀가 아버지와 포옹을 하고, 돌아서서 한 무더기의 노란 히아신스가 담긴 꽃병의 물을 갈 때 나는 그녀의 머릿속을 가득 채운 기이할 정도로 정교한 톱니바퀴를 보았다. 그 보랏빛 톱니바퀴의 사막에는 네 명의 사내가 걸어가고 있었다. 그들은 서로는커녕 자신마저 제대로 알지 못했다. 그저 어두운 절벽을 향해 질주하는 레밍의 무리처럼 한 걸음씩 앞에 서려 있는 모래를 밟을 뿐이었다, 다만 사막의 변방으로 가는 중이리라 추측하며. 그들은 각각 얼굴도, 키도, 성격도 달랐다. 그들은 곁의 체온을 확인하기 위해 함부로 이런저런 얘기를 나누면서 빛이 있는지조차 알 수 없는 짙은 보라색의 사막을 흘러다닌다. 물론 그들도 빛이 전혀 없는 것이 아님을 알고는 있다. 태양은 이글거리며 도전적인 눈빛을 차단한다. 그러나 보랏빛 안개는 그 불멸의 구체(球體)를 질식시킬 듯 감싸 안았고, 마치 자신이 그곳에서 뻗어 나온 흐느적거리는 촉수인 양 황량한 사막을 훑었다. 태양이 빛을 분출한다면 불쾌한 보랏빛 어둠과 안개를 발산하는 것은 사막의 몫이다. 아버지가 사온 김밥을 광인은 맛나게 먹었다. 나름대로 조심스레 평을 해가며 김밥을 구성하는 부품들을 하나씩 음미했다. 그때, 그녀의 얼굴에 순식간에 나타났다 사라지는 미소와 분노의 반복은 모데라토였다. 먼 훗날 나는 무언가 알 수 없는 힘에 다락을 뒤지다 중학생 시절의 그녀가 아버지에게 보낸 잊혀진 편지를 찾아내었다. 학교 생활에 관한 짤막한 우스갯소리 서너 개, 그리고 친척들의 안부가 적혀 있었던 것 같다. 그 편지 안에 미소와 울음이 용해된 커다란 강물이 몇 겹인가 투명하게 중첩되어 흐르고 있었음을, 끄트머리에 보이는 도도한 내륙으로의 도전은 상당한 힘으로 망각을 강요당하고 있었음을 나는 잊을 수가 없다. 그로부터도 먼 훗날, 이번에는 누런 종이 상자에서 아버지가 교복을 입고 그녀와 함께 찍은 사진을 발견하고는 가만히 들여다보았다. 이미 존재하지 않는 두 사람이 나란히 서서 웃고 있었다. 아니, 그것이 미소였는지 울음이었는지는 확실치가 않다. 그들의 존재도 찰나이지만 그 표정은 더더욱 찰나였으므로 나는 약 50년이라는 시간의 저 너머에 있던 우스웠거나 슬펐을 그 무엇인가를 조금도 짐작할 수 없었다. 다만 내 아버지는 나의 존재를 전혀 상상하지 못할 정도로 어렸고, 그녀는 마침 광기의 절벽으로 추락하기 직전이었던 만큼 지독히도 매력적이었다. 오랜 시간이 지나 한쪽이 상대방을 정신병원으로 문병 가리라 누가 상상이나 할 수 있었을까. 사진은 망각의 징표이며, 그것은 내가 사진을 믿지 않는 이유이다. 초등학교를 다니던 시절에 내겐 무엇보다 계란을 좋아하는 작은 고양이가 한 마리 있었다. 어느 날 나는 그 고양이를 보면서, 고양이의 수명이 인간의 수명보다 훨씬 짧으므로, 불의의 사고를 당하지 않는 이상 이 고양이가 죽어버리고 나서도 아주 오랫동안 나는 살아갈 것이라는 당연한 사실을 깨달았다. 그리고 무언지 안타까워 가만히 고양이의 턱이며 등을 쓰다듬어주었다. 그때 그 고양이는 아마 기분 좋은 울음을 지었는지도 모른다. 시간의 한 축을 형성하는 청각적 기호는 시각적 기호보다 강력하지만, 그 역시 세월의 바람에 이리저리 흔들리는 심약한 허수아비에 불과하다. 어느 날 회상해보니 그 고양이는 마치 포르노 영화의 자막처럼 낯선 시간 속에 갇혀버렸고, 남은 것은 그저 그가 존재했었다는 허탈한 기억과 늦가을 마루 밑에서 찾아낸 부패한 몸뚱이며 그 위를 스멀거리며 기어가던 구더기의 유희뿐이었다. 죽음 따위는 조금도 겁나지 않지만 무참히 숨아짐은, 그리하여 결국 잊혀져버림은 두려운 일이다. 나는 성년식 생일날 받은, 안에 무엇이 들어 있는지 알지 못하는 상자를 접하고 있는 것이다. 뚜껑을 열면, 그제야 비로소 상자 안에 들어 있는 망각의 슬픔을 짐작할 수 있으리라. 그녀와 긴 작별 인사를 하고 병원을 떠나 집으로 돌아오던 버스에서 아버지는 안경을 벗어 손에 들고는 잠이 드셨다. 어째서 그리 고단하셨던 것인지 모르겠지만, 버스가 모퉁이를 돌 때 아버지의 안경은 힘없이 바닥으로 떨어졌고 유심히 지켜보고 있던 나의 귀에만 들릴 작은 소리를 내며 깨어졌다. 나는 깨어진 아버지의 유리알을 발끝으로 톡톡 건드려보았다. 행복만이 존재하듯 잘 정비된 동화 속의 마을이 갈기갈기 날카롭게 찢겨진 요사스런 모습으로 바닥에 흩어져 있었다. 이런 사실을 꿈에도 모른 채, 바로 그 마을을 찾아 헤매는 사막의 네 사내들은 대화 속에 조금씩 서로를 알게 된다. 이봐, 정말 기가 막힌 우연이잖아? 한 사내가 말한다. 내가 사랑하는 그 여인이, 바로 자네들 모두가 사랑하는 사람이었다니 말이야. 모두들 탄성을 지른다. 어떻게 그런 일이 있을 수가 있지? 어떻게 한 여인을 사랑하면서도 우리는 서로를 미워하지 않을 수가 있지? 알 수 없군, 알 수가 없어. 사막은 너무나도 넓어 그들의 방향이 설령 정확하다 쳐도 끝이 날 것 같지 않아 보였다. 그들은 아주 오랜 시간을 걸었지만, 시간을 결정하게 하는 일출과 일몰의 반복이 전무하였으므로 며칠이 흘렀다고 말하기는 곤란할 것이다. 가난한 외국인이 많이 살던 서울의 한 마을에서 자취하던 어느 겨울의 저녁, 문을 여니 짙은 어둠 속에 12년 전의 내가 서 있었다. 나는 창백한 얼굴빛을 가진 그 꼬마를 맞아들여 좁은 방에서 대화를 나누었다. 한동안 말없이 듣고 있던 12년 전의 나는 마치 쓰라린 공기를 흡입해버린 듯 한숨을 쉬었다. 나를 바라보는 눈의 흰자위가 조금씩 붉어졌다. 어둠은 당도할 수 있는 가장 극한의 곳까지 가버렸다. 나는 돌아올 수 없는 다리를 생각했고, 그 다리 위에 깔려 있는 갖가지 정성스런 편지들을 생각했다. 하나같이 시간이 흘러도 자신만은 잊지 말아달라는 무모한 부탁이 적혀 있었다. 딱히 그러한 말이 없더라도 모든 편지의 본질은 다름아닌 그것이다. 나는 처음부터 그 여자가 싫었어, 하고 12년 전의 나는 입을 열었다. 자꾸 아버지를 껴안으려고 하는 것도 싫었어. 병원을 나서며 아버지는 울었어. 눈물은 흐르고 흘러 고운 황갈색 흙을 적셨어. 흙은 동글게 뭉쳐졌어. 그리고 어디론가 자꾸만 자꾸만 가려고 하는 거야. 12년 전의 나는 내 눈을 똑바로 노려보며 흐느꼈다. 나는 여전히 동행인의 얼굴을 외면한 채 사막을 걷고 있었다. 그는 그곳에서 유일하게 사막이 아닌 존재였다. 함께 사막을 그렇게 걷고 있자니 그에게 도저히 메울 수 없는 채무를 지고 있다는 죄책감이 들었다. 그의 그림자가 길게 내 앞에 늘어졌고 그래서 나는 더 초라해졌다. 오랜 세월이 지나 다시 예전의 그 마을에서 자취를 하게 되었다. 새로 얻은 방은 과거에 살던 집의 바로 정면에 위치하고 있었다. 나는 아침이면 방문을 열고 눈앞에 보이는, 내 젊을 적의 보금자리를 응시했다. 그곳엔 이제 어린 신혼부부가 살고 있었다. 12년 전의 나는 흙이 뭉쳐졌다는 둥 쓸데없는 말을 하며 울던 그날 이후 다시는 나를 찾아오지 않았다. 가난한 외국인들은 개개의 얼굴 표정만 바꾼 채 여전히 가난한 삶을 영위하고 있었으며, 섬망(譫妄) 상태에 빠진 어둠은 당도할 수 있는 가장 극한의 경계마저 잠식하고 말았다. 벽에 걸려 있는 달력은 언제나 과거를 가리키고 있다. 찢어내도, 찢어내도 그것은 내가 살아가는 현재의 시간을 보여주지 못한다. 어찌하여 나는 몇 해나 지난 달력을 이사할 때마다 품에 안고 다닌 것일까. 어린 신혼부부는 언제나 다투기만 했다. 하지만 방범등이 명멸(明滅)하는 빈한(貧寒)한 밤의 골목, 그곳에선 좋은 음식 냄새가 풍겨 나오고 남자는 미소를 참으며 씩씩하게 문을 들어선다. 저를 모르시겠습니까, 하고 거리에서 한 파리한 청년이 내게 말을 걸었다. 나는 그야말로 아무런 표정도 없이 그를 마주했다. 조금도 짐작할 수 없는 얼굴이었다. 청년은 다소간 곤혹스러운 목소리로, 자신은 나의 고등학교 후배이며 우리는 배드민턴부에서 함께 활동했다고 말했다. 나는 아, 하고 탄성을 지르며 기억하고 있음을 알려주었고, 그래 요즘은 무엇을 하고 있느냐 물었다. 작은 무역 회사에서 대리의 직책을 맡고 있다는 그 청년은, 나를 보게 되어 정말로 반가운 표정으로 회사에서 만난 경리 아가씨와 이태 전에 결혼한 일, 작년에 태어난 첫아기가 돌림병에 걸려 많이 아팠지만 다행히도 금세 완쾌된 일 등을 떠벌렸다. 그의 말이 끝나길 기다려 축하한다고 진심으로 말하고는 어색할 정도로 긴 악수의 시간을 가진 다음 자리를 떠났다. 그리고 내 뒷모습을 그가 혹시 볼지도 모른다는 근심에, 골목으로 접어들기 전까지 몇 번이나 마치 그 예전의 추억을 음미하는 듯 허공에 배드민턴 라켓 휘두르는 시늉을 했다. 배드민턴부라니, 맙소사. 청년이 알고 있던 사람은 과연 어떠한 사람일까. 내가 하지 못한 많은 기쁜 말들을 그러면 서슴없이 해주었을 것이라는 생각이 마음에 걸렸다. 그리고 청량한 가을의 하늘을 솟구쳐오르다 어느 순간 힘없이 떨어져내리는 하얀 깃털의 공을 상상해보았다. 주말 오후면 나는 어두컴컴한 단골 술집에 들러 홀로 맥주를 마셨다. 그곳 화장실은 지나치게 불결했다. 벽에 걸려 있는 샤갈은 미지근한 맥주처럼 쓰고 썼다. 센 강의 다리, 그 광막(廣漠)하고도 거친 그림은 내 삶의 이쪽에서 저쪽 끝까지 아릿한 체념의 물감을 풀어놓았다. 샤갈은 말이지요, 하고 주인은 내게 말했다. 미치광이 종교를 믿었던 것 같아요. 여기 이 기이한 선이며 색을 보세요, 그렇지 않습니까? 곰보 주인이 정색을 하며 중얼거린 말은 지극히 마음에 와 닿았고, 그래서 나는 투명한 샤갈을 향해 고개를 끄덕였다. 주인은 한참 동안 내 곁에 머물러 있었으며, 이윽고 일어나 주방으로 가기 전에 이렇게 말했다. 센 강의 다리, 저는 이 그림을 제일 좋아합니다. 무엇보다 목이 부러진 사람이 없거든요. 모자(母子)의 대칭 선상에 서 있는 이상한 색의 염소에 관하여 그는 끝내 한마디도 하지 않았다. 동생이 감옥에 갇히던 해, 어머니는 존재하지 않는 신을 숭배하기 시작했다. 외우기 어려운 마물(魔物)의 주문을 뱉어내며 들로, 산으로 우상을 찾아 돌아다녔다. 그런 어머니에게 나는 집으로 돌아오실 것을 간청했다. 그러나 어머니의 대답은 한결같았다. 이건 진짜야, 이건 진짜야. 이게 진짜가 아니라면, 이게 진짜가 아니라면 이 엄마는 너무 억울해, 너무 억울해. 신앙이 없는 타인에 대한 경멸은 신심에서 우러난 동정보다 강했다. 어머니는 아직도 소식이 없나 보네. 동생은 텅 빈 눈으로 면회실 창살 밖 허공을 응시했고, 그곳엔 어머니가 우상을 찾아 헤매는 끝없는 사막이 펼쳐져 있었다. 나는 발이 푹푹 빠지는 모래언덕을 지나는 중이었다. 단단한 지반을 걷는 것보다 몇 배나 힘이 들었다. 이따금 휘청거리며, 눈치 채지 못하게 내 동행인의 얼굴을 보려고 시도해보았지만 몸을 완전히 돌리지 않는 한 그것은 불가능한 일이었다. 이상하게도 나를 따라주었던 고등학교 시절의 한 후배가 있었다. 집도 가까웠기에 틈만 나면 라켓과 셔틀콕을 들고 찾아와 배드민턴 치자고 졸라대던 그 후배는, 어느 날 얼굴을 붉히며 꿈처럼 달콤한 한 소녀를 읊조렸다. 아아, 그녀의 아름다운 보조개란! 후배는 고등학교를 때려치우고 피아노 조율을 배우고 있었다. 겨우 스물넷의 생을 가질 인간이라는 것을 미리 알았다면, 나는 어쩌면 그런 도전적인 삶의 방식을 만류했을지 모른다. 되는대로 살다 가라고 충고해주었을지도 모를 일이다. 화장터에서 그의 어린 아내가 피곤과 절망을 보조개 속에 가득 담아 보여준, 내게 미처 부치지 못한 편지를 기억한다. 거기에는 자신이 조율한, 자신이 조율할, 자신이 조율하고 있는 피아노에 대한 애정이 서투른 명조체로 적혀 있었다. 말미에는 이렇게 썼다. 선배는 알고 있나요, 각각의 줄들이 모두 완벽하게 어울릴 때 소리는 가장 작아진다는 사실을. 그 마지막 문장을 되씹으며, 청량한 가을의 하늘을 솟구쳐오르다 어느 순간 힘없이 떨어져내리는 하얗게 타버린 후배의 육신을 나는 보았다. 세상엔 그런 일도 더러 있는 것이다. 팽팽하게 조율된 후배의 피아노 줄을 나는 온몸의 근육으로 느꼈다. 어느 순간이 오면, 어느 순간이 오면, 날카로운 소리를 내며 그 줄은 끊어지고야 말리라. 눈을 감고 담배를 피우면 맛이 없다. 입에서 뿜어져 나오는 연기를 보아야 비로소 담배의 맛이 느껴진다. 그 사실을 알려준 건 나의 아버지였다. 아버지는 정말 담배를 멋있게 피울 줄 아는, 내가 만나본 유일한 존재였다. 사진 속의 아버지는 눈을 크게 뜨고는 담배를 피우고 있었다. 사진 속에서 그가 보고 있었을 장면, 그 인상은 다시는 재현할 수 없는 미지의 느낌을 준다. 몇 개인가 모래언덕을 넘자 비로소 딱딱한 사막이 눈앞에 펼쳐졌다. 나는 광활한 사막을 걷고 있는 한 무리의 낙타를 상상했다. 자신들이 왜 태어났는지, 자신들이 원하는 것은 무엇인지 좀처럼 알 수 없을 것이라 멋대로 낙타를 폄훼(貶毁)하는 중, 유난히 혹이 높은 한 마리가 내 쪽으로 오줌을 누었다. 낙타의 사타구니에서 흘러나오는 오줌은, 그 낙타와 내가 족히 서른 걸음은 떨어져 있었음에도 불구하고 나의 신발 밑창을 적셨다. 나는 나를 둥글게 에워싸는 낙타의 오줌을 가만히 바라보았다. 무어라 형언할 수 없이 매력적인 사막의 향이 퍼졌다. 이윽고 낙타의 방뇨는 끝이 났다. 그리고 고개를 들어 나를 향해 바보 같은 웃음을 지었다. 너와 나는, 시공을 초월하여 저 강인한 오줌 줄기로 이어져 있는 중이다, 조금도 벗어날 수는 없어. 낙타는 그렇게 말하고 있었다. 그 낙타로서도 전혀 짐작할 수 없는 보랏빛 사막을 방황하는 네 명의 사내가 여전히 있다. 그들은 심히 지쳤음에도 이상하게 갈증과 허기를 느끼지 못했다. 이봐, 어떻게 된 거지? 한 사내가 드디어 입을 열어 말하자, 모두들 그의 용기를 칭찬했다. 실은 아무도 모르지, 하고 제법 앞장서서 씩씩하게 걷던 사내가 말했다. 이 보랏빛 사막에서 우리는 대체 무엇을 하고 있는지, 왜 여기 있는지, 아니 우리가 누구인지조차 모르고 있단 말이야. 그럼에도 불구하고 우리는 각각 완벽한 하나의 인격체이고. 이런 것이 세상에 가능이나 할까? 야트막한 벽 하나 없는 사막은 인간을 가두기에 지상에서 가장 완벽한 감옥이다. 마침내 한 사내가 말했다. 나는 여기 남겠어. 아무 이유 없이 걸어가는 것과 아무 이유 없이 여기 남는 것의 사이에 조금도 차이가 없잖아. 그의 예쁘장한 얼굴과 자그마한 체구는 월남에서 죽어간 아역 출신의 배우를 닮았다. 그렇다면 차라리 여기 앉아 기다리겠어. 그게 내 방식이야. 그는 이렇게 말을 맺었다. 남은 세 명의 사내는 그의 말을 긍정하면서도, 그와 헤어짐을 안타까워하면서도 자신들의 걸음을 재촉했다. 남은 사내는 금세 다가온 종잡을 수 없는 후회와 절망에 사로잡혀 그들의 뒷모습만을 멍하니 바라보았다. 케냐의 밀림에 점점이 흩뿌려진 탐험가의 선혈처럼 그것 역시 희귀하긴 하지만 나름대로는 충실한 삶의 한 방식인 것이다. 무엇이 옳은 것인가. 무엇이 그른 것인가. 무엇이 신성한 것이며 추한 것은 어떤 것인가. 그러한 피상적인 규정의 차이는 10만 광년의 거리를 사이에 두고 있더라도 결국 한 물질에서 떨어져 나온 쌍둥이 입자에 불과한 것이다. 위치의 불확정성과 운동량의 불확정성의 곱은 플랑크 항수를 4π로 나눈 값보다 크거나 같으므로 그 각각의 성질을 정확히 파악하는 것은 불가능하다. 서서히 사막에 밤이 찾아오고 있었다. 있는 듯 없던 태양조차 사라지고 난 후의 사막은 마치 태초에 그랬던 것처럼 어둡고 추웠다. 열사의 비명을 몰아 나를 괴롭히던 미친바람은 이제 마지막 빛마저 오래전에 사그라지고 없는 우주의 냉기를 가져다준다. 나는 동행인의 의사는 묻지 않은 채 사막의 대상(隊商)들이 그러하듯 찬 공기와 견딜 수 없는 황량함에서 벗어날 곳을 찾기 시작했다. 인공 조형물이 있을 리는 만무하다. 따라서 나의 눈은 애초에 그런 것에 신경 쓰기보다는 오목하게 들어간 모래산 아래의 지형이나 은폐된 분지가 있을 법한 언덕을 찾는 데 주력했다. 그러다 마침내 내 키만큼 땅이 꺼진 작은 구덩이를 발견하고, 그 속으로 막 허물을 벗어 피부가 연약해진 뱀처럼 기어 들어갔다. 내 동행인과 함께였음은 굳이 말할 필요도 없겠다. 그러한 순간에도 광인의 톱니바퀴, 저 보랏빛 사막에 놓인 세 사내는 걷고 또 걷는다. 그들의 사막에 밤은 오지 않고 따라서 아침도 없다. 반복적으로 맞물리는 톱니를 제외하면 그들에게는 맺고 끊을 아무런 시간적 마디가 보이지 않는 것이다. 하지만 편의상 나는 어느 날, 이라고 말해야 하리라. 이 불명확한 표현조차 없다면 대체 얼마만큼의 시간이 흐른 것인지 도저히 종잡을 수 없기 때문이다. 바로 그 어느 날, 제일 뒤에서 묵묵히 따라만 오던 한 사내가 갑자기 앞의 일행들에게 큰 소리로 말했다. 그의 목은 오랜 여정에 걸쳐 누적된 피로 때문이라기보다는 천부적인 성대 구조의 결함 때문에 심하게 쉬어 있었다. 자네들에게 할 말이 있어. 일행은 영원히 지속될 것만 같았던 자신들의 걸음을 멈추게 해준 주인공에게 얼굴을 돌렸다. 오래 생각해왔어, 정말 오래 생각해왔단 말이지. 나의 생각을 정리하는 것보다 오히려 내 생각이 틀린 것은 아닌지에 대해 더 오래 생각해왔어. 그러니 이제 말해야겠어. 일행은, 특히 그들의 암묵적 리더인 제일 앞의 사내는 멋지게 고개를 끄덕였다. 말해봐, 친구. 리더가 말했다. 우리는 모두 자기 생각을 밝힐 자유가 있어. 그건 틀림없는 사실이지. 우리 중 그 누구도 자기 생각을 밝혔다는 이유만으로 불이익을 당할 순 없어. 내가 가만히 있지 않을 테니까. 그러면서 그는 자신의 울퉁불퉁한 주먹을 불끈 쥐어 보였다. 그러나 단 세 명의 사내만이 떠돌고 있는 저 넓은 보랏빛 사막에서 그러한 행동은 거의 무의미한 상징에 가까운 것이었다. 또한 그 상징에 기분이 상해버린 것은 주먹이 무례하게도 자신을 향해 흔들리고 있는 것이리라 지레짐작한 가운데의 사내였다. 물론 그것을 드러내는 것은 바보 같은 짓으로 여겼기 때문에 그냥 잠자코 있었다. 좋아, 하고 뒤에서 따라오던 사내가 한결 넉넉해진 목소리로 말했다. 이제 내 생각을 말하겠어. 내 생각은 바로 이것이야. 무엇이냐 하면, 우리가 가는 방향이 틀렸다는 거야. 이 방향이 틀렸다니, 자네는 지금 이 방향이 틀렸다고 말하고 있는 건가? 얼굴이 갸름한 것이 인텔리 사무원을 닮은, 조금 전까지 기분이 상해 있던 사내가 눈을 휘둥그렇게 뜨며 말했다. 이 방향이 아니라고? 리더인 사내도 놀라서 물었다. 음. 이 방향이 아니란 거지. 물론 어디까지나 이건 내 생각이고, 어쩌면 이 방향이 맞을 수도 있어. 하지만 내 생각은 이 방향이 틀렸다고 말하고 있어. 그건 중요한 거야. 왜냐하면 나는 이 방향에 의심을 가지고 있고, 자네들은 이 방향에 조금의 확신도 가지고 있지 않거든. 그렇지 않아? 리더인 사내는 잠시 생각하더니, 멋지게 그의 견해를 받아들였다. 자네의 말이 맞아. 자네는 틀렸다고 생각하고 있고, 우리는 맞는다는 생각을 하지 않고 있지. 따라서 이 길이 아닐 확률이 훨씬 높은 거야. 좋아, 그럼 자네 이야기를 더 들어보는 게 좋을 것 같군. 이쪽이 틀렸다면, 대체 옳은 방향은 어느 쪽이지? 방향이 틀렸다고 일침을 놓은 사내는 침을 꿀꺽 삼켰다. 짙은 모래바람이 멀리서 불어오고 있었다. 그것은 보랏빛 사막에 낀 파란 이끼와도 같았다. 그들과는 달리, 뒤에 남겨진 예쁘장한 사내의 절망은 도무지 색채가 보이지 않았다. 그는 남겨지기 전에 흐르던 시간들이, 자신이 홀로 남아 지새우는 현재의 시간과 무척 다르다는 것을 깨달았다. 이어 동행들이 미치도록 보고 싶어졌다. 그저 그들이 곁에 있기만 해도 행복할 것 같았다. 그는 발이 아파서, 혹은 지쳐서 그 자리에 남은 게 아니었다. 그는 자신이 버림받았다는 사실을 이미 알고 있다. 뒤돌아 꽃병의 물을 갈고 있는 한 광인의 꿈속에서 자신이 지워졌던 것이다. 조금씩, 눈이 멀어가는 것처럼 아득해졌다. 게걸스런 허공은 사막의 잔광과 바람의 속삭임과 동료들이 남겨놓은 발자국을 먹어 치웠다. 눈을 힘껏 비벼보았지만 형상은 더 이상 그에게 다가오지 않았다. 그는 아역(兒役)에 어울리지 않는 노쇠한 비명을 지르며 울부짖었고, 사체는 보랏빛 사막의 어느 한 지점에서 형태도 없이 으스러졌다. 좁고 둥그런 함정에서 동행인과 밤을 지새우면서도 그의 얼굴을 보지 않는다는 것은 불가능에 가깝다. 그래도 나는 문어처럼 몸을 꼬부려 기어이 외면했다. 밤이 깊어갈 무렵, 그는 가만히 노래를 부르기 시작했다. 노래는 영원히 반복될 것만 같은 후렴을 지니고 있었다. 등에 닿는 그의 무릎을 느끼며 어느 날 다가와 배드민턴의 전설을 이야기하던 한 사내를 추억했다. 나는 혹 그의 선배였을지 모른다. 그 아스라한 라켓의 느낌을 내 손아귀는 기억할 수 있을지도 모른다. 어찌하여 나는 그 많은 사연들을 모두 잊고서 이러한 사막의 밤을 지새우는 것일까. 청년이 다닌다던 작은 무역 회사를 떠올렸다. 그리고 무역이라는 슬픈 노동에 관하여 생각해보았다. 오고 간다는 것, 그것은 영원과 반대의 말일 따름이다. 사람들은 나를 위해 많은 편지를 써주었다. 나와의 우정을 진심으로 감탄하고, 내게 불같은 사랑을 고백하고, 억겁의 원한을 지닌 듯 저주했다. 그러했던 모든 편지는 한결같이 투명에 가까운 강물의 끄트머리를 떠올린다. 나는 지금도 저 굽이치는 하얀 물결의 미소며 조금씩 느낌을 달리하는 울음소리를 기억한다. 아버지는 깨어진 안경을 보고는 다치지 않도록 제일 먼저 내 발을 들어올려주셨다. 그래서 나는 거의 앉은뱅이처럼, 두 다리를 가지런히 접고는 의자에 앉아 있었다. 고속버스는 내 집이 있는 원주로 빠르게 달려갔다. 아버지는 고개를 숙인 채, 아주 작은 소리로 당신의 부주의를 책망하며 깨어진 안경 조각을 하나씩 줍고 계셨다. 그때 버스가 급정거를 했다. 아마 고양이나 뭐 그런 동물 때문이었을 것이다. 아니면 고속도로 중앙선의 노란색을 미치도록 좋아하던 광인 때문이었을지도 모른다. 아무튼 급정거를 했지만 운전기사가 충분히 노련했기 때문에 별다른 사고는 없어 보였다. 단지 짤막한 비명 소리 같은 게 몇 번 들렸고, 이마에 혹이 생겨버렸다는 둥 노파의 투덜거리는 소리가 잠시 나더니 원주까지 직행하였다. 원주에 도착하여 내릴 때, 그때서야 비로소 사람들은 앞으로 몸을 숙인 채 목이 꺾여 죽어 있는 내 아버지를 발견하였다. 사내는 손을 들어 왼쪽을 가리켰지만, 좀더 정확히 말하자면 자신의 왼쪽을 가리켰다고 해야겠다. 그래, 그럼 이유는? 리더인 사내가 말했다. 이유는 생각이 나질 않아. 그냥 저쪽 방향이 끌릴 뿐이야. 맨 뒤에 따라오던 사내가 말하자, 리더는 알았다는 듯이 고개를 끄덕이고는 잠시 그쪽을 응시했다. 아무래도 보랏빛 안개의 시작은 바로 그곳인 듯했다. 그 인상은 일행의 결정에 동일하지는 않아도 다소간의 영향을 주었다. 좋아, 자네 말을 믿어보자고. 믿어서 손해 볼 것도 없고, 안 믿는다고 좋을 것도 없을 테니까. 이때만 해도 모두들 그리로 향할 것이라 리더인 사내와 맨 뒤의 사내는 믿고 있었을 것이 틀림없다. 하지만 셋이서 마음을 함께한다는 것은 또 얼마나 힘든 일인가. 서늘한 안개는 보랏빛 사막을 금세 뒤덮었다. 나는 아주 오래전부터 고민을 해왔다, 태어나기 전에 나는 무엇이었을까 하고. 지금은 없는 황제를 사모하여 나는 시를 썼다. 그 시는 다음과 같다. 저기 황금으로 된 홀이 반짝이고 여기 그의 족적(足跡)이 남겨져 있다. 황야는 조금씩 사막으로 변하여 그의 통치를 거부하지만 그리하여 성공한 저항의 흔적은 어디에도 없도다. 이 구절 외에는 기억이 나지 않는다. 그리고 이 구절도 아마 틀렸을 것이다. 대신 이렇게 쓰지 않았을까. 황야는 조금씩 사막으로 변하여 그의 통치를 거부하였다. 저기 음울한 주석 홀과 시간의 모래에 묻혀버린 족적은 슬프게 저항하였지만 그리하여 영원을 획득한 이는 아무도 없도다. 나는 단번에 켜지는 구식 라이터와 제법 깨끗이 보존된 오비디우스의 『변신 이야기』 범우사 판을 가지고 있다. 죽여도, 죽여도 기어 나오는 의지의 바퀴벌레 군단과 함께 살고 있고 이따금 남은 음식을 눈에 잘 띄지 않는 곳에 놓아두어 예쁜 얼룩무늬의 도둑고양이를 연명시킨다. 하늘은 여전히 파랗고, 우리는 그 말없는 하늘을 향해 기를 쓰고 올라왔다. 내가 먼저, 다음은 동행인의 차례였지만 굳이 손을 내밀어 그를 끌어올리는 수고를 나는 하지 않았다. 그가 스스로의 힘으로 올라와 팔꿈치에 묻은 피를 닦고 있을 때도 다만 팔짱을 낀 채 가만히 눈을 감아 내 얇은 눈꺼풀 너머에서 벌어지는 부산한 움직임을 못마땅하게 지켜보고 있었다. 마치 그곳에서 영원히 나오지 않아준다면 그거야말로 제일이라는 듯이. 아버지의 장례식은 초라했다. 나는 어린 마음에 바깥으로 나와 아버지가 받은 화환과 공사장에서 추락해 죽은 노동자가 받은 화환의 숫자를 헤아려 비교해본 후, 그가 아버지보다 가치 있는 죽음을 맞이한 것이라 판단했다. 아버지의 시신은 깨끗이 화장되었다. 그리고 제대로 외우지도 못할 만큼 여러 개의 서로 다른 이름을 가지고 있는 강물의 끄트머리에 뿌려졌다. 아버지의 하얀 가루가 떠다니던 굽이치는 물결의 미소와 조금씩 느낌을 달리하는 어머니의 울음소리를 나는 기억한다. 하지만 그 기억조차 영원하지는 않을 것이다. 모든 것은 한순간이고, 삶이란 그러한 우연한 순간들의 연속이므로, 그리고 죽음이란 그 마지막 우연에 불과하므로. 가운데에서 말없이 걷던 사내와 이별한 나머지 일행은 왼쪽으로 걸어가기 시작했으며, 그것은 이미 왼쪽이 아닌, 그들의 정면이 되어버렸다. 말하자면 다른 한 사내는 그들의 뒤를 향해 걷고 있는 것이다. 이러한 상황의 변화는 그들에게 자신감을 심어주었지만, 동시에 불가해한 어떤 의혹이 보랏빛 사막의 한 귀퉁이에서 꿈틀대고 있음을 외면할 수도 없었다. 스물한 살의 나이에 나는 국어로 번역되지 않은 병에 걸려 몹시 아팠다. 피가 썩고 있다는 의사의 말을 듣자 살아야겠다는 의지조차 역겨워졌다. 내 피는, 가느다란 혈관 속에서 언제까지나 안전하고 깨끗한 상태로 흐르고 있을 줄로만 알고 있었다. 피처럼 순수한 것은 더 이상 없는 줄로만 알았다. 그러나 내 피는 이미 걸쭉한 보라색으로 썩어 있었고, 나는 엄청난 착각을 해버린 것이었다.

6년의 기간 동안 어머니는 필사적이었다. 어머니는 금지된 음식을 구해 나에게 먹였고, 덕분인지 알 수는 없지만 어느 날 일어나보니 병실의 하얀 벽처럼 깨끗이 나아 있었다. 그리하여 돌아온 곳은 오래전 내 살던 집이 아니었다. 무언가 강하게 어색한, 병원 근처의 그 작고 초라한 집에서 어머니는 네가 돌아와 기쁘다고 울먹이셨다. 그러나 나는 내가 돌아온 곳이 어디인지, 병원을 떠나기나 한 것인지 알 수 없었다. 이따금 독한 포르말린 냄새가 공기에 섞여 지나갔고 채광이 부실한 안방에선 동생이 멍한 표정으로 한 쌍의 형광등을 갈아 끼우고 있었다. 죽은 하루살이들이 우수수 떨어져 내렸다. 이제는 동생과 함께 써야 할 방으로 조심스레 걸어 들어갔다. 그 방에선 동생 나이 때의 내 느낌이 났다. 대충 정리되어 구석에 처박혀 있던 내 보따리에는 일기며 이따금 외로울 때 만지곤 하던 작은 베개가 들어 있었고, 마술과도 같이 6년 전의 달력 또한 함께였다. 나는 달력을 들어 그해, 저 끔찍한 고통이 시작되었던 사월을 펼쳐보았다. 거기에는 샤갈의 품에 안겨 바라본 센 강의 다리가 몽환의 계곡 너머로 투명하니 이어져 있었다. 어느새 다가온 어머니가 내 어깨에 손을 얹으셨다. 센 강의 다리예요, 어머니. 짧게 한숨을 쉬며 나는 말했다. 샤갈이 그렸대요. 그건 조금 이상하구나, 얘야. 채 눈물이 마르지 않은 목소리로 어머니가 말씀하셨다. 이 엄마 눈에는 사막만 보이는걸, 지치고 목마른 보랏빛 사막이. 세 살 어린 동생은 대학을 포기하고 주유소에서 일하는 중이었다. 잡다한 것을 섞은 가짜 휘발유를 자동차에 처넣는 것이 자신의 직업이라며 입술에 묻은 투명한 소주의 흔적을 애써 닦아내었다. 나는 6년 동안 내 연약한 혈관을 타고 흘렀던, 저 보라색으로 썩어버린 피들을 생각했다. 또 그들로 하여금 내 혈관을 흐르도록 도와

준 어떤 불길한 우연을 떠올렸다. 자정, 우리 형제는 허망하게 취해버려 극도의 환희와 조악한 경멸 사이를 한없이 맴돌았다. 타오르는 태양과 모래가 섞인 바람과 끝없는 굴곡, 모두가 어제 그대로지만 어쩐지 낯선 느낌이었다. 나는 살아 있는 그 무엇도 없는 황량한 사막을 한 걸음씩 걸어가고 있었다. 정오가 지나자 또다시 그의 그림자가 눈앞에 펼쳐졌다. 그리고 점점 길게 늘어졌다. 그 그림자는 나를 두렵게 만들었다. 영원히 반복될 것만 같은 두려움, 그것은 뇌에 깃들인 세균과도 같이 거역할 수 없는 공포를 주었다. 일행과 헤어진 사내는, 자신의 길이 그릇되었음을 첫걸음에 이미 깨달았다. 그러나 뒤돌아 자신과 다른 방향으로 걸어가고 있는 두 사내와 합류할 수 없었다. 그것은 그의 의지와는 상관이 없는 문제였다. 사내는 낙오되었고, 그것은 이미 오래전에 누군가에 의하여 예정된 일이었다. 어느 한 지점에서 영원히 기다릴 것이라 말했던 예쁘장한 얼굴의 동료와는 달리, 자신은 영원히 이 사막을 떠돌아다닐 것이라는 끔찍한 예감에 몸서리를 쳤다. 그때 멀리서 이상한 물체가 모습을 드러냈다. 그것은 흡사 백사장의 파라솔 같기도 했고, 무언지 알 수 없는 물건들이 주렁주렁 매달린 피에로의 우산 같기도 했다. 그 기묘한 물체는 허공에 떠서 조금씩 돌고 있었다. 그것이 오르골임을 이해하기 위해서는 많은 시간이 필요하지 않았다. 문득, 희미하나마 그 속에서 우상을 하나 보았다고 생각했다. 사내는 허겁지겁 바닥에 엎드려 머리를 조아리며 경배했고, 순간 그는 초록색 염소, 그 성스런 제물이 되어 광인의 사막이 아닌 샤갈이 만들어낸 사막 속에 갇혀버렸다. 어느 것이 보다 나은 층위의 것인지는 아무도 알지 못한다. 최악의 유전자였을까, 하고 동생은 내게 말했다. 자신의 눈이 하루가 다르게 멀어간다는 사실을 알게 된 어느 가을날의 아침이었다. 안 되지, 안 돼. 동생은 말을 이었다. 형, 난 말이야, 이렇게 곱게 장님이 되어버릴 수는 없어. 난 아직 세상의 일 할도 보지 못한걸. 동생의 목소리는 가늘게 떨리고 있었으며, 그 떨림은 케냐의 밀림을 헤치고 다니는 탐험가가 될 것이라 호기롭게 떠들던 유년의 추억을 진동시켰다. 물론 돈만 있다면 고칠 수 있었다. 내가 아프기 전이었다면, 그때도 역시 고칠 수 있었을 것이다. 어머니는 걸레를 손에 든 채 쪼그리고 앉아 마루의 같은 자리를 끝없이 훔쳤다, 마치 그곳에 무언가가 계속해서 떨어지고 있는 듯. 우스운 주문을 외는 젊은 남녀가 집을 들락거리기 시작한 것도 그 즈음이었다. 두 사내는 열심히 걸었다. 이따금 여기저기서 피어오르는 보랏빛 안개에 두려움을 느꼈지만 자신들의 길을 포기하지는 않았다. 둘은 조금씩 포위망을 좁혀오는 불안감에서 헤어나기 위해 잠시 끊겼던 대화를 재개했다. 아니, 그 때문인지 아니면 다른 무슨 이유가 있는 것인지는 알 수 없다. 아무튼 누가 먼저랄 것 없이 대화가 시작된 것만은 분명한 사실이다. 리더인 사내는 무뚝뚝했지만, 조금 지나자 쾌활한 목소리로 동료보다 훨씬 더 많은 말을 쏟아내었다. 이봐, 나는 고양이를 키운다네. 얼룩무늬가 근사한 녀석이지. 동네에서는 대장 노릇을 한다고. 그의 동료도 금세 맞장구를 친다. 저런, 지금쯤 자네를 그리워하겠군. 나로선 득실대는 바퀴벌레 군단밖엔 없지만 말이야. 게다가 놈들 쪽에서도 나를 몹시 성가셔하는 것 같아. 그들의 목소리는 오직 정적뿐인 보랏빛 사막에 일정한 리듬과 활기를 주었다. 한낮의 사막은 쏟아지는 열기로 이글거린다. 나는 날름거리며 어깨와 목덜미를 훑고 있는 열기의 촉수를 느낀다. 무작정 걸어야 하나? 여기서 그냥 주저앉는 게 어때? 그는 이렇게 말한다. 물론 가능하다면, 나도 그러고만 싶다. 하지만 그럴 순 없다. 나는 동행인의 그림자를 본다. 그림자는 고개를 숙이고 있다. 그림자로 모체(母體)의 형태를 유추할 수 있다는 것은 굉장한 일이다. 참혹하게 전사한 아역 출신 배우처럼 낯선 내 동생의 모습을, 차마 나는 볼 수가 없었다. 때문에 어머니의 뒤에 숨어 형광등 빛을 받아 바닥에 드리워진 그의 그림자만을 보고 있었다. 경찰은 계속해서 동생을 설득했다. 그 칼을 내려놓고, 그 칼을 내려놓고, 이리로 와, 바보 짓 하지 말고. 동생의 칼에 목이 겨냥당한 여자 은행원은 새파랗게 질려 있었을 것이다. 어머니도 계속해서 동생에게 겨눈 경찰의 권총을 끌어내리며 동생에게 사정했다. 이리로 와, 엄마한테 와. 그러나 아우의 그림자는 쉽게 포기하지 않았다. 마침내 나를 뒤에 숨겨주고 있던 어머니가 그에게 다가갔고, 나는 저항할 수 없이 무너져가는 이 모든 형상을 지켜볼 수밖에 없었다. 이렇게 끝날 순 없지, 으응, 이럴 순 없다고. 그는 어딘지 엉뚱한 곳을 향해 치켜뜬, 멀어만 가는 텅 빈 눈으로 눈물을 흘렸고 동시에 어깨춤에 차고 있던 허름한 가방이 소리 없이 미끄러져내렸다. 그 속에 사막이 아니라 돈이 들어 있었다면, 아마도 터무니없이 적은 액수에 지나지 않았을 것이다. 은행원의 목을 긋는 대신 자신의 팔목에 깊은 상처를 남기고 칼을 던져버린 다음에도 동생은 어머니의 품에 안기지 못했다. 쟤가 공부를 일등만 하던 아이예요, 착한 아이랍니다. 어머니는 피투성이 팔이 뒤로 꺾인 채 거칠게 끌려가는 동생을 잡으려 애쓰며 울부짖었다. 나는 바보처럼 소리 지르는 어머니도, 그런 어머니를 힘없이 관망하는 동생의 그림자도, 새파랗게 질려버린 가여운 소녀, 저 먼 케냐의 밀림에 떨어지고 있는 동생의 붉은 선혈도 볼 수 없도록 눈을 감았다. 둘이 그렇게 얘기하면서 걷는 것은 묵묵히 걷는 것보다 즐거운 일이었지만, 또한 그보다 훨씬 힘든 일이었다. 둘은 자신들의 기력이 급격히 쇠하고 있음을 느꼈다. 하지만 그렇다고 해서 대화를 멈출 수는 없었다. 왜냐하면 이제껏 지속되어온 대화가 끊기면서 그들을 엄습할 숨 막히는 정적이 두려웠기 때문이었다. 그래서 그들은 있는 힘을 다해 세상의 모든 일에 관하여 이야기했다. 그러다 굳이 의미를 부여할 필요까지는 없는 어느 순간, 리더인 사내가 말하다 말고 갑자기 뛰기 시작했다. 나는 갑자기, 라고 표현했는데, 그것은 그 행위 자체의 돌발성 때문이라기보다는 그들이 함께 평온히 얘기를 나누었던 긴 시간에 비해 무척이나 짧은 순간에 일어난 사건이라는 것을 밝히기 위함이다. 무엇이 그를 뛰게 만들었는지는 아무도 모른다. 그와 함께 걷던 나머지 사내도 알 수 없었고, 그 당사자도 전혀 짐작조차 할 수 없었다. 단지 그의 발이 마치 사막의 모래에게 화라도 내는 것처럼 격렬히 움직여버린 것이다. 뒤에 남겨진 사내는 자신의 보폭을 견지하면서 리더의 사라져가는 뒷모습을 멍하니 바라보았다. 그리고 그와 똑같이, 고장 난 기계처럼 무작정 나아가기만 하는, 궤도조차 수정할 수 없는 자신의 발을 내려다보았다. 리더도 이젠 끝인가 하고 사내는 생각했다. 그리고는 온몸의 피가 썩어가는 듯한 불결함에, 구토라도 할 것처럼 눈을 감았다. 그의 생각은 옳았으니, 리더는 확실히 끝이 났다. 그는 자신의 일행에게서 한 발자국의 거리만큼 멀어지던 그 순간부터 끝없이 질주의 속도를 올려갔다. 그의 의지가 아님은 물론이다. 빠르게 스쳐가는 흑과 백과 보랏빛 사막의 풍경, 그 숨 막히는 속도감에 허허 웃기만 하던 리더는 종내는 목이 뒤로 꺾이며 거대한 폭발음과 함께 우주를 향해 뛰쳐나갔다. 다만 그 순간에도 한 집단의 리더답게 남겨진 일행을 걱정하고 있었음을 여기에 밝혀야 하겠다. 무언가 폭발한 듯 잔광은 하늘을 흐르고 있지만 이미 오래 전에 정오가 지난 시간, 동행인의 그림자는 지구와 해와의 거리만 큼 늘어났다. 나는 동행인을 볼 수 없지만, 나를 포괄하는 그를 느 낄 수 있다. 동시에 자신이 속해 있는 곳을 못마땅해하는 나, 세입 자의 잔인한 어리석음도 분명하게 느낄 수 있다. 어쩌면 나와 내 동행인이 걸어가고 있는 곳은 이토록 황량한 사막이 아닐지 모른 다. 세련된 오아시스와 분방한 무희의 유혹이 넘실대는 대도시의 번화가일지 모른다. 그러나 나의 발은 사막의 메마른 모래를 밟고, 나의 피부는 거칠게 몰아치는 혹독한 모래바람을 맞으며, 나의 눈 은 한 폭의 수묵화처럼 끝없이 멀어지는 사막의 지평선을 본다. 그 리고 어쩔 수 없이, 이런 나를 조소하듯 등 뒤로 터벅터벅 끈질기 게 따라오는 내 시든 육신을 느낀다. 부끄럽지만 어쩔 도리가 없 다. 대학에 진학하던 열아홉의 겨울, 나는 서울에서 자취를 시작했 다. 술과 담배에 취해 정신없던 어느 주말, 차가운 아침 안개를 헤 치고 달려온 집배원이 원주에서 어머니가 부친 소포를 건네주었 다. 거기엔 돌아가신 아버지가 내 성년식 생일을 위해 준비해둔 선 물 상자가 들어 있었다. 나는 아무렇지도 않게, 마치 12년의 시공 을 날아 아버지의 눈앞에서 하듯 상자를 끌러보았다. 영어로 사막, 이라고 심드렁한 필체로 인쇄된 조잡한 구식 미제 라이터 하나와 이제는 절판되어버린 오비디우스의 『변신 이야기』 범우사 판, 그 리고 옛집을 배경으로 멋지게 담배를 피우는 아버지의 사진이 쏟 아져 나왔다. 누렇게 색이 바랜 편지도 보였다. 서너 가지의 괜한 당부의 말, 아들의 장래에 대한 터무니없는 희망들이 그 안에 빼곡 히 적혀 있었다. 편지지의 한 귀퉁이에는 주황색도 아니고 갈색도 아닌 희한한 얼룩이 보였는데, 아버지는 그 부분에 장난스레 동그라미를 치고는 내 고양이가 그릇에 풀어놓은 계란을 훔쳐 먹고 증거를 여기다 남겨놓았노라고 쓰셨다. 나는 상자를 이불 더미 위에 던져놓고, 누워 하루 종일 소포가 넘어온 시간의 다리와 다리에 수놓아져 있는 편지며 그 건너에서 이쪽을 향해 웃고 있는 아버지, 고양이, 그리고 얼굴이 새하얀 꼬마를 생각했다. 그들에게 다리를 넘어오라 유혹할 순 없었지만 까닭 모를 그리움은 지워지지 않았다. 그날 늦은 저녁 찾아온 12년 전의 나에게 아버지의 상자를 보여주었다. 사막처럼 건조한 방에서 그는 눈물을 흘렸지만 나는 그리하지 않았다. 자신의 습기 찬 울음이 내 그것을 막아주었다는 사실을 12년 전의 나는 알기나 할 것인가. 그는 새벽에 돌아갔고, 하여 나는 잠수하듯 기나긴 공백의 시간 속으로 고요히 빠져들었다. 그동안 많은 일이 있었다. 사막은 끝없이 탐욕을 부리며 더더욱 많은 것을 집어삼켰다. 더 이상 견디지 못할 만큼 비대해졌으며, 한없이 질량을 키워나갔다. 내 앎과, 내 느낌과, 빼앗기기가 죽기보다 싫었던 모든 것들. 그들은 사막에 갇혀 소리 죽여 울었고, 때가 되자 하나씩 소멸해갔다. 절대 벗어날 수 없는 것들에서 벗어나기 위해 필요한 것은 사막을 닮은 망각뿐이었다. 나는 너무 늦지 않게 이를 깨달았고, 어떻게든 순응하기 위해 애쓰며 살아왔다. 그러던 먼 훗날의 어느 밤, 나는 꿈을 꾸었다. 너른 사막의 지평선에는 여러 가지 것들이 유영하고 있었다. 이름마저 잊혀진 고양이, 우습게 죽어버린 아버지가 그곳에 있었다. 병상에서 보낸 여섯 해의 내 젊음, 아득히 먼 곳으로 가버린 원주의 옛집, 이국의 보석처럼 끝없이 무엇인가 이글거리는 아우의 검은 눈동자도 있었다. 그 모습은 마치 사막이라는 오르골에 매달려 빙글 도는 꼭두각시 같았다. 노란 히아신스를 좋아하던 여인은 배경처럼 뒤로 물러나 있었다. 뒤에서 고개를 떨어뜨리고 있었다. 더 이상 당신을 미워하지 않아요, 하고 나는 소리쳤다. 당신 잘못이 아닌걸요. 이 말을 꼭 해드리고 싶었어요. 그녀는 궂은 날의 작은 꽃잎처럼 흐느끼고 흐느꼈다. 가느다란 손가락을 살랑거리며 눈물을 훔쳤다. 그만 헤어지기 위해 그들에게 손을 흔들었다. 그리고 돌아서 내 깊은 꿈의 경계를 향해 걷기 시작했다. 이제와 돌이켜보니 그곳에서 나오기 위해 무척이나 오래 걸어야 했던 것 같다. 거친 모래바람이 부는 황량한 언덕을 오직 내 육신을 동료 삼아 더불어 걸었다. 우리는 함께 사막의 열기를 견뎌내었다. 밤의 적막과 깊은 구덩이 속의 외로움도 함께 참아내었다. 그것은 결코 쉬운 일이 아니었다. 우리는 또한 우리가 떠나온 고단한 우주와 불운의 삶, 그 삶의 징표들을 잊기로 했다. 잊어버리고, 아무도 원망치 않기로 했다. 우리는 사막의 변방으로 향하며 서로에게 약속했고, 지키기 위해 노력했다. 그렇게, 결국 그곳을 나는 빠져나올 수 있었다. 지금 나는 그곳에 없다. 아버지를 사랑했던 저 가여운 광인은 내 병약했던 이십대가 마지막 한 해를 남겨놓고 있던 1993년 초여름, 주말의 한 오후에 난데없이 허공에 대고 목 놓아 울더니만 픽 쓰러져 죽어버렸다. 나는 이 사실을 드디어 교단(教團)에서 쫓겨났다며 멋쩍게 집으로 돌아오신 어머니의 심히 늙은 입을 통해 들었고, 동시에 그 가느다란 입가에서 깊이 우리를 억누르고 있던 정교한 톱니바퀴의 이빨이 하나 부러져나간 것도 보았다. 그렇다면 보랏빛 사막을 걷고 있던 마지막 사내는 어찌 된 것일까. 기이한 굴곡과 형용할 수 없이 진한 보랏빛의 황혼으로 꿈틀거리는 한 광인의 뇌 속을 영원히 방랑하는 것이 자신의 운명이리라 여겼던 그는, 이 많은 사연을 부둥켜안고서 도대체 어디로 간 것일까. 위대한 황제가 죽어버린 사막을 아직도 항해하고 있을 것인가, 아니면 그 무슨 요사스런 병균이라도 되어 이미 죽어버린 광인 대신 나에게로 옮아온 것인가. 이도 저도 아니라면 혹시 그 광인의 죽음과 더불어, 그 영혼의 소멸과 더불어 애초 그랬던 것처럼 무의 형태로 돌아간 것은 아닐지. 하지만 이미 저 광활한 사막에 뿌리를 내리고 방랑자들의 습기 섞인 한숨과 보랏빛 잔광을 흡수해가며 끈질기게 존재하던 욕망과 기억과 형상이 이제와 어떻게 모든 것을 부유하는 모래의 안개 속에 묻어버린 채 온전히 무로 돌아갈 수 있단 말인가?

〔『현대문학』, 2000년〕

하얀 발목

햇살이 잦아든 늦봄의 이른 저녁, 불을 밝히지 않아 울긋불긋 멍 처럼 내려앉은 실내의 어둠 속이었다. 남편은 서쪽 창을 등지고 앉 은 아내의 입 모양을 물끄러미 지켜보았다. 이따금 그녀의 머리가 흔들릴 때마다 촘촘히 짜인 그물처럼 긴 머리카락 사이로 저물어 가는 붉은 해가 보였다. 불현듯 아내의 말이 끝났다. 그것을 깨달 은 남편은 고개를 끄덕였고, 주위에 가득 찬 정적에 파문을 일으키 며 웃었다.

"뭐야, 나는 없던 것일까?"

"글쎄요, 그러고 보니 당신은 못 보았는걸요?" 아내가 눈을 끔벅 이며 대답했다. "맞아, 그러고 보니."

"너무하잖아. 다음에는 나도 한번 찾아봐달라고." 남편이 투정 하듯 말했다. "나도 분명히 그곳에 있을 거야."

아내는 남편의 말에 고개를 끄덕였고, 그 바람에 찰랑거리는 머 릿결 끝자락에 매달린 저녁의 황혼을 남편은 볼 수 있었다. "응, 그래요 다음번에는 꼭." 입술을 동그랗게 말았다가 다짐하듯 굳게 다물며 아내가 말했다. 배가 고프군, 남편이 벽을 더듬어 스위치를 켜자 그동안의 모든 것이 꿈이었던 것처럼 실내가 환하게 밝아 왔다.

그날 밤, 좋은 음식으로 배를 채운 남편은 곤하게 자는 아내의 곁에 누워 이러한 꿈을 꾸었다. 어둡고 습한 거리를 아내가 걷고 있었다. 누런 백열전구의 파동은 균등하게 내리는 빗방울에 섞여 미친 듯 원을 그리는 서너 마리 나방의 날개를 비추었다. 그 아래에는 짙은 회색의 코트, 혹은 손목까지 완전히 감싼 검은 셔츠를 입은 사람들이 아무렇게나 엎어져 있었다. 끝없이 늘어선 가로등, 희미하게 떨리는 백열전구의 불빛마다 두 명 아니면 세 명씩 보였다. 가로등은 정확하게 자신이 할당받은 영역만을 비추었으며 덕분에 주변 전체를 뒤덮은 암흑의 갈기와 뚜렷한 경계를 만들어냈다. 아내는 3초에 두 번꼴로 발걸음을 옮겼다. 어쩐지 목적이 있어 보이는 걸음이었지만, 정면의 어둠 속으로 어슴푸레 사라지는 거리의 소실점은 그 목적을 조롱하는 것 같았다. 양편의 가로등은 균일한 간격을 반복하며 늘어서 있었다. 그 냉정한 거리를 아내는 또각, 또각 검고 단단한 아스팔트 바닥을 울리며 나아갔다. 어디선가 작은 웅덩이를 밟을 때 나는 소리가 들려왔다. 아니면 그것은 높은 처마에서 떨어지는 물방울의 소리였을지 모른다. 땀과 비슷한 액체가 금세 두피의 속까지 스며들었다.

남편은 아내의 곁으로 가고 싶었지만 생각대로 되지 않았다. 그래서 다만 아내의 행보에 시선을 고정시켰다. 아내는 조금씩 걸어갔다. 아스팔트의 한가운데, 노란 선을 따라 아내는 걸어갔다. 사람들은 여전히 가로등 아래에 엎드려 있었고 대부분 얼굴을 저 너머 또는 바닥으로 향해 두었기 때문에 누군지 금세 알아보기 어려웠다. 그들의 모습은 평온했으며 상당히 오랜 기간 준비한 끝에 맞이한 수면을 즐기는 것 같았다. 끝없는 회색과 검은색의 행렬이었다. 양쪽으로 늘어선 가로등의 뒤쪽으로는 깊이를 가늠하기 힘든 골목을 사이에 둔 높은 건물들이 보였다. 그 높이와 외형은 엇비슷했다. 피뢰침이니 송신탑이니 하는 것들은 보이지 않았으며, 때문에 그곳은 조금만 다른 눈으로 둘러보았을 때 포장된 공산품이 가득 쌓여 있는 잊혀진 창고를 닮았다.

이 모든 것이 낮에 들었던 아내의 꿈 그대로였다. 지루했으며, 몇 번을 뒤척이던 남편은 무심코 그 거리를 벗어나 보다 현실적이고 생동감 있는 다른 꿈을 꾸기 시작했다.

아침, 출근할 준비를 마친 남편은 아내를 조심스레 흔들어 깨웠다. 아내는 온몸에 힘을 뺀 채로 커다란 눈꺼풀을 들어올리고, 내리고, 다시 두어 번 그 행위를 반복한 후에야 간신히 일어났다. 남편은 조금씩 윤기가 도는 아내의 눈에 키스하며 연한 히아신스 향이 섞인 머리카락 냄새를 맡았다. "아침이야." 남편은 가만히 속삭였다.

"아, 벌써." 아내가 귀엽게 미소 지으며 말했다. "오늘은 일찍 오실 건가요, 혹은 아닌가요?"

"일찍." 남편이 대꾸했다. "한숨 더 자고 나면 내가 곁에 있을 거야."

그날 남편은 저녁 다섯시가 조금 넘어 집에 돌아왔다. 그리 일찍 돌아온 것을 자랑하고 싶었지만 아내는 안방에서 자고 있었다. 살짝 벌어진 붉은 입술 사이로 토끼처럼 창백한 이가 드러나 보였다. 남편은 아내가 깨지 않게 옷을 갈아입고 곁에 누웠다. 그것으로 족했다.

남편과 아내는 세상에 태어난 이후 그런 호칭이 두 번째였다. 남편은 전처와 이혼했고, 아내는 전남편과 사별했다. 둘은 서로에게 자세한 내용을 묻지 않았다. 둘은 매운 상처의 경험이 있으며 또한 그것에서 무언가를 깨달은 성인이 다른 성인에게 대하듯 행동했다. 그들은 서로가 곁에 있어 행복했다. 결혼식은 많은 사람들의 축복 속에서 이루어졌다. 남편에게는 다만 하나 걸리는 것이 있었지만 그것을 언어의 형태로 세상에 내보낸 적이 없었다.

　　바람 부는 한강 나루에서 수줍게 청혼한 날의 저녁, 남편은 꿈에서 어머니를 보았다. 자상하던 아버지가 끔찍한 사고로 돌아가시고 난 며칠 후, 어머니는 깊은 밤 뒷마당에 있던 우물에 몸을 던져 스스로 목숨을 끊었다. 다음날 아침 발견된, 물 위로 삐죽 나와 있는 어머니의 하얀 발목은 아들의 삶에 있어 지워지지 않는 전액(篆額) 역할을 해왔다. 그 어머니가 꿈에 나타나 새로운 아내와 결혼하는 것을 만류한 것이다. "불행해질 거야." 남편은 거의 반사적으로 이렇게 대꾸했다. "제 생각은 달라요, 엄마."

　　"우물에 빠지는 건 이유가 있는 법이지. 그 아이는 너를 슬프게 할 거야." 그녀가 안타까운 얼굴로 뒤돌아 가는 모습을 보지 않기 위해 남편은 눈을 감았고, 눈을 감았기 때문에 그녀가 안타까운 얼굴로 뒤돌아 가는 모습을 보지 않을 수 있었다.

　　남편은 새로운 아내와 잘해나갈 것이라 믿었다. 그녀는 세상의 어떤 포유류보다 맑고 투명한 눈을 가지고 있었다. 지나친 잠 따위는 남편에게 있어 아무런 문제가 되지 않았다. 아니, 오히려 그 점을 아내만의 두드러진 매력으로 간주하였다. 아내의 잠은 조용했다. 뒤척이지도 않았으며 가끔은 숨소리조차 들리지 않았다. 그리 자주, 깊이 자는 생물을 남편은 한 번도 본 적이 없었다. 그러한 아

내를 들여다보고 있노라면 몸의 어디선가 보호 본능, 혹은 권위 의
식 같은 것들의 탈을 쓴 욕정이 생겨났지만 자는 아내를 깨워 성교
하는 것은 적절치 않다고 생각했다.

전화벨이 울린 것은 남편이 그 욕정과의 반복적이고 지루한 싸
움을 끝낼 즈음이었다. 순간 아내의 눈꺼풀이 가늘게 떨리며 안구
가 바삐 움직였다. 남편은 황급히, 그러나 부드럽게 일어나 거실에
있는 수화기를 들었다. 용건은 길지 않았다. 전화를 끊은 남편은
잠시 멍하니 있다 화장실로 갔다. 찬물로 세수를 하다가 아차, 하
는 순간에 울기 시작했다.

이러한 일련의 행위들은 무척 조용하고 자연스럽게 진행되었음
에도 불구하고 아내는 어느새 깨어 근심스런 얼굴로 남편의 등 뒤
에 서 있었다. "무슨 일이에요?" 남편은 아내를 껴안고 이번에는
소리 내어 울었다. 아내가 장롱에서 검은색 양복을 꺼내어 다릴
때, 남편은 장난기 많았던 오랜 친구의 죽음이 장난이 아니라는 사
실을 그리 쉽게 받아들인 자신에 대해 의아해했다. "그 친구와 나
는 오래 사귀었어. 삼십 년이 넘었거든." 남편은 다리미질에 열중
하는 아내에게 이렇게 말했다. "삼십 년이 넘었는데 이리도 갑자
기." 남편은 다시 걱걱거리며 울기 시작했다.

적당한 분량의 눈물을 쏟은 후 고개를 들었을 때 다리미를 옆으
로 세워놓은 아내 역시 울고 있는 것을 보았다. 남편은 아내를 안
았다. 왜소한 체격의 아내 몸 어디에 그 많은 눈물이 숨어 있었는
지 가슴팍이 젖어왔다. "울지 마." 남편은 아내를 달래야겠다고 생
각했다. "누구나 한 번은 죽는 거야. 누구의 잘못도 아니야. 그저
명이 다한 거야." 아내가 고개를 끄덕였다. 몇 가닥인가 눈물로 뭉
쳐진 머리카락이 살짝 흘러내렸다. "울지 마." 아내의 머리카락을

훑어 올려주며 남편이 말했다.

이른 저녁, 상가(喪家)는 조문객들로 가득 차 있었다. 모두들 믿기 힘들다는 표정이었다. 그의 사인(死因)에 관한 이야기들이 참견하기 좋아하는 유령처럼 상가의 여기저기를 배회했다. "신호도 무시했다고 하더군. 범퍼에 매단 채 사십 미터나 끌고 갔대." 꾸부정하게 모여 앉은 친구들은 혀를 차며, 혹은 허탈한 미소를 지으며 이를 악물었다. "개새끼." 이틀 후 시신을 화장할 때, 침이 말라 입가에 허옇게 앙금 잡힌 사자(死者)의 노모를 부축하며 남편은 몹시 고단함을 느꼈다.

쉽지 않았지만 애초부터 망각은 우주의 원리였다. 남편은 불운했던 옛 친구를 잊고 회사 일에 열중했다. 물론 그의 능력 자체가 우수했지만, 특히 그가 맡아 하는 일들은 대부분 윗사람들의 눈에 띄는 일이었다. 집에 돌아가면 예쁜 아내가 있었다. 잠이 많았지만, 잔소리가 심하고 약간의 정신적 장애마저 있던 전처보다는 훨씬 나았다. 남편은 아내를 사랑했으며, 그녀가 즐기는 유일한 사치인 수면(睡眠)에 소요되는 비용 — 이를테면 밀린 설거지라든지 빨래 등은 이모저모를 따져보아 공평하다고 생각했다. 어찌 되었건 둘은 아직 신혼이었다.

결혼한 지 1년이 조금 넘어가면서 둘 사이에는 일종의 패턴이 생겨났다. 집에 돌아온 남편이 아내를 깨우면 아내는 장마를 만난 죽순처럼 천천히 일어나 밥을 차렸다. 밥을 먹은 후 둘은 잠시 소파에 기대 텔레비전을 보았다. 조금 지나 아내가 꾸벅꾸벅 졸면 남편은 아내를 부축해 침대에 누이고는 설거지나 회사에서 가지고 온 일감을 처리했다. 사람이 살아가다 보면 옷에서 단추가 떨어지는 경우도 있다. 그럴 때면 남편은 아내를 깨워 바느질을 맡기는 대신 언제 어디서고 스스로 해내기 위해 호주머니에 바늘 서너 개와 색색의 실이 든 작은 반짇고리를 넣어 다녔다. 그리고 그러한 방식으로 아내를 위하는 자신에게 만족해했다.

아내가 저녁을 차리다 말고 문득 돌아서서 중얼거리는 경우도 있었다. 조용히, 관심 있게 귀를 기울이지 않으면 들리지 않을 목소리였으며, 항상 남편이 퇴근하기 전까지 꾸고 있던 비슷비슷한 꿈 이야기였다. 거기에는 이상하게도 아무런 감정과 억양이 없었기 때문에 스펀지마냥 지쳐 있던 남편에게 있어서 아내의 꿈은 교과서처럼 빠짐없이 흡수해야 할 그 무엇이었다.

"오늘도 그 거리를 걸었어요. 여전히 죽어 있는 사람들은 많았고요. 가로등 밑에 아무렇게나 누워 있더라고요. 아참, 오늘은 그 중에서 당신 회사 부장님도 보았어요. 얼굴이 조금 부었지만 우리 결혼식 때 온 그분이 맞아요." 7월도 끝나갈 무렵, 집에 돌아온 남편에게 아내는 이렇게 말했다. 굳이 죽었다는 표현을 사용한 것은 그때가 처음이었다. 주택가의 아파트 6층에 자리 잡은 둘의 보금자리는 이른 저녁부터 세상의 소음과 격리된 듯 적막했다.

더위가 점점 심해지자 거리의 짐승들은 교미를 중단하고 응달로 잦아들었다. 인류가 옹색하게 만들어낸 도심의 그늘은 8월의 태양에 대항하여 자신 내부를 여느 계절의 그것보다 습기 찬 어둠으로 채워버렸다. 그 어둠을 따라 집에 돌아온 남편은 하루 종일 침대에 누워 지냈다. 타는 듯한 더운 날씨에도 침실은 서늘했다. 40대 중반의 나이에 수영으로 다듬어진 탄탄한 몸매를 자랑하던 부장이 휴가를 보내던 속초에서 익사한 것은 이해하기 힘들었다. "부장님 누이동생이 유명한 무당이야." 수정과를 가지고 온 아내에게 남편이 말했다. "넋이 나가서 계속 중얼거리더군. 그년이 발목을 잡았어, 잡았어 하고 말이야." 아내는 몸서리를 쳤다. "아아 무서워라."
수정과에 가느다란 파문이 생겼다. "조금은 피곤한 스타일이지만
착한 사람이었어. 좋은 곳으로 가셨을 거야." 수정과는 달콤했다.

　아내는 여전히 잠을 잤다. 투명한 피부의 아내가 자는 모습을 볼
라치면 남편은 한없이 마음이 편해졌다. 맛있는 음식과 긴 대화도
그리웠지만 한 여자에게 너무 많은 것을 바랄 수는 없는 일이었다.
퇴근해 돌아온 남편을 아내는 눈을 비비며 일어나 가볍게 안았다.
그럴 때면 충분히 수면을 취한 여성 특유의 향이 남편의 코를 간질
였으며, 그 매혹적이고 노곤한 공기는 그의 몸을 녹초로 만들었다.
식은 찌개를 데우며 저녁 준비하는 아내의 모습은 마치 황혼의 허
공에서 왈츠를 추는 것처럼 우아했다. 식사가 모두 준비되고 나면
아내는 작고 예쁜 눈을 빛내며, 있잖아요, 하고 남편의 곁에 붙어
앉았다. "글쎄 오늘은 꿈에서 누구를 보았냐 하면 말이죠."

　남편은 계란부침을 먹으며, 토란국을 마시며, 장조림을 젓가락
으로 찢으며 아내의 이야기에 귀 기울였다. 사랑하는 아내의 목소
리를 듣는 것은 행복한 일이었다. 회사에서는 아내의 수면을 방해
할까 봐 집으로 전화하지 않았다. 실상 아내가 말하는 줄거리에는
관심이 없었다. 다만 그 신비로운 목소리며 그녀가 곁에 앉아 이쪽
을 향해 말하고 있다는 현재의 사실만이 중요했다. 남편은 말할 수
없이 행복했으며, 자신의 위장을 채워야 할 음식이 불투명한 정액
이 되어 자신의 생식기를 채우고 있다는 착각을 느꼈다. 아내의 입
에서 부부가 알고 있는 사람들의 이름이 흘러나왔다.

　그러던 어느 날 남편은 현관문을 열고 들어와 아내가 깨어 있는
것을 보았다. 아내는 거실에 앉아 비디오를 보고 있었다. 드문 일
이라 이상하고 신기했다. "여보." 남편이 웃으며 말했다. "뭘 보고

있는 거야? 영화라도 보는 거야?"

"보세요, 우리 결혼식 비디오예요." 아내가 남편을 마중하기 위해 일어서며 말했다. "저 비디오를 보면 아직도 가슴이 두근거리네요." 둘은 소파에 나란히 앉아 살며시 껴안고는 비디오를 보았다. 사회자, 주례, 피아노 연주자, 그리고 수많은 친구며 동료며 양가친척들이 나왔다. 그들이 활기차게 웃으며 이리저리 움직이는 모습, 주례와 사회자가 잠시 실수하는 모습, 그 바람에 하객들이 파안대소하는 모습이 보였다. 남편은 갑자기 아찔해졌다. 남편은 자신의 허리에 두른 아내의 손을 풀고는 안방으로 갔다. 옷을 벗고, 잠옷으로 갈아입었다. "여보, 나 배고파."

"아이, 내 정신 좀 봐." 아내가 비디오를 끄며 말했다. "금세 준비할게요." 아내가 부지런히 파를 썰고 된장을 풀고 밥을 퍼 식탁에 차릴 동안 남편은 찬물로 세수를 했다. 하지만 비디오에서 보았던 장면들이 계속해서 눈앞을 스쳐갔기 때문에 그는 자신이 세수를 하는 중인지 진흙 마사지를 하는 중인지조차 분간할 수 없었다. 남편은 물이 잔뜩 묻은 얼굴로 거울을 대했다. 히죽 웃어보기도 하고, 멍한 표정을 짓기도 했다. 마지막에는 잔잔한 미소가 입가에 흐르는, 아내에게 대하는 평소의 표정을 만들어 욕실에서 나왔다. 그동안 저녁은 이미 준비되어 있었다. 싸늘한 공기가 흐르는 저녁의 식탁에서 남편은 아무 말 없이 식사를 했다.

그날 밤 남편은 잠을 이룰 수가 없었다. 저녁에 본, 이제는 죽은 자들로 가득한 결혼식 풍경이 눈에 선했다. 남편은 살며시 부엌으로 나가 아끼던 양주를 마셨다. 누런 액체가 입술을 적시며 고단한 육체 속으로 흘러 들어갔다. 금세 속이 뜨거워지며 코에서 매운 바람이 나왔다. 남편은 한 잔, 한 잔 신중히 마셨다. 무언가 안주거리가 될 만한 것이 있나 냉장고를 뒤져보았지만 시든 나물뿐이었다. 문을 닫고, 자리에 앉아 다시 술을 마셨다. 그렇게 하릴없이 냉장고만 서너 번 열었다 닫았다 하면서 조금씩 취해갔다. 그 느리게 진행되는 취기의 어느 지점에서 남편은 죽은 자들의 공통점을 깨달았다. 그들은 아내가 꿈에서 보았다고 말했던 사람들이었다. 갑자기 온몸에 소름이 돋았다. 남편은 아내가 자고 있는 침실 쪽을 힐끗 쳐다보았다. 술은 아직 많이 남아 있었다.

하지만 우연의 일치라고 남편은 생각했다. 밝은 정오, 새로 온 여직원의 쾌활한 웃음을 들을 때였다. 그녀는 지방의 국립 대학교를 졸업했으며 갸름하고 가무잡잡한 얼굴에 애교가 많은 시선을 가지고 있었다. "저는 쌍둥이랍니다." 그녀는 남편을 부드럽게 바라보며 이렇게 말했다. "다섯 쌍둥이죠. 덕분에 놀림을 많이 받고 살았어요, 아주 어릴 때부터." 그 말을 하며 여직원은 얼굴이 빨개졌다.

"그것은 부끄러운 일이 아니지." 남편은 웃음이 많은 그 여직원을 좋게 보았다. "부끄럽기에는 조건이 안 맞아." 남편은 직원들과 점심을 들며 아내의 꿈이 가진 우연은 잊었다. 새로 문을 연 식당은 음식이 무척 맛있었다.

굳이 바꿀 필요가 없는 부부의 삶은 지속되었다. 남편은 여전히 귀가하여 제일 먼저 아내를 깨웠고, 그러면 아내는 일어나 저녁을 준비했다. 그동안 혹은 남편이 식사하는 동안 아내는 작은 소리로 방금 전까지 꾸었던 꿈을 이야기했고, 남편은 조심스럽게 그 이야기를 접수했다. 끝없이 낯익은 이름, 친숙한 얼굴들이 흘러나왔으며 수많은 사람들이 제각기 슬픈 사연을 품고 죽어갔다. 주말이면 둘은 동물원에 가서 병든 고릴라를 보거나 닭갈비를 꼭꼭 씹어 먹는 모임에 참석했다. 모임의 구성원은 갈수록 줄어들었다.

그러던 어느 날, 대학 동창의 장례식에 참석했던 남편은 몹시 취해 돌아왔다. 돌아와서 아내를 거칠게 깨웠다. "여보, 일어나봐. 일어나서 내 얘기 좀 들어줘." 아내는 놀라서 일어났다. "말씀해보세요. 무슨 일 있어요?" 아내는 걱정스러운 얼굴로 남편의 두 손을 감싸 안았다. "제가 다 들어드릴게요."

"그래, 제발 들어줘. 나는 말이야, 이제 친한 동료도, 친구도 없어. 전부 죽었어. 대체 왜 이런 일이 생기는 거지? 나는 이제 완전히 혼자야. 견딜 수가 없어."

아내는 남편의 머리를 싸안았다. "하지만 당신은 극복할 수 있어요. 내 사랑, 그렇죠?" 아내는 조금씩 흐느꼈고, 뜨거운 눈물을 남편의 목덜미에 흘렸다. "당신, 떨고 있네요. 가여워라."

"당신, 꿈 말이야." 남편은 아내의 품에 머리를 맡긴 채로 말했다. "오늘은 그 거리에서 누구를 보았지?"

"나중에 얘기해줄게요." 아내는 여전히 흐느끼면서 말했다. "지금은 그게 중요하지 않잖아요."

"아니, 듣고 싶어." 아내의 품에서 머리를 빼며 남편은 말했다. "오늘은 누구를 보았어?"

"그래요?" 아내는 손등으로 눈물을 닦았다. "오늘은 말이죠, 실은 아무도 못 보았어요."

"못 봤다고?"

"예, 오늘은 아무도 못 봤어요. 오늘은 그 거리를 걷지 않았거든요. 거리에서, 문득 무슨 생각이 들었던지 왼쪽에 있는 건물로 들어갔어요. 건물은 입구부터 어두웠어요. 그래서 아무도 못 보았어요. 저는 비상 계단 같은 곳으로 올라갔어요. 누군가의 웃음소리가 들려왔어요. 웃음이 많은 여자라고 생각했지요."

남편은 아내를 사랑했지만, 그녀의 머리카락이며 눈동자며 입술을 사랑했지만, 그녀의 목소리, 자상함, 조용한 성격이며 개떡 같은 요리까지 사랑했지만 조금씩 아내가 두려워졌다. 그리고 그만큼 쌍둥이 여직원에게 좋은 감정을 느꼈다. 둘은 서로에게서 공평한 애정을 발견했다. 밖에서 만나 식사하고, 영화를 보았다. 하지만 정작 첫 키스는 회사의 비상 계단에서 이루어졌다. 남편은 교태가 많은 쌍둥이 여직원의 입술과 그 입술의 오른쪽 끝에 달려 있는 작고 예쁜 점에 매료되었다. 언제나 짧은 치마를 하늘거리며 걷는 그녀에게는 애인이 하나둘이 아닐 것이라고 생각했다. 그녀는 젊고 쾌활했으며, 삶을 즐기는 것은 그녀의 나이에 비추어보아 일종의 준엄한 의무였다. 실제로 그녀에게는 진지하게 구애하는 여러 명의 직원이 있었으며 영업부의 한 젊은이는 그 도가 지나칠 정도였다. 굳이 질투를 하기 시작했다면 둘은 힘들었을 것이다. 하지만 약속이나 한 듯 서로에게 질문하지 않았으며, 그럼으로 해서 그들의 첫 성교 또한 훨씬 홀가분하게 이루어졌다.

어느 날, 담배를 피우기 위해 비상 계단으로 나간 남편은 쌍둥이 여직원이 영업부 젊은이에게서 무언가 받고 기뻐하는 모습을 보았다. 그날 이후로 그녀는 손가락에 예쁜 반지를 끼고 다녔다. 남편은 금요일 저녁, 여직원에게 서해안으로의 여행을 제의했다. 그녀는 손뼉을 치며 좋아했다.

둘은 화창한 토요일 오후의 발목을 짠 바닷물 속에 담근 채 보냈다. 물이 무릎까지 차오르는 고운 백사장, 발바닥을 조금 움직이면 밀물의 흐름 속에서 하얀 발목은 서서히 모래 속으로 내려앉았다. "저는 태어나면서부터 발목이 없었어요." 발목이 모래에 완전히 묻히자 문득 남편이 진지한 얼굴로 농담을 했다. 그녀 역시 진지한 표정으로 뒤를 이었다. "하지만 불구라 해서 마냥 슬프지는 않아요. 저에겐 꿈이 있거든요. 그건 바로……" 남편은 그녀를 바라보았다. "저에게도 발목이 생기는 꿈이지요." 여직원은 스스로의 응수에 감탄하며 미칠 듯이 웃었고 그러다 뒤로 벌렁 넘어져 바닷물에 온몸을 적셨다. 조금씩 서쪽 하늘을 물들이는 낙조의 고운 빛이 그녀의 젖은 머리카락 위에서 탐스럽게 반짝였다. 긴 여행을 마친 바닷바람이 멀리 보이는 작은 섬의 숲을 고요히 보듬었다. "예뻐요." 그녀가 말했다. "정말 예뻐요."

저녁 무렵 둘은 방갈로를 예약한 후 인근 카페에 들어갔다. 반지가 끼워져 있는 여직원의 손가락을 남편은 외면했다. 식사를 마치고 둘은 칵테일을 주문했다. 한쪽은 붉었고 다른 한쪽은 투명했다. 칵테일을 앞에 두고 남편은 작은 보석 상자를 꺼내어 여직원에게 주었다. 상자를 열어본 여직원의 얼굴이 굳어졌다.

"받을 수 없어요." 그녀가 말했다. "돌려드릴게요. 이건 너무 비싼 거예요." 남편은 엷은 미소를 띤 채 계속해서 그녀에게 보석 상자를 들이밀었다. 휴, 하고 그녀가 말했다. "좋아요, 받을게요. 하지만 이걸 손가락에 끼고 다닐 수는 없어요. 다들 저보고 허영심이 많은 여자라고 생각할 거예요. 이 반지는 분명히 저의 신분과 어울리지 않아요."

남편은 어딘가 있을 쌍둥이 형제를 바라보듯 그녀의 눈을 들여다보았다. 그 시선을 눈치 챈 여직원의 입술 위 점이 조금 움직였다. 이봐, 하고 말을 시작했다. "네가 이 반지를 받는 것과 손가락에 끼는 것은 완전히 다른 거야. 너의 서랍에 들어 있는 반지는 누군가가 허공을 향해 중얼거리는 것과 같아. 반지를 손가락에 껴야 비로소 그 말을 네가 받아들이는 거지. 나는 지금 너에게, 내 말을 들어달라고 부탁하는 거야. 내 말을 듣고는 반응해달라고 말이야. 설령 방금 전에 꾸었던 사소한 꿈 이야기에 불과하더라도, 그것이 허공 속으로 스며들어 완전히 사라져버리는 것을 나는 원치 않아." 그녀는 잠시 망설이다 결국 전에 있던 반지와 바꿔 끼었다. 번쩍, 하고 반지에 박혀 있는 보석이 빛을 내었다. 둘은 세간에서 일상적으로 사용하는 즐거움, 이라는 단어에 걸맞은 성교의 시간을 그날 밤, 서해안의 파도 소리가 선명히 들리는 은밀한 방갈로에서 보냈다.

아내는 남편의 잇단 외박에도 언짢은 기색이 없었다. 오늘은 집에 못 가게 되었어, 라는 남편의 말 한마디만 있으면 그런가 보다 하고 하루 종일 집에서 잤다. 덕분에 남편으로서는 굳이 거짓말을 할 필요가 없었다. 여름이 가고 가을이 가고 게다가 겨울마저 가자 평소대로 봄이 왔다. 그렇게 계절은 굳이 이름까지 알 필요가 없는 거리의 똥개처럼 둘의 발목을 스쳐 지나갔다.

아내가 남편에게 꿈 이야기를 하는 횟수는 점점 줄어들었다. 둘이 함께 있는 시간이 적어진 탓도 있지만, 아내의 꿈에서 사람들은 예전처럼 많이 등장하지 않았다. "오늘도 그냥 계단을 올랐어요. 곁에 누군가 누워 있기는 한데 얼굴을 알아볼 수가 없더군요. 무척 시시한 계단이네요." 토요일의 오후였다.

"그래? 계단이 너무 어두웠던 게로군." 식사를 마친 남편은 숟가락을 놓으며 퉁명스럽게 대꾸했다. 아내는 조용히 그의 말에 반박했다. "아니, 그렇게 어둡지는 않았어요. 단지 한 번도 본 적이 없는 여자였거든요. 짧은 치마를 입고 있었는데, 두툼한 입술 오른쪽 끝에 점이 있었어요. 가무잡잡한 그 얼굴은 조금 말랐던가?"

남편은 태연히 식탁에 앉아 있을 수가 없었다. 잠시 산보를 다녀오겠다고 집을 나선 남편은 공중전화 부스에 들어가 쌍둥이 여직원의 집에 전화했다. 자동응답기였다. 남편은 전화를 끊었다. 불안했고, 가슴이 심하게 뛰었다. 남편은 처음과는 달리 쌍둥이 여직원을 점점 진지하게 좋아하는 중이었다. 그녀는 애교가 많고 작은 선물에도 굉장히 기뻐하는 버릇을 가졌다. 성교 중에 흘러나오는 그녀의 신음 소리는 언제나 근사했다.

집에 들어가니 아내는 텔레비전을 보고 있었다. 유치한 드라마였으며, 늘 하던 수법대로 간신히 흥미 좀 붙여보려는 순간에 끝났다. 채널을 돌리자 마침 저녁 뉴스가 나왔다. 남편은 또다시 꾸벅꾸벅 조는 아내의 머리를 어깨로 받으며 뉴스를 보았다. 그 뉴스도 끝나갈 무렵, 짧은 사건 보도 하나가 남편의 눈길을 끌었다. 모 호텔에서 여자의 난자당한 시신이 발견되었다는 내용이었다. 범인은 온몸에 피를 뒤집어쓴 채 횡설수설하며 인근을 배회하다 사건 발생 두 시간 만에 붙잡혔다고 했다. 피살자의 사진을 보는 순간 눈앞이 하얘졌다. 쌍둥이 여직원이었다.

일요일이었음에도 강원도 깊은 산골의 장례식장은 조문객이 드물었다. 여직원을 닮은 네 명의 자매들이 똑같은 상복을 입은 채 곡하고 있었다. 그 모습은 사자에 대한 슬픔을 보다 조직적이게 만들었다. 남편은 돈이 든 봉투를 꺼내며 진심으로 위로의 말을 했다. 그 말은 그대로 자신에 대한 위로이기도 했다.

돌아오는 길에 문득 정신을 차려보니 파릇파릇한 풀들 사이로 진달래와 개나리가 흐드러지게 피어 있었다. 여기저기 보라색 노루귀와 향내 나는 흰 은방울꽃도 보였다. 언제 왔는지 모를 비 때문에 군데군데 놓인 돌들은 안아보고 싶을 만큼 깨끗이 닦여 있었다. 하늘은 더할 나위 없이 파랗고 파랬다. 남편은 검은 구둣발로 꽃들을 짓밟으며 울기 시작했다. 눈물은 꽃잎에 떨어져 여러 방향으로 튀었다.

서울로 돌아온 남편은 지쳤지만 집에 가지 않았다. 회사 근처의 여관에 방을 잡았다. 백화점에 들러 생필품을 샀고, 그것들을 여관 방 여기저기 늘어놓은 다음 익숙해지기 위해 한참을 노려보았다. 저녁이 되자 거리로 나가 밥을 먹었다. 여관으로 돌아오니 몹시 피곤했다. 남편은 팬티만 입고 침대에 들어갔다. 그리고 꿈을 꾸었다. 햇살이 잦아든 늦봄의 이른 저녁, 불을 밝히지 않아 울긋불긋 멍처럼 내려앉은 실내의 어둠 속이었다. 남편은 서쪽 창을 등지고 앉은 아내의 입 모양을 물끄러미 지켜보았다. 이따금 그녀의 머리가 흔들릴 때마다 촘촘히 짜인 그물처럼 긴 머리카락 사이로 저물어가는 붉은 해가 보였다. 예상치 못한 대목에서 불현듯 아내의 말이 끝났다. 그것을 깨달은 남편은 고개를 끄덕였고, 주위에 가득 찬 정적에 파문을 일으키며 웃었다.

"뭐야, 나는 없던 것일까?"

"글쎄요, 그러고 보니 당신은 못 보았는걸요?" 아내가 눈을 끔벅이며 대답했다. "맞아, 그러고 보니."

"너무하잖아. 다음번에는 나도 한번 찾아봐달라고." 남편이 투정하듯 말했다. "나도 분명히 그곳에 있을 거야."

아내는 남편의 말에 고개를 끄덕였고, 그 바람에 찰랑거리는 머릿결 끝자락에 매달린 저녁의 황혼을 남편은 볼 수 있었다. "응, 그래요 다음번에는 꼭." 입술을 동그랗게 말았다가 다짐하듯 굳게 다물며 아내가 말했다. 배가 고프군, 남편이 벽을 더듬어 스위치를 켜자 그동안의 모든 것이 꿈이었던 것처럼 실내가 환하게 밝아왔다.

그리고 남편은 잠에서 깨어났다. 형광등을 켜놓은 채로 잠이 든 탓에 눈이 아려왔다. 몹시 불안했다. 왜 그때 아내에게 나를 찾아봐달라고 했을까. 아내가 꿈에서 본 사람들은 하나도 남김없이 죽어버렸는데. 예기치 못한 한기가 여관방을 한없이 맴돌고 있었다.

다음날, 회사에서 남편은 아내에게 편지를 썼다. 이따금 꿈을 꾸면, 나의 삶이 급격한 내리막길을 치달아 깊은 밤의 한가운데에 들어가 웅크리고 있는 것처럼 여겨지곤 해. 그 심연 속에 주저앉아 어쩔 줄 모르고 있는 나 자신을 보는 것은 너무 슬퍼. 언제부터 그 밝던 태양이 수평선 너머로 가라앉기 시작한 것인지, 언제부터 내 인생의 시계가 정오를 넘겨버린 것인지 알 수가 없어. 제일 견디기 힘든 건, 내가 잘못된 레인을 따라 이제껏 주행해왔다는 생각이 들 때야. 몇 번이고 다시 시작할 만큼 나는 젊지 않거든. 진심으로 사랑하고 있어. 우리는 이제껏 잘해왔으니, 처음이자 마지막으로 내게 한 번만 기회를 주었으면 좋겠어. 혼자 있을 시간이 필요해. 아주 조금이면 돼. 걱정하게 해서 미안해. 이 짧은 편지의 절반은 그러나 진심이었다. 퇴근하고 나서 남편은 아파트로 향했다. 입구에서 수위에게 편지를 맡겼다.

"605호에 전해주시겠어요? 사정이 좀 있습니다." 늙은 수위는 남편이 말한 사정이라는 것에 도통한 사람처럼 힘차게 고개를 끄덕였고, 그때마다 원형 탈모가 진행되는 정수리 사이로 불길한 반점이 보이곤 했다. 남편은 자신의 호출기 번호를 알려주었다. 수위는 더러운 볼펜에 침을 묻히며 메모했다. 남편은 아내에게 보내는 편지를 그가 몰래 읽어볼지도 모른다고 생각했다.

그날 저녁, 남편의 호출기가 나지막하게 신음했다. 아파트 수위였다. "문제가 있는 것 같아요. 불이 켜져 있는데 아무리 문을 두드려도 대답이 없네요. 나가시는 걸 못 봤는데."

남편은 소방서에 전화한 후 아파트로 달려갔다. 구조대원들과 남편은 아파트 현관에서 동시에 만났다. 그들이 제각기 떠드는 요란한 소리가 복도를 울렸다. 문은 안쪽으로 잠겨 있었다. 남편은 어쩐지 구토를 할 것만 같았다. 구조대원들이 문을 완전히 부수고 안으로 들어갔다. "야 있다, 있어." 누군가 소리쳤다. "여기 있네요." 또 누군가 소리쳤다. "맥이 아직 뛰고 있어." 또 다른 누군가가 소리쳤다. 남편은 벽에 한쪽 손을 기대고 속을 게워냈다. 누군가 휴지를 건네주었다. "고맙습니다." "천만에. 당신 집 휴지요." 대충 입을 닦고는 욕실에 들어가 급히 세수했다. 밖으로 나와보니 아내는 이미 앰뷸런스에 실린 후였다. 그 곁에 남편을 위한 자리가 마련되어 있었다. "괜찮을 겁니다." 누군가 말했다. 남편은 아내를 보았다. 그 파리한 얼굴은 둘 중의 하나였다. 죽은 듯 잠이 들었거나 혹은 잠이 든 듯 죽었거나. 하지만 소리 없이 맥박은 뛰고 있었다.

"글쎄요." 정신없이 들어선 도심 외곽의 병원, 푸르스름한 빛이 도는 가운을 입은 젊은 의사가 한참 후에 부르더니 주머니에 양손을 넣은 채 심드렁하게 말했다. "아무리 봐도 잠이 든 것 같은데. 약물 중독의 흔적은 없습니다." 그리고 다음과 같이 덧붙였다. "드물지만 가끔 이렇게 잠에 빠지는 사람도 있어요. 수면발작증이라고 합니다. 일상 중에 갑자기 쓰러져서는 가장 깊은 잠의 단계인 렘으로 바로 빠져들지요. 일단은 좀더 조사해봐야겠지만, 아마 몇시간 후면 깨어날 겁니다. 여기 이 기계 보이시죠? 이 뚜, 뚜 하는 일정한 소리와 이 위치의 눈금은, 말하자면 지금 부인께서 꿈을 꾸고 있다는 걸 보여줍니다. 이 눈금이 아래로 많이 내려가면 간호원을 부르세요."

의사가 나가자 남편은 딱딱한 의자에 쓰러지듯 앉았다. 하얀 침대에 누운 아내는 아름다웠다. 투명한 살결, 보드라운 머리카락이 오직 미미한 중력의 영향만을 받으며 그곳에 누워 있었다. 남편은 일어나 아내의 얼굴을 내려다보았다. 아내의 눈동자는 심하게 흔들렸다. 남편은 손톱을 씹으며 중얼거렸다. "말해봐. 이번에는 누구를 보고 있는 거지? 나야?"

남편은 다시 의자에 앉았다. 딱딱한 모서리에 부딪친 미골이 아팠다. 일어났다. 천천히 병실의 구석에 붙은 거울을 향해 걸어갔다. 그 앞에서 주머니에 손을 넣고는 반짇고리를 꺼냈다. 작은 실 뭉치에서 바늘을 있는 대로 빼고는 노려보았다. 뒤로 돌아 아내의 침대로 걸어갔다. 아내의 안구는 여전히 이리저리 흔들렸다. 엄지손가락으로 아내의 눈꺼풀을 들어올렸다. 그 얇은 꺼풀 안쪽의 세계는 연약했다. 조금씩 다가오는 적의를 눈치 챈 듯 심하게 버둥거렸다.

지나치게 흔들리는 바람에 정확히 동공을 찌르기 힘들었다. 두 번이나 엉뚱한 흰자를 찔렀다. 아내의 아름다운 눈이 순식간에 붉게 물들었다. 그리고 방울방울 눈물처럼 흘러내렸다. 두번째 잘못 찌른 바늘을 남편은 뽑지 않았다. 들어올린 아내의 눈꺼풀을 왼손의 새끼손가락으로 지탱하고, 엄지와 검지를 이용해 안구와 연결된 바늘을 단단히 잡았다. 그리고 오른손으로 다른 바늘을 잡고는 고정된 아내의 눈동자를 겨누었다. 연어 알 파열되는 소리가 나면서 바늘은 각막을 뚫고 다갈색 홍채로 둘러싸인 그 우물같이 검고 깊은 동공의 안쪽으로 파고들었다. 눈동자가 경련을 일으키며 낚싯대로 전해오는 월척의 느낌을 주었다. 그 감촉은 예상보다 뻑뻑

했다. 남편은 아내의 뒤집혀가는 안구 속으로 엄지손가락 한 마디가량 바늘을 집어넣었다. 두 손을 떼자, 아내의 눈꺼풀은 두 개의 바늘에 걸려 가느다랗게 떨었다. 구석에 놓인 기계는 미칠 듯한 경고음을 냈다.

몹시 고단했지만 멈추지 않았다. 다른 쪽 눈에서도 선명한 피가 흘러나와 아내의 귀에 고였고, 조금 지나자 뒤통수의 하얀 침대보까지 적셨다. 형광등이 하얗게 빛나던 병실은 강렬한 핏빛으로 물들었다. 무섭게 흔들리던 눈동자는 호박 속에 자리한 곤충처럼 그 운동을 완전히 멈추었다. 아내의 꿈을 측정하던 기계는 이제 그 움직임과 경고음을 멈추고 조용해졌다. 완전히 아래로 내려간 눈금을 보며 이제 모든 것은 끝났다고, 더 이상 아내로 인하여 죽어버리는 사람은 없을 것이라고 남편은 믿었다. 그러자 아내에 대한 참을 수 없는 애정이 밀려왔다.

신발을 벗고 침대에 올라가려다 다리가 후들거려 뒤로 넘어질 뻔했다. 남편은 간신히 균형을 잡고는 침대 위에 어설프게 누워 아내를 안았다. 그리고 띄엄띄엄 중얼거렸다. 나를 찾지 마. 나는 그곳에 속해 있지 않아. 손이 심하게 떨렸으며 목소리는 마치 중세 유령의 그것처럼 무거웠다.

조금씩 경련하는 아내의 품은 아직 따뜻했으며 향긋한 비누 냄새가 났다. 그 기묘한 자세로 끝없는 잠의 나락에 빠져들기 직전, 꿈과 회상이 뒤섞인 어떤 광경을 보았다. 그것은 깊은 우물이었다. 아이는 그 우물 속을 한없이 바라보고 있었다. 소리 없이 어머니가 다가왔다. 무얼 보고 있니? 예, 엄마. 우물 속은 깊군요. 엄마의 목소리가 웅웅 메아리 치고 있어요.

"조심해라."

"예, 엄마."

"그 안을 그리 유심히 들여다보다가는 빠질지도 몰라. 조심해라."

"예, 엄마."

"무언가 보이니?"

"흐릿하군요, 엄마."

"이제 곧 무언가 떠오를 테지. 조심해라."

남편은 탁한 비명을 지르며 일어났다. 무언가 번개처럼 전신을 관통해 지나갔다. 아내의 눈에서 흘러나온 피는 비린내를 풍기며 서서히 굳어가고 있었다. 그 모습은 어린 시절에 보았던 충격적인 장면과 너무나도 흡사했다. 오수(午睡)를 즐기던 마루에서 그처럼 죽어간 아버지, 그리고 얼마 후 우물에 몸을 던진 어머니가 마치 시공을 초월하여 지금 이 병실 속에 다정히 들어앉은 듯했다.

남편은 두 손을 들어 노려보았다. 거기에는 아내의 피가 오해와 충동에 의한 문신처럼 배어 있었다. 참지 못하고 손톱을 세워 자신의 귀를 쥐어뜯기 시작했다. 날카로운 고통이 번지며 무언가 뜨거운 것이 볼을 타고 흘러내렸다. 하지만 그런다고 해서 귀가 머는 것은 아니었다. 그런다고 해서 아내가 살아나는 것도, 아내의 예쁜 눈을 되찾을 수 있는 것도 아니었다. 그럼에도 악에 받친 손가락과 손톱은 능동적으로 꿈틀거리는 황폐한 무덤의 벌초 기계가 되어 끊임없이 남편의 귀를 갉았다. 심한 두통이 일었다. 그 두근거리는 통증은 반쯤 남은 걸레처럼 너덜거리는 귀의 상처에서가 아니라 때로는 인간이 자신의 동료를 해치고 죽이는 어떤 미친 운명의 핵심에서 뿜어져 나오는 것 같았다. 그래요, 엄마. 우리는 같네요. 길고 고통스런 탄식이 새어 나왔다. 얼마 전 지하 술집에서 새카맣게 타 죽은 영업부의 젊은 직원과 더불어 여러 사자들의 얼굴이 눈앞을 스치고 지나갔다. 그리고 그 불행한 존재들의 이름은 아내가 아니라 수많은 다른 사람들의 꿈 이야기를 통해 들었던 사실을 떠올렸다. 그때마다 바로 곁에서 묵묵히 귀를 기울인 채 교활하게 미소 짓던 자기 자신의 모습이, 검고 깊은 우물의 수면 위로 또렷하게 튀어나온 어머니의 하얀 발목처럼 느껴졌다.

〔『현대문학』, 2001년〕

작별

이제 그 춤을 생각한다. 우리의 엄숙한 제도는 독자적이고 변별력 있는 이름을 그 춤에게 붙여주지 않았다. 명확히 밝혀진 의도가 없기 때문이라고 사람들은 겁에 질려 말한다. 말을 한 후 사람들은 습관적으로 술을 마시기 위해 흩어졌다. 나는 그 춤을 잘 추어 대통령이 된 사내를 알고 있다. 그는 추위를 피해 온수가 흘러가는 대중목욕탕 근처의 하수구에서 잠을 자곤 했다. 숙면을 취하지 못해 늘 퉁퉁 부은 얼굴이었는데, 덕분에 굉장히 유머러스하고 곰살궂게 보였다. 그는 나만 보면 단내를 피우며 이렇게 속삭였다. "이건 결코 손해 보는 일이 아니지." 나는 고개를 끄덕였다. "이곳에도 희망이 있다는 걸 명심해야 돼." 우리는 서로에게 절묘한 친구가 되었다.

그가 대통령이 되자 전국의 대중목욕탕이 폐쇄되고 그 자리에는 후끈한 열을 내는 커다란 보일러가 들어섰다. 온몸에 검댕을 묻힌 채 그들은 어느 국민보다 열심히 일을 했다. 그들에게는 노조도, 생리 휴가도, 보너스도 없었다. 그들의 생은 완전히 연소된 땔감의 무게처럼 가벼웠다. 지워지지 않는 검댕은 노골적인 경멸의 표적이었으며 몸이 망가지면 가차 없이 엿장수에게 넘겨졌다. 그래도 그들은 불평하지 않았다. 그들은 자신들이 다만 순하고 착할 뿐이라고 생각했다. 덕분에 전국의 하수구로는 따뜻한 난방용 온수가 끊이지 않고 흘렀다.

대통령의 인기는 계란을 넣은 라면보다 높았다. 사람들은 한국에 봄이 왔음을 느꼈다. 손에 손을 잡고 훈훈한 겨울의 거리로 쏟아져 나왔다. 당시의 시점에서 그는 누구보다 대중을 위한 대통령이 될 것이 분명했다. 나는 그가 대중보다 나은 점이 한 군데도 없다는 사실에 감동했다. 그가 대통령일 동안 나는 정부로부터 탄압을 받았다. 나는 그에게 맹세한 바가 있으며 그를 좋아했으므로 이러한 조처를 기쁘게 수용했다. 그리고 밤마다 그가 보여주었던 춤을 몰래 연습했다. 진도는 만족스럽지 못했다. 어느 날 한 신문 기자가 내 그러한 밤의 행위를 보도했다. 그날, 나는 어딘지 모를 곳으로 끌려갔다. 심하게 맞고는 빈사 상태에서 그의 전화를 받았다. 그는 측은한 목소리로 말했다. "자네는 그 춤을 몰라." 그리고 또 이렇게 말했다. "자네의 춤은 아름답지 않아." 게다가 이렇게 덧붙였다. "되게 구역질이 난다고!" 나는 반란 혐의로 신나게 두들겨 맞고는 말끔히 치료받아 나왔다. 그가 죽었을 때, 전국의 보일러에게는 애도의 형식으로 3분간 땔감 반입이 금지되었다.

이제 나는 생각한다. 영문도 모른 채 3분간 땔감을 굶은 무식한 보일러들과 죽을 때까지 대통령이라는 직위를 이해하지 못했던 그가 보여준 춤을 생각한다. 내가 밤새 연습하고 또 그 때문에 죽도록 맞아야 했던 춤을 생각한다. 그의 경지에 다다르지 못한 것이 그가 나를 경계해서인가 생각하다 보면 어쩐지 우쭐해져 춤이 절로 나온다. 하지만 이제는 교차로에서 춤을 추어도 취재하는 기자가 없다. 겨울의 차들은 영하 3도의 경적을 울리며 내 구차한 목숨을 비켜 지나간다.

　명확히 밝혀진 의도가 없기에 법적으로 그 춤을 금지해야 한다는 것이 여론이지만 실지로 그 춤을 제대로 추는 자는 대단히 드물며, 아마 내가 본 존재들이 전부일 것이다. 이제 나는 지독한 치질로 거의 환장하던 해의 봄에 보았던 한 외계인의 춤을 생각한다. 비행접시는 잠실의 주공 아파트 옥상에 사뿐히 내려앉았는데, 그 위치는 내가 이제 막 자려고 목욕 가운을 몸에 두르고 누운 데에서 40센티미터 떨어진 곳이었다. 나는 외계인을 보았다고 버럭 소리질렀다. 외계인과 나, 이렇게 단둘이 있는 장소에서 울려 퍼진 그 외침은 나를 몹시 부끄럽게 만들었다. 그 외침 덕에 외계인은 고개 돌려 나를 보았다. 고향에 돌아와 어머니를 모시고 함께 영광의 카 퍼레이드를 벌이는데 난데없이 앞에서 튀어나와 오빠야, 나 기억해? 15년 전 어느 날 오빠랑 나는 어두컴컴한 공원의 구석에서…… 하고 외치는 벌거벗은 여인을 바라보는 독재자의 표정으로 나를 보았다. 나는 더 부끄러워졌다. 그러나 외계인은 여인을 당장 쏴 죽이라는 명령을 내린 독재자처럼 아무렇지도 않게 시선을 돌렸다. 심하게 무시당한 기분이었지만 부끄러움보다는 참기 쉬웠다.
　외계인은 이리저리 돌아다니며 내 이웃들이 만들어놓은 건축물을 관찰했다. 무엇이 그리도 맘에 들지 않았는지 이따금 탄식 소리가 그의 입에서 흘러나왔다. 나는 외계인을 만난 후 부자가 된 사람을 한 명 알고 있다. 그는 1984년에 종양이 생긴 왼쪽 불알을 떼어내고는 의기소침해져서 방구석에 들어앉아 몇 번이고 자위만 하던 사람이었다. 그러던 어느 날 우연히 외계인을 만난 후, 그야말로 벼락부자가 되었다. 그렇다, 부자가 된다는데 건방진 외계인을 영접하는 것쯤이 무어 대수로운 일이랴. 외계인을 만난 증거로 머리와 수염을 기르고 알쏭달쏭한 말을 지껄이는 것도 얼마든지 감수할 수 있는 일이다. 나는 눈에 불을 켜고 그의 행동과 그가 타고 온 비행접시를 유심히 보았다. 그가 슬슬 옥상의 적당한 위치에 자리를 잡았다. 그리고 신열이 있는 무당처럼 몸을 흔들기 시작했다.

춤이 시작되었다. 어디선가 긍정적인 음악이 흘러나왔고 춤의 스텝은 그 음악과 일정하게 동조했다. 나는 곧 그의 춤에 빠져들었다. 시간을 관통하여 전 우주를 매혹시키는 영원불변의 스텝이 재개발 대상인 잠실의 주공 아파트 옥상에서 일어나고 있었다. 문득 봄의 하늘은 파랗고 정말 비행접시라도 나타나지 않았으면 억울할 만큼 맑았다.

긴 시간이 지나 다시 그날의 춤을 생각한다. 외계인의 맛나게 생긴 문어발이 사뿐사뿐 스텝을 밟는 장면이며 수줍어 붉게 물들어가는 짱구 대머리며 귀까지 찢어진 검고 탱탱한 왕방울 눈을 생각한다. 그는 시작할 때처럼 갑작스레 춤을 끝마쳤고, 주섬주섬 긍정적인 음악을 흘리던 단파 라디오와 비행접시를 챙겨 먼 우주로 떠났다. 그가 탄 비행접시가 시야에서 완전히 사라지는 순간, 알 수 없는 아쉬움과 그리움이 전신에 퍼졌던 것을 나는 기억한다. 그것은 깨어나기 직전의 수면처럼 나를 슬프게 했다. 왜 춤추는 존재들은 언제나 떠나는 것일까. 어째서 마지막은 항상 작별인 것일까. 조금씩 주위를 채워가는 밤의 조짐에게 묻고 물었다. 하지만 변함없는 침묵, 아아 너는 왜 내게서 등을 돌리고 있는 거니. 나는 고개

들어 강하게 빛나는 별들의 군무를 보았다. 오랜 세월에 걸쳐 눈물이 묻은 듯 빛을 내며 여행하는 그들의 세계를, 나는 우두커니 바라보았다. 이것이 운명이라면, 그건 정말 별수 없는 일이다.

그 춤을 추었던 또 다른 사내를 기억한다. 그는 지옥에서 도망쳐 나온 남자였다. "그곳에 대해 말하고 싶지는 않아." 사내가 말했다. "그건 정말 지옥이야." 사내의 얼굴은 지옥에서 도망쳐 나온 사람답게 엉망이었다. 빨대를 꽂으면 체온에 반쯤 녹은 치즈가 흘러나올 듯한 여드름이 사방에 번져 있었고 간혹 어떤 녀석은 녹색이었다. 사내는 지옥에 대해서만큼은 얘기하고 싶지 않다고 말했고, 물론 나도 그다지 듣고 싶지 않았다. 하지만 사내는 입만 열었다 하면 자신이 속해 있던 조직의 이야기를, 그것도 비난의 어투로 쏟아내기 일쑤였다. 가끔은 다음과 같은 말로 썩 나쁜 곳은 아니라고 주장하기도 했지만——배설물 지옥이었지. 더러웠지만 온도가 적당해서 견딜 수 있었던 거야. 뜨겁거나 차가운 배설물이라고 생각해봐. 아니 그냥 생각만 해보라고.
청주에서 조치원으로 가는 방향으로 가로수가 예쁘게 서 있는 길이 있다. 차들이 여간 쌩쌩 달리는 게 아니어서 어디 한번 유람이나 해볼까, 하고 터벅터벅 걷다가는 그야말로 실수로 엎어버린 피자가 되어버린다. 조심해야 하는 것이다. 중앙의 노란 선을 대신하는 그 가로수 속에서 나는 사내의 춤을 보았다. 사내가 춤을 추는 동안 태양은 더 이상 저물지 않았다. 차량은 믿기 힘들 만큼 서서히 달렸으며 이따금 여섯 혹은 일곱 대가 오랜만에 만나 너무 반가운 개새끼들처럼 가벼운 추돌 사고를 일으켰다. 가을이었다. 가로수들은 노랗게 물든 낙엽을 이별의 손수건처럼 떨어뜨렸다. "이봐, 이 춤 본 적 있어? 그냥 대답만 해보라고." 사내가 경박하게 소리쳤다. 나는 고개를 끄덕이지도, 젓지도 않았다. 어디선가 들려오는 듯한 선율은 그대로 눈에 보였다. 부드럽게 완만한 곡선을 이루며 눈가를 스치고 지나갔다.

좋은 기분이었다. 사내는 점점 춤에 열중해갔다. 초록색 여드름에서 무언가 걸쭉한 노란 것들이 흘러나왔다. 그래도 사내는 괘념치 않았다. 결코 땀이 아닌 그 노란 것들은 점점 양이 많아져 그의 얼굴이며 목덜미를 감쌌다. 그래도 사내는 괘념치 않았다. 아래로 흘러내려 질퍽한 웅덩이를 이루었다. 그래도 사내는 괘념치 않았다. 노란색이 되어버린 사내가 조용히 웅덩이 속으로 함몰되었다. 자세히 볼 수는 없었지만 사내는 끝까지 괘념치 아니했던 것 같다.

이제 지옥에서 도망 나와 다시 지옥으로 도망간 사내의 춤을 생각한다. 아무것도 괘념치 아니하던 그의 크게 열린 사고와 노란색 오물 위에서 스텝을 밟을 때마다 귓가를 스쳐가던 날카로운 질척임을 생각한다. 그때 먼 언덕에는 군인이 하나 있었다. 가을이었다. 가로수들은 노랗게 물든 낙엽을 이별의 손수건처럼 떨어뜨렸다. 나만 슬픈 것은 아니었다.

슬프게 사라져간 춤꾼은 또 있다. 마늘버터를 바른 식빵도 예외가 아니어서, 그는 내가 본 존재 중에서 그 춤을 가장 잘 이해하고 있었다. 마늘버터를 바른 식빵은 그 춤을, 당연한 얘기지만, 바람 많은 거리의 작은 빵집, 더 정확히는 오븐에서 갓 구워진 검은 빵틀 위에서 추었다. 어찌하여 오븐의 고온은 마늘버터를 바른 식빵이 아니라 검은 빵틀을 구워버렸는지에 관하여는 아는 바가 없다. 그렇다고 내가 거짓말을 하는 것은 아니다. 나는 증인을 댈 수 있다. 주위에는 나 말고 여럿이 있었다. 그들은 젊은 여자에게 따귀를 맞으며, 일전에 개에게 물린 엄지손가락에 관해 토론하며, 어떻게 하면 고추가 하나 달린 아이를 낳을 수 있을지 의견을 교환하며 그의 춤을 보았다. 나는 결백하다는 증거로 언제든지 그들을 불러 모을 수 있다. 그들을 불러 모으면 그 순간에 나의 결백은 영적으로 입증될 것이다.

체구가 작은 마늘버터 바른 식빵의 춤은 나름대로 귀여운 면모가 있었다 — 이제 와 생각해보니 당시 나는 발정기였던 것 같다. 아무튼 그는 한번 먹어주고 싶을 만큼 귀여웠다. 자잘한 누룩 기포 사이에서 통통 튀는 듯한 경쾌한 율동이 흘러나왔다. 갈색으로 그을린 표면은 그 춤을 위한 가장 깜찍한 색채를 표현하고 있었다. 춤이 계속되면서 어두컴컴하고 비라도 올 것 같던 빵집의 내부가 환한 햇빛으로 가득 찼다. 그렇게 마늘버터 바른 식빵의 춤은 빵집 내부의 계절과 습도와 직사광선을 마음대로 조절해버렸다. 그는 춤을 추기 전에 우리에게 아무런 경고도 하지 않았다. 그의 동료로 보이는 수많은 마늘버터 바른 식빵들이 곁에 도열해 있었지만 그 춤에 관해 이해하고 있는 마늘버터 바른 식빵은 외톨이였다. 젊은 여자에게 따귀를 맞은 사내는 따귀 맞은 쪽 뺨을 손등으로 문지르며 그 춤을 보았다. 일전에 엄지손가락을 개에게 물린 청년은, 기절초풍하게도, 사팔뜨기 같은 눈으로 자신의 곪아가는 엄지손가락과 춤추는 마늘버터 바른 식빵을 동시에 보았다. 그들은 그래도 얌전한 관객이었다. 어떻게 하면 고추가 하나 달린 아이를 낳을 수 있을지 의논하다 말고 오직 마늘버터 바른 식빵만을 맹렬하게 노려보던 사내에 비하면 그들은 그래도 얌전한 관객이었다. 그는 노려봄의 노동에 현기증이 나는지 고개를 몇 번인가 이리저리 돌렸다. 그리고 춤의 후반부에 접어든 마늘버터 바른 식빵 쪽으로 뚜벅 뚜벅 다가가더니, 갑자기 그를 손아귀에 움켜잡았다. 짧게 비명 소리가 들렸는데 그것은 마늘버터를 바른 식빵이 아니라 땅콩버터를 바른 식빵에서 나오는 비명처럼 담백했다. "왜냐고?" 사내가 말했다. "마늘은 정력제이기도 하지." 나는 땅콩버터 바른 식빵에서 나오는 듯한 비명을 지르며 사내의 더러운 입 속으로 사라져간 마늘버터 바른 식빵을 위해 눈물을 흘려야 했다. 그것이 당시 내가 탁자에 얼굴을 묻고 울어버린 이유이다. 울지 마, 하고 사내가 말했다. "자, 여기 천 원. 그러니 이제 뚝."

사내가 아이를 낳을 수 있다면, 고추가 하나 달린 사내아이를 낳을 수 있다면 춤추는 마늘버터 바른 식빵의 죽음은 헛되지 않을 것이다. 아이를 낳지 못하거나 고추가 하나보다 많은 혹은 적은 아이를 낳는다면, 춤추는 마늘버터 바른 식빵의 죽음은 내 울음을 막기 위해 사내가 지불한 천 원의 가치를 가지리라. 이는 많건 적건 쾌활한 천재를 기리는 숭고한 보상이다. 나는 그 천 원으로 춤추는 마늘버터 바른 식빵보다 저능한 마늘버터 바른 식빵을 사먹었다. 그로써 중요한 어떤 것이 변했다. 사내가 아이를 낳을 수 있다면, 고추가 하나 달린 사내아이를 낳을 수 있다면 춤추는 마늘버터 바른 식빵의 죽음은 헛되지 않을 것이다. 아이를 낳지 못하거나 고추가 하나보다 많은 혹은 적은 아이를 낳는다면, 춤추는 마늘버터 바른 식빵의 죽음은 자신의 동료를 냄새나는 똥으로 변하게 하기 위해 사내로 하여금 지불하게 만든 천 원의 가치를 가지리라. 이는 열정을 가진 비운의 천재가 둔한 동료들에게 행하는 잔인한 작별이다.

내 홀어머니는 생존 전문가였다. 어머니의 특기는 먹을 수 있는 뱀과 먹을 수 없는 환형동물을 구별하는 일이었다. 싹이 난 마늘과 감자, 파와 양파의 뿌리가 가진 애매한 경계를 정확히 짚어내는 일이었다. 먹어서 생을 유지할 것인가 먹지 않고 유치장행을 모면할 것인가 판단하는 일이었다. 내 어머니는 보기 드물게 진정한 생존 전문가였다.

전문가의 자식은 불행하다. 명함만 한 우편물을 갖고 온 젊고 건장한 집배원이 마루에 걸터앉아 숭늉을 마시고 간 날, 깨지고 금간 거울 앞에서 추던 어머니의 춤을 나는 기억한다. 홀로 있다는 착각은 그녀의 에로틱한 탈의를 도와주었다. 계곡에 쌓이는 눈처럼 점점이 하얀 살이 드러났다. 그리고 춤이 시작되었다. 해진 속옷으로 간신히 속살만을 가린 어머니는 팔을 이리저리 부드럽게 흔들고, 가끔은 발이 서로 엉킨 듯 깡충깡충 뛰었다. 며칠 단위로 반복된 극도의 불법적인 포만은 그녀의 배때기에 영원히 태어나지 않을 아기를 잉태시켰다. 볕에 그을려본 적이 없는 허리춤과 겨드랑이는 태생 좋은 미녀의 이빨처럼 눈부셨다. 배경 음악은 입천장을 쉴 새없이 애무하는 그녀의 혀가 맡았다. 춤에 공명하여 그녀의 손가락이 허공에 부드럽게 물결치는 동안, 이제는 없는 동생과 나는 문 밖에서 두려움에 덜덜 떨었다. "이번엔 안 돌아오실 거야." 동생이 말했다. 나는 어린 동생의 눈에서 흘러내리는 눈물을 걸레로 닦아주며 어머니의 춤이 가져올 파괴적인 결과에 대해 고민했다. 어머니는 두 달 후 집을 나갔다. 동생은 미래를 정확히 예언하는 전대미문의 능력을 품고서 그 겨울의 끝에 병으로 숨졌다. 그제야 나는 그 춤이 본질적으로 비극이었다는 사실을 깨달았다.

이제 그 춤에 대해 생각한다. 생존 전문가였던 어머니가 당신 생애에서 유일하게 생존과 전혀 관계없는 소동을 벌이던 그날을 나는 기억한다. 그때 내 가여운 동생이 울었으니 기억하지 않을 도리가 없다. 어머니는 그러시는 게 아니었다. 어머니는 우리에게 그런 짓을 하지 말았어야 했다. 하지만 어머니는 기어코 그 춤을 추었다. 그때 어머니의 몸에서 떨어져 나와 주위에 흩뿌려진 황홀하고 체념 가득한 댄스홀의 먼지를 나는 기억한다. 어쩔 수 없었던 것일까 생각하면 문득 어머니를 마지막으로 본 내 나이 열두 살 시절이 떠오른다. 그때 나는 이쪽에 숨어 지켜보고 있었고 어머니는 저곳에서 두 아들에게 남기는 마지막 인상이 될 춤을 추었다. 그리고 동생은 따뜻한 체온을 풍기며 내 곁에 쪼그리고 앉아 있었다. 훌쩍이며, 훌쩍이며 내 동생은 그렇게 앉아 있었다.

한때 나는 제대로 살았다. 단층의 감청색 집이 내 것이었고 성기가 예쁜 아내도 하나 가지고 있었다. 처음에는 언젠가 만난 적이 있는 외계인을 팔아 돈을 벌었다. 내 긴 머리와 수염과 나도 모르게 지껄이는 알쏭달쏭한 말들은 바보들을 감동시켰다. 하지만 그 바보들은 그다지 현찰이 없었고, 게다가 초등학교에 입학할 나이가 되면서 조금씩 영리해지자 나는 보다 난해한 새 직업을 찾아야 했다. 그리하여 찾아낸 직업은 적성에 맞았다. 주로 눈빛이 흐릿한 사람들을 등치는 일이었는데 몇 번 하다 보니 묘한 쾌감을 느꼈고 분석과 고민 끝에 그 쾌감에 삶의 기쁨이라는 이름을 붙였다. 쉬운 일은 아니었다. 사기를 치는 것은 몸소 사기 당하는 것보다 훨씬 어려운 일이었다. 들려오는 소문에 의하면 두 명이나 자살을 했다고 한다. 쉬운 일은 아니었다. 자살하게 만드는 것은 몸소 자살하는 것보다 훨씬 어려운 일이었다. 나는 그 어려운 일을 직업으로 가지고 있었다. 아내와 나는 저녁마다 음악을 들었다. 해산물과 비슷한 이름을 가진 남자가 지휘하는 오케스트라였다. 우리는 그 음악을 들으며 씨 없는 수박을 꼭꼭 씹어 먹었다. 통장의 잔액은 조금씩 늘어갔고 둘 다 건강했다. 세상은 평온히 돌아갔다. 장마 때는 비가 오고 겨울에는 눈이 왔다. 계절이 바뀔 때마다 식물들은 예년에 했던 작업을 반복했다. 수목 드라마는 날로 음란해졌다.

어느 날 저녁 집에 돌아와보니 아내가 술을 마시고 있었다. 나는 아무 말 하지 않았다. 어느 날 저녁 집에 돌아와 보니 아내가 술을 마시고 있었다. 너무 자주 마시는 거 아냐? 아내는 술을 그만 마시고 잠이 들었다. 어느 날 저녁 집에 돌아와 보니 아내가 술을 마시고 있었다. 이제 그만 마셔. 아내는 병을 식탁 모서리에 부딪쳐 깨더니만 날카로운 부분으로 내 옆구리를 잘근잘근 쑤셨다. 화장실로 달려가 내장이 튀어나오지 않도록 수건으로 옆구리를 감싸고 돌아왔다. 아내는 식탁 위에 올라가 춤을 추는 중이었다. 그 춤은 그다지 유명하지 않은 댄스 그룹의 공연 때면 어김없이 나타나 흥을 돋우는 부랑자의 그것과 닮아 있었지만 보다 코믹했다. 병아리가 모이 달라고 투정하는 듯한 소리를 내며 식탁이 흔들렸다. 그러다 어느 순간 다리가 부러졌다. 아내는 식탁 위에 있던 자질구레한 것들과 함께 형편없이 바닥으로 굴러 떨어졌다. 하지만 사기꾼의 아내답게 마치 그것이 세심하게 연출된 춤의 정직한 동작인 양 아무렇지도 않게 일어나 연속의 포즈를 취했다. 해산물의 후예가 지휘하는 오케스트라가 울려 퍼지고 있었다. 아내는 씨 없는 수박을 찾는 듯 고개를 이리저리 바쁘게 흔들었다. 손가락은 가지런히 펴서 허공을 곱게 쓰다듬었다. 그녀의 발은 아침 8시 15분, 지하철을 타기 위해 질주하는 회사원의 그것처럼 황망하게 움직였다. 시계

86

종이 울렸다. 아아, 아득한 종말의 종이 울렸다. 나는 모든 것이 잘
못되었으며 그 가장 마지막 징후가 눈앞에 있음을 깨달았다. 어느
새 통장은 멀리멀리 사라졌고 단층의 감청색 집은 더 이상 나를 주
인으로 생각하지 않았다. 성기가 예쁜 아내는 내 옆구리에 대음순
닮은 상처를 달아주고는 대범하게 지랄하고 있었다.

　그 순간 이상한 일이 일어났다. 갑자기 미칠 듯이 오줌이 마려웠
던 것이다. 나는 안달이 나서 화장실로 향했다. 바지 속에서 빨대
를 꺼낸 다음 오줌을 누었다. 내 오줌에는 피가 섞여 있었다. 나는
눈물을 흘리며 오줌을 누었다. 아주 긴 시간 내 위와 아래에서는
성분이 같은 액체가 흘러나왔다. 마치 그것은 처음부터 내 것이 아
니었으며 그것이 제거됨으로 인해 나는 완벽한 나 자신으로 살아
갈 수 있다고 누군가 몹시 재수 없는 녀석이 귀에 대고 맘대로 지
껄이는 것처럼 흘러나왔다. 오줌을 다 누고는 눈물을 손등으로 닦
으며 밖으로 나왔다. 그랬다, 나는 밖으로 나왔다. 그러자 문득 기
억할 수 있는 많은 것들이 사라진, 바람이 불어오는 거리의 한가운
데 나는 서 있었다.

　그후로 나는 가출한 양아치처럼 거리에 지문을 묻히며 살아왔
다. 어느 날 내 인생에 침입한 그 원치 않던 밤을 기억하며 살아왔
다. 그 기나긴 밤은 많은 것을 바꾸어놓았다. 나는 이제 알고 있다.
우리가 어떤 식으로 순간과 영원을 모욕했는지 알고 있다. 그 모욕
이 어떠한 형태의 복수로 우리 사이를 간섭했으며 깊은 밤을 선사
했는지 알고 있다. 그리고 그 밤은 해산물을 닮은 오케스트라와 깨
진 맥주병, 쉴새없이 흐르는 씨 없는 수박의 과즙으로 이루어져 있
음을 나는 알고 있다. 어느 날 꿈에서 아내를 보았다. 제가 세상을
바꾸었을까요? 아내는 수줍게 물었다. 나는 손가락 하나 들어 손

톱 끝을 가리키며 요만큼은, 하고 대답했다. 아내는 만족하고 내 곁을 떠났다. 그후로 나는 더 이상 아내를 찾아다니지 않는다. 하지만 문득 정신 차리고 보니 내가 군중 앞에서 춤을 추고 있으며, 그 춤은 그다지 유명하지 않은 댄스 그룹의 공연장에 어김없이 나타나 흥을 돋우는 부랑자의 그것과 닮았지만 보다 코믹하다는 사실을 깨달을 때면 어쩐지 어리둥절해서 아내를 찾는다. 큰 소리로 성기가 예뻤던 내 아내를 부른다. 그러면 사람들은 가만히 다가와 내가 울고 있다고 일러주곤 한다. 나는 고개를 깊이 숙이며 사례한다. "아, 정말로 그렇군요. 알려줘서 고맙습니다. 선생님은 친절한 분이세요. 댁에는 언제나 웃음꽃이 만발하고 행복한 일만 있겠지요?"

"저리 꺼져, 이 미친놈아."

어찌하다 깊은 지방까지 흘러 들어가던 해의 여름, 퇴학당한 여고생들의 침으로 뒤덮인 가전제품 영업소 거리에서 그를 보았다. 그는 멋진 다갈색 맞춤 양복을 입고 주위에 나긋나긋한 시선을 주며 걸어왔다. "잘 지냈어?"

"더할 나위 없이." 나는 대답했다. "그런데 넌 누구야?"

"응, 난 춤이야. 우리 같이 시원하게 맥주나 마시러 갈까?"

우리는 맥주를 앞에 놓고 얘기했다. 그는 자신이 가진 본질보다 쾌활한 척했다. 그에게는 대화를 끝없이 이끌어나가는 재능이 있었다. 그 재능은 손톱을 예쁘게 기른 채 능숙하게 타자를 치는 예쁜 여직원의 숨겨진 욕정과 비슷했다. 거위 등에 올라타 스웨덴 창공을 날아다니던 닐스가 열심히 공부한 끝에 양자물리학의 대가가 되었다는 사실은 놀라웠다. 그는 그 놀라운 사실을 얼굴색 하나 변하지 않고 내게 알려주었다. 여름이었다. 더웠다. 냉방이 되어 있는 술집이었지만 땀은 등줄기를 타고 흘러내렸다. 맥주는 몇 가지의 복잡한 화학 작용을 거친 후 땀구멍을 통해 내 몸에서 탈출하고 있었다. 춤은 자기 몸이 춤으로 이루어졌다고 말했다. 그에게서 나오는 모든 사상과 행위 역시 춤으로 이루어져 있다고, 자신을 소개했다. 나는 그 말을 믿었다. 나는 춤이 마시는 맥주가 춤의 속에서 어떻게 춤으로 바뀌어가는지 볼 수 있었다. 나는 춤으로 이루어진 그의 몸과 몸으로 이루어진 춤, 그리고 수많은 춤들이 지나다니는 그의 혈관과 웃을 때 입가에서 터져 나오는 춤을 보았다. 가끔 흥분하여 내게 날아와 얼굴에 묻는 지저분한 춤과 안주를 고르는 섬세한 춤과 그 안주로 조금씩 부피를 늘려가는 착실한 춤을 보았다. 춤은 완전한 자급자족 하에서 생겨난 감정의 흐름처럼 자신을 표현하고 있었다.

중요한 것은 이것이라고 그는 말했다. "내가 존재함으로 해서 좋아지는 것이 있을까?" 나는 대꾸하지 않았다. "나빠지는 것도 분명 있겠지만 말이야." 그가 너털웃음을 터뜨렸다. 수많은 춤들이 춤으로 된 안주 위로 떨어져내렸다. 여름이었다. 더웠다. 우리는 맥주를 마셨다. 그는 많이 말했고 나는 많이 생각했다. 우리는 서로를 앞에 두고 많은 일을 해내었다. "세 살배기 어린이에게 직지심경 영인본을 선물해주면 좋아할까?" 그는 이렇게 말했다. 그는 또한 이렇게 말했다. "사람들은 그래도 춤을 그리워할까?" 우리는 취했고, 그래서 조금 걷기 위해 술집을 나왔다. 습기와 더위 속에서 춤은 점점 침울해졌다. "오늘은 어쩐지 실컷 떠들고 싶었어. 끝까지 들어줘서 고마워."

"천만에, 딴청 피우면서 들었거든." 나는 춤에게 대꾸하며 양복 입은 신사가 요릿집 문 앞에서 매를 맞는 건 왜일까 생각해보았다.

획, 하고 어디선가 축축한 열풍이 불었다. 그리고 그때 춤이 말했다. "바람이 분다." 그래, 바람이 부는 거야, 하고 나는 대꾸했다. 이제 곧 저 바람 속에서 마지막 춤을 볼 수 있을 거야. 미리 준비해둬. 춤이 말했으나 그것은 바람이 말한 것처럼 들려왔다. 춤은 처진 어깨로 저쪽 골목을 향해 걸어갔다. 작별이라는 이름의 춤은 조금씩 망각이라는 이름의 춤이 되어 한 점 먼지처럼 작아졌다.

그리고 사라졌다.

그것은 잔혹한 사건이었다. 갓 태어난 예쁜 무궁화호 열차가 납치되었다가 성탄절인 이틀 후 주검이 되어 돌아왔다. 몇몇 필수적인 부품은 고스란히 사라져 보이지 않았다. 부모인 통일호와 비둘기호 열차는 완전히 돌아서 탈선해버리겠다고 난리였다. 범인은 용의주도하게 도피했지만 서울역 인근을 안방으로 생각하는 부랑자들은 그가 오래 버티지 못할 것이라고 소곤댔다.

엿장수로 위장했지만 범인의 정체는 기차 장기 이식 알선 전문가였다. 서울역의 공공화장실이 그 중대한 정보를 제공해주었다. 노망기가 있는 반백의 공공화장실은 몇 분 동안 자신은 입이 무겁다는 둥 배짱을 부리더니만 슬그머니 피해자 측에서 고용한 탐정과 흥정을 벌였다. 그는 믿기 힘들 만큼 탐욕스러웠다. 탐정에게 한사코 노란색 큰 거 한 덩어리를 요구했던 것이다. 탐정은 편모슬하에서 외아들로 자라 수줍음이 많았지만, 국민들의 쾌적한 기차여행을 위하여 속히 타협해야 했다. 바지를 내리고, 공공화장실의 입속으로 뜨끈뜨끈한 노란색 큰 거 한 덩어리를 주어버렸다. 공공화장실은 만족했다. 강한 물을 흘려 주둥이를 닦았다. 그리고는 자상하게 범인의 인상착의를 알려주었다. 목적을 달성한 탐정은 휴지로 마무리하는 것도 잊은 채 울며 공공화장실을 뛰쳐나왔다. 어찌할 수 없는 수치심이 그의 사타구니에서 흘러나와 주위를 오염시켰다. 그것은 역한 냄새였지만 모두들 이해했다. 반면 변태적인 공공화장실의 요구는 부랑자들을 분노하게 만들었다. 그들은 공공화장실로 달려가 사방에 노란색 큰 거를 묻혔다. 공공화장실은 순식간에 따돌림받는 미다스 신세가 되었다. 우리는 여기서 중대한 삶의 교훈을 하나 발견하게 된다. 결코 남의 대변을 탐하지 말 것.

그 와중에도 탐정은 수치심을 억누르고 착실히 임무를 수행해나갔으며 오래 걸리지 않아 범인을 잡아내고야 말았다. 범인은 더럽게 운이 없었다. 마침 그때 코감기에 걸려 탐정이 접근하는 것을 눈치 채지 못했던 것이다. 겨울이었다. 추웠다. 그는 스물한 살의 실직자로 두 여대생과 이중 생활을 영위하고 있었다. 게다가 알고 봤더니 셋은 모두 끝말잇기의 천재들이었다. 여대생들은 연속된 학사 경고에서 받은 것보다 훨씬 깊은 실망감을 품고서 고향으로 돌아갔다. 부모들은 기다렸다는 듯이 그녀들의 탐스러운 머리카락을 밀어버렸다는 소문이다.

이윽고 재판이 벌어졌다. 범인은 범행을 시인했지만, 그 범행으로 인해 대다수가 느끼는 감정의 호들갑에 관하여는 철저히 조롱으로 일관했다. 범인은 농담에 능한 사람이었다. 부업으로 시를 쓰는 감상적인 검사는 재판부에게 법정을 서울역 광장으로 옮겨달라고 요청했다. 그 요청은 승인되었다. 화요일 아침이었다. 서울역에는 나프탈렌 냄새가 짙게 밴 옷을 입은 사람들이 수없이 몰려들었다. 겨울이었다. 추웠다. 이 파렴치한 열차 부품 사냥꾼은 자기가 한 짓을 똑똑히 보아야 한다고 검사는 외쳤다. 어린 무궁화호 열차가 광장에 누워 있었다. 그는 이미 차디차게 식은 몸이었다. 검사는 관중을 향해 범인에 대한 잔혹한 처벌을 호소했다. 엄지손가락들이 일제히 아래를 가리켰다. 재판부는 격론 끝에 판결을 내렸다. 그의 목을 잘라내어 서울역 시계탑 곁에 효수할 것.

사건은 그렇게 종결되었다. 사람들은 쉽게 잊고, 생의 많은 부분을 침묵에 할애했다. 하지만 추억을 위해 나는 할 말이 있다. 그로부터 며칠 후, 나는 서울역 광장의 의자에 앉아 시계탑 곁에 걸려 있는 범인의 머리를 보았다. 그리고 그 머리가 한때 액세서리처럼 매달고 있던 몸을 생각했다. 그 몸은 내 혼탁한 망막에 맺혔으며, 머리의 바로 아래에 달려 비단으로 짠 연처럼 하늘거렸다. 문득 바람이 불어왔고, 몸이 덩실덩실 춤추기 시작했다. 나는 즉각적으로 내가 보고 있는 것이 무엇인지 깨달았다. 즐거움 혹은 비참함의 잣대는 그의 목을 매단 장대처럼 유용하기는 하나 일회용이었다. 겨울이었다. 추웠다. 범인은 목이 잘릴 때 아이처럼 울었다고 한다. 이제 잘린 머리는 오염된 바람과 한 조가 되어 목숨의 이면에 놓인 무기력한 상징을 실습하고 있었다. 사람들은 어두운 낯으로 아래를 스쳐 지나갔다. 춤은 인색하지 않고 그저 인위적인 동정을 담았을 뿐인데, 사람들은 아무것도 보려 하지 않았다. 범인의 춤은 짓밟혔고 바람은 상처 입은 춤을 어디론가 데려가는 중이었다. 누구도 대항하지 않았다.

나는 그러한 종류의 춤은 이것이 마지막임을 깨달았다. 그리하여 다가올 세계에서 춤의 빈자리는, 분명한 목적지를 향한 총총걸음과 같은, 보다 덜 유치하지만 삭막한 겨울의 냉기로 채워지리라는 사실을 인정해야 했다. 이제는 작별의 춤마저 내게 작별하고 있었다. 범인을 죽이지 말았어야 했다는 얘기가 아니다. 나 역시 이

합리적인 도시의 시민이며, 죄를 지은 자는 매우 패거나 목을 잘라야 맘이 편해진다. 다만 위대한 장대가 하나씩 세워질 때마다 농담의 거리는 좀더 경직된 몸짓으로 메워졌고, 그것이 내게는 참담하게 느껴졌을 뿐이다. 잊지 않기 위해 장대의 끝을 노려보았다. 그렇게 나는 떠나가는 바람 속에서 마지막 춤을 보았다. 두 여자를 한꺼번에 사랑했다던 어린 범인의 얼굴에는 표정이 없었다. 겨울이었다. 추웠다.

〔『베스트셀러』, 2001년〕

K

1

K는 아름답고 어린 귀족 같았다. 가늘고 숱이 적은 머리카락은 바람에 쉽게 흔들렸다. 사내아이임에도 인형같이 빨간 입술은 동급생 사이에서 선망의 대상이었다. 상아처럼 하얀 피부와 매끈한 종아리, 그리고 근사한 웃음을 지녔기 때문에 그를 본 계집애들은 까닭 모를 한숨을 쉬곤 했다. 그리고 제풀에 놀라 까르르 웃으며 인파가 물결치는 거리로 달려갔다.

K는 또한 공부를 잘했는데, 그건 전적으로 K가 영리해서이지 그가 가진 부유한 부모와 좋은 교육 환경 때문이 아니었다. K는 셈을 좋아했으며 책을 깨끗이 다루었다. 예쁜 글씨체를 가진 K를 선생님들은 즐겨 흑판 앞으로 불러내었다.

K는 이렇게 어릴 적부터 많은 부분 남들보다 우수했으므로 약간의 동정심을 가질 여유가 있었다. 버짐으로 뒤덮인 얼굴에 쉰 김치 냄새까지 달고 다니는 학생 하나가 시골에서 전학을 오자, K는 친

구 하나 없는 그 외톨이를 위해 5분 정도의 거리를 돌아 통학했다. 어른들은 K를 칭찬했고, 또래들은 그 시골뜨기를 시기했다.

부러울 것 하나 없던 K가 문득 눈물을 보인 것은 그 즈음이었다. K에게 무슨 일이 일어났는지는, 늘 함께 다니던 강원도 시골뜨기만이 알고 있었다. 아무리 물어봐도 시골뜨기는 속 시원히 밝혀주지 않았다. 그 보잘것없는 아이는 슬프게 흐느끼고 있는 K에게 이렇게 말했다. "너는 나쁜 놈이야."

중학교에 들어가서도 K는 반장을 도맡아 했다. 그 학교에 팔뚝의 힘을 믿고 거만 떠는 녀석들이 없던 것은 아니지만, 그리고 그 녀석들은 잘난 K를 보며 심한 열등감에 괴로워했지만 무턱대고 K에게 시비를 걸 만큼 멍청하지는 않았다. 대신 그림자처럼 따라다니는 강원도 시골뜨기를 마구 패주었다. 그 시골뜨기는 중학교 2학년을 마치고 서울의 저쪽 끝으로 전학 가기 전까지 등에 굳은살이 앉을 만큼 친구들에게 두들겨 맞았다. 전학은 오히려 잘된 일이라고 모두들 생각했다.

"더 이상 무참하게 두들겨 맞지 않아" 하고 시골뜨기는 낯선 환경과 새 친구들에 대해 K에게 편지로 알려주었다. "제법 친구도 사귀었거든." K는 굳이 답장을 보내고 싶지는 않았다. 시골뜨기가 K에게 보내는 편지는 언제나 다음과 같은 말로 끝났다. "고맙다, K, 고맙다. 네가 누구보다 착한 친구인 걸 알고 있어."

K는 좋은 성적으로 고등학교에 들어갔다. 남녀 공학이었고, K는 열일곱 살이었다. K는 대단한 미남에다가 효율적으로 단련된 근사한 몸매를 가졌기 때문에 한창 외모에 예민한 또래 남자아이들에게 있어서 시기의 대상이 된 것은 그리 놀라운 일이 아니었다. 하

K 95

지만 중학교 때와 마찬가지로, 속이 훤히 드러나 보이는 그런 이유로 시비를 걸어오는 학우는 없었다.

고등학교 3학년이 되자 K는 진로를 결정해야 했다. K는 여러 선생님과 부모님의 조언을 들은 후 명문 국립 대학의 경제학과를 택했다. 장학생으로 입학한 K에게 부모님은 약속대로 오토바이를 사주셨다.

K는 대학에서도 인기가 좋았다. 대학생들은 중학생, 고등학생들과는 달리 의젓한 척하기를 좋아했다. K에 대한 시새움도 보다 깊숙한 곳에서 복잡하게 뿜어져 나왔다. K는 하지만 크게 신경 쓰지 않았다. 드러내놓고 적대감을 보이지만 않는다면, 나머지 부분들은 이미 오랜 기간 동안 겪어왔으며 익숙한 것이기 때문이었다. K는 난생처음으로 어머니가 아닌 여자를 좋아하기 시작했다.

이소은, 그녀의 입에서는 남국의 과일 냄새가 났다. 둘은 단체손님을 받지 않는 고급 술집에서, 일반인의 출입이 금지된 건물의 옥상에서, 툭하면 전기가 나가는 그녀의 반지하 자취방에서 낭만적인 대화를 나누었다. 둘은 또래의 누구보다 미래에 대한 희망이 컸다. 자신들의 능력을 깊이 신뢰했으며 그 능력을 돈이나 명예로 바꾸는 데 필요한 정교한 연금술을 알고 있었다. 둘은 자타가 공인하는 그 대학 최고의 커플이었다.

둘이 3학년으로 진급하던 해, 정치적인 이유로 인하여 한 대학생이 살해당했다. 한 번도 본 적이 없는 그를 위해 둘은 성난 동료들과 함께 돌멩이를 움켜쥐고 거리로 뛰쳐나왔다. 목이 찢어져라 구호를 외쳤다. 그리고 사고가 생겼다. 이소은의 병실에서 둘은 작별했다.

K는 학교를 그만두고 군대에 갔다. K의 부모는 상심한 나머지 K의 오토바이를 버릇없는 이웃집 아이에게 그냥 주어버렸다. 버릇없는 아이의 부모는 버릇없는 아이에게서 그 오토바이를 빼앗아 상인에게 좋은 가격으로 팔아넘겼다.

　제대한 후 K는 시험을 보아 다른 대학에 들어갔다. 역시 장학생이었다. 새로운 여자 친구가 생겼으며, 졸업하던 해에 둘은 결혼했다. K는 평판이 좋은 무역 회사에 취직했다. 말수가 지나치게 적었기 때문에 동료들은 K와 술자리 갖기를 꺼려했다. K는 집에서도 아내와 대화하지 않았다. 그의 빛나는 눈동자며 하늘거리는 머리카락은 그대로였지만, 많은 것이 바뀌었다. K는 금욕적인 삶을 지향하는 것처럼 보였다. 결혼한 지 사 년이 되도록 아이가 없어 주위의 사람들은 걱정했다. K는 아무 말 하지 않았다. 아내가 친정에 가 석 달이 넘게 머물러도 K는 화내지 않았다. 무엇이 문제인지, 그리고 언제부터 잘못되기 시작했는지 K의 늙은 부모는 알 수 없었다. 그리고 그만큼 절망했다.

　어느 날 집에 돌아온 K는 오랫동안 관리해온 편지 보관함을 뒤지기 시작했다. 몇 통을 따로 골라낸 후, 거기에서 전화번호를 찾아냈다. 수화기를 들고 잠시 고민하던 K는 이윽고 버튼을 눌렀다.

　K와 그 옛날의 시골뜨기는 술집에서 만났다. 오래전 둘의 외모에서 드러났던 현격한 차이는 더 이상 눈에 띄지 않았다. 그날, K는 살아온 나날 중 가장 많은 말을 뱉어내었다. 서울 사람이 다 된 저 옛날의 시골뜨기는 묵묵히 듣기만 했다. 둘은 술을 많이 마셨다. K는 투명한 술잔을 보며 쓸쓸하게 웃었다.

　둘이 헤어진 시각은 밤 1시가 조금 넘어서였다. 시골뜨기는 집에 돌아와 뚱뚱한 아내의 옆구리에 매미처럼 붙어 잤다. 아침에 일어나자마자 식탁에 앉아 신문을 보는 것은 버릇이었다. 아내의 잔소리를 들으며 그는 간밤에 K가 죽었음을 알았다.

　시골뜨기는 그의 죽음을 슬퍼했다.

2

눈먼 여자아이의 추락

일시: 1981년 10월 21일 17시 28분.

장소: 아파트 입구에 있는 작은 바위와 그 곁의 고목.

내용: 하교 후 친구를 바래다주고 집으로 돌아오던 K에게 눈먼 여자아이가 큰 소리로 아는 척을 함. 당시 눈먼 여자아이는 낮은 고목 가지 위에 올라앉아 있었음. 평소에도 그곳에서 사람들의 발자국 소리를 관찰하곤 했다는 주민들의 진술에 비추어보아, 느릿느릿하면서도 보폭이 짧고 정확한 발자국 소리에 K임을 알아차린 듯. 무심히 지나치던 K는 놀라서 화가 났음.

　K는 곁에 있던 지름 4센티미터 가량의 울퉁불퉁한 돌을 주워 "이 돌을 너에게 던질 테야" 하고 일차 협박함. 눈먼 여자아이는 고개를 흔들고는 "그러지 마" 하고 웃었으며, K는 "나, 이 돌을 정말로 던질 거야" 하고 이차 협박한 후 눈먼 여자아이에게 돌을 투척. 이때 제대로 된 모션을 취하지는 않았음.

　그 돌은 완만한 포물선을 그리며 허공을 날아 눈먼 여자아이의 대갈통에 정확히 명중함. 눈먼 여자아이는 놀라 단단히 부여잡고 있던 고목 가지를 놓쳤으며 1.5미터 수직 낙하 후 평평한 바위 위에 고꾸라짐. 잠시 후 비틀거리며 일어나 다친 머리를 문지르는 눈먼 여자아이를 향해 K는 다음과 같이 외침. "네가 잘못했잖아. 나를 놀라게 했어. 네가 먼저 잘못한 거야." 그리고 K는 얼굴을 잔뜩 찡그리며 울기 시작함.

눈먼 여자아이는 소리 나는 방향으로 걸어가 K의 어깨를 잡고는 더듬거리는 작은 목소리로 이렇게 중얼거림. "너, 어떻게, 나에게 말이야. 나는 눈먼 여자아인데." K는 팔을 뿌리치고 집 쪽으로 몸을 돌려 달리려고 함. 그 바람에 눈먼 여자아이는 바닥에 기이한 형태로 2차 널브러짐. 순간, K는 얼마 전 강원도에서 전학 온 시골뜨기가 저만치에서 이 모든 상황을 지켜보고 있었음을 알아차림. 그대로 집으로 질주.

후에 고목 밑둥치에서 뱀을 보았다는 아파트 주민들의 호들갑을 접수한 시 당국은 중장비를 동원하여 고목을 캐냄. 곁의 바위 또한 잘게 부순 후, 비만 왔다 하면 진창이 되곤 하던 길에 뿌림. 눈먼 여자아이는 보름 후 죽었으나 광란의 질주를 하던 자장면 배달부의 오토바이에 치여 죽었으니 위 사건과는 관계가 없음. 위에 등장하지 않는 인물은 이 사건에 대해 알지 못함.

시위 진압 중 사망한 전경
일시: 1991년 5월 24일 18시 21분.
장소: 서울, 광화문 사거리.
내용: K와 그의 여자 친구가 동료들과 함께 광화문에서 시위하던 중 위 사건이 발생했음. 팽팽하게 대치하던 전경의 대열을 향해 시위대의 뒤쪽에서 2 내지 3명의 멍청한 학우가 위협용으로 돌을 던짐. 그 돌은 짙은 남색 방석복(防石服)에 누런 흙먼지가 묻는 정

도의 경미한 손상을 입혔음.

그러나 평소에 학벌 콤플렉스에 시달리던 전경 1명이 얼씨구나 하고 그 돌을 주워 시위대를 향해 던짐. 이 돌은 시위대의 앞쪽에 있던 K의 여자 친구 이소은의 좌측 안면부를 정확히 강타하였음. 그 충격으로 이소은의 왼쪽 안구가 돌출되었고 또한 살갗이 찢어지면서 광대뼈가 드러났음. 이소은은 맥없이 쓰러졌고, 순간 주위는 활자화하기엔 민망한 욕설과 오발된 최루탄이 터지며 혼란스러워졌음.

돌을 던진 전경은 당황하여 뒤돌아 뛰었으나, 그를 노려보고 있던 K는 여자 친구의 살갗과 피가 묻은 문제의 돌을 주워 그에게 되던짐. 약 20미터의 거리를 직진으로 날아간 돌은 그대로 전경의 헬멧에 닿았으며 특수 강화 플라스틱 재질의 헬멧을 뚫고 들어가 전경의 머리를 오븐에서 갓 나온 3~4인용 콤비네이션 피자로 만들어버림.

전경은 그 자리에서 숨을 거두었으며 이튿날 주요 일간지에 보도됨. 학생 운동의 입지가 심히 위축되었음. 이 사건에 관한 진실을 아는 사람은 K와 이소은 둘뿐임.

소매치기 소년의 피

일시: 2001년 10월 25일 19시 44분.

장소: 서울, 신촌 연세대학교 정문 앞.

내용: 19시 21분에 퇴근한 K는 집으로 가는 버스를 타기 위해 연세대학교 정문을 지나던 중에 왼쪽에서 40대 여성의 비명 소리를 들음. 그 즉시 고개를 좌측으로 47도 돌려 소매치기 현장을 목격. 연두색 가로 줄무늬의 흰색 티셔츠를 입은 소년이 그녀의 감청

색 핸드백을 억지로 빼앗아 북북서 방향으로 질주하고 있었음.

핸드백을 빼앗긴 40대 여성(신현숙, 가명. 주거 부정)은 조금 부끄러운 몰골로 바닥에 널브러졌음. "도와주세요"라든지 "저 아이가 귀중품이 든 제 핸드백을 빼앗아 북북서로 달리고 있으니 부근에 달리기의 명수라고 자부하는 분이 있어 저 소년을 잡아 핸드백을 제게 돌려주신다면 진하게 사례하겠습니다"라고 제대로 된 문장을 말하는 대신 "어떻게! 저 애가? 내 돈을!(음성 변조)" 하고 괴상한 비명만 질러댐. 주위의 모든 사람들은 당황해 심장만 콩닥콩닥 뛰도록 내버려둘 뿐 아무 행동도 취하지 못함.

K는 달리기의 명수가 아니었기에 가로수 곁에 있던 돌을 주워 소년에게 던짐. 그 돌은, 기관총을 의식한 탈옥수처럼 지그재그로 달리던 소년의 머리에 정확히 명중됨.

피가 소년의 머리를 중심으로 반경 4미터까지 터져 나왔고 소년은 임금님 만세를 부르는 자세로 즉사. K는 곧 자리를 떴으며 이 사건에 관해 아는 사람은 K 이외에는 아무도 없음.

한강에 흘려 보낸 K의 삶

일시: 2001년 10월 26일 02시 30분.

장소: 뚝섬 한강 시민공원의 조깅 코스.

내용: 10월 25일 오후 11시경, 교제를 반대하는 부모님에게 화를 내고 나온 박종석(18세, 물병자리)과 그의 여자 친구 오혜란(17세, 수제비 좋아함)은 뚝섬 한강 시민공원의 으슥한 곳에서 소주 1병을 나누어 마심. 그러다 달을 가득 담은 서로의 그윽한 눈빛에 찌리릿을 느껴 2시간 이상 몹시 더듬던 중, 문득 3시 방향에서 살인자, 라는 고함 소리를 들음. 이에 주섬주섬 옷을 주워 입고 현장

으로 달려감.

뒤통수가 반 이상 달아나버린 K는 이미 죽은 후였음. 그의 피는 흐르고 흘러 한강으로 스며들었으며 한창 성적으로 흥분해 있던 박종석은 이 모습을 보고 팬티 안에 사정을 해버림. 가지고 있던 휴대폰으로 인근 경찰서에 신고. 그 시각은 새벽 2시 33분.

당국에서는 얼렁뚱땅 조사하여 취객의 뒤통수를 돌멩이로 후려갈기고 지갑을 빼가는 속칭 퍽치기라는 범죄로 결론 내림. 박종석과 오혜란에게는 당분간 멀리 가지 말도록 경고한 후 귀가 조치.

이 사건으로 박종석의 부모는 오혜란과의 교제를 더더욱 만류했으나 박종석은 이미 그녀에게서 마음이 떠났으며 대신 자신의 팬티에 강한 집착을 보임.

이 사건의 진실을 아는 자는 K뿐이며, 그는 2001년 10월 26일 새벽 2시 30분경에 사망했음.

3

좋아하면서도 가까워질 수 없는 사람이 있다. 잘생긴 외모나 그럴듯한 말투에 반해 다가서다가도, 무언가 섬뜩한 이질감에 놀라 뒤로 물러선다. 내게는 K가 그런 친구였다. 우리가 처음 만난 것은 80년대 초, 그러니까 내가 초등학교 5학년을 다닐 때였다.

부모님의 사정이라는 것이 대개 그렇듯, 나에게는 납득할 만한 이유가 하나도 없는 채로 시골에서 서울로 전학 왔다. 수줍음이 많았던 나로서는 새 친구를 사귀기는커녕 둘러싸여 매나 맞지 않았으면 하고 바랐다. 특히 나를 경계했던 것은 여자아이들이었다. 예쁘장한 운동화, 처음 보는 색깔의 고운 머리띠를 한 여자아이들은 믿을 수 없이 잔인했다. 그 아이들은 내가 마치 실내화에 묻은 까만 밥풀이라도 되는 양 노려보았다. 하지만 나는 실내화에 묻은 까만 밥풀이 아니라 단지 고향을 떠나 낯선 도시에 온 외톨이일 뿐이었다. 그 아이들은 몹시 심한 말을 뱉으며 내게 손찌검했다.

그랬다, 나는 진심으로 그들을 죽이고 싶었다. 그러나 타인을 해쳤을 때 가장 위험한 것은 그 자신임을 나는 잘 알고 있었다. 솔직히 말하자면 양심 때문이 아니라 들킬까 봐, 그리하여 내가 치러내야 할 대가가 너무 클까 봐 아무 짓도 할 수 없었던 것이다.

하지만 가끔은 한숨을 쉬며 파란 하늘을 올려다보곤 했다. 나에게 능력이 있다면, 누구에게도 비난받지 않으며 마음먹은 대로 타인을 죽여버리는 능력이 있으면 좋겠다고 생각하며. 그저 내키는 대로 노려보거나 가만히 생각하기만 해도 나를 못살게 구는 아이들이 깨끗이 사라져버리는 기적을 상상하며. 나는 그것이 죄가 아니라 믿었다. 단지 그 이유만으로 누군가 내게 손가락질했다면 나는 화내며 이렇게 소리쳤을 것이다 ─ 당신은 누굴 죽이고 싶었던 적 없어?

내 작은 몸뚱이에는 타오르는 듯한 멍과 손톱자국이 끊이질 않았다. 그것은 열두 살 사내아이의 수치심을 자극하는 데 효율적이었다.

그래서 K가 내게 접근해왔을 때, 나는 몹시 기뻤다. K에게 고자질하면 그 아이들은 따돌림을 받게 될 것이기 때문이었다. K와의 사귐은 내게 있어 일종의 특권이었고 능력이었다. 나는 K에게 잘 보이기 위해 내 삶의 시계 전부를 그에게 주었다. 입이 거친 아이들로부터 비굴하다고 야유를 받아도 나는 상관하지 않았다. 비굴함은 당시의 그 무엇보다 참기 수월했으므로. 그러나 불행은 전혀 의도치 않은 방향에서 다가왔다. 깜빡 잊고 있던, K에게 빌린 물건을 돌려주기 위해 걸어왔던 길을 되밟아가던 중, K가 눈먼 여자아이에게 돌 던지는 것을 본 것이다.

그것은 치명적이었다. 눈이 까맣게 타 들어간 여자아이, 하루 종일 낮은 나무 위에 외롭게 앉아 오가는 사람들의 발자국 소리에 귀 기울이는 것이 유일한 낙인 그 여자아이와 나는 닮은 부분이 많았다. 곁의 바위에 걸터앉아 가을 나무에 내리는 비와 세상에서 제일 큰 벌레에 대해 얘기를 나눈 적도 있었다. 우리는 경쟁하듯 뻔한 거짓말을 하며 웃곤 했었다. 웃을 때 그 애는 무척 예뻤다.

K의 돌에 맞기 전까지, 그 애에 관하여 나는 그런 감정을 가지고 있었다. 때문에 돌로 머리를 얻어맞은 사람은 바로 나 자신인 것처럼 충격을 받았다. 나를 보았을 때 K의 심정도 마찬가지였을 것이다. K는 나의 놀란 시선으로부터 벗어나려 했다. K가 울며 도망치는 모습으로부터 나 역시 도망치고 싶었듯이.

나는 눈먼 여자아이에게 다가가 일으켜 세웠다. 그 애의 어깨와 팔꿈치에서 피가 배어 나오고 있었다. 나는 코 묻은 손수건을 꺼내 피를 닦아주었다. "너, 민기야?" 눈이 새카맣게 타들어간 그 애는 K의 발자국 소리가 사라져가는 먼 저 쪽을 노려보며 물었다. "응, 나야." 그 애는 가만히 고개를 끄덕였다. "다 보았니?" "그래, 다 보았어. 미안해." 나는 속삭이듯 대답했다.

"너, 왜 말리지 않았니?" 그 애가 신음처럼 말했다. "K가 내게 돌을 던질 거라고 말해줄 수 있었잖아. 민기야, 너도 내가 미워?" 나는 잠자코 팔뚝의 피를 닦아주었다. 그 애의 마르고 왜소한 몸은 감당하기 힘든 원한에 사무친 듯 떨렸다. 그러며 새카맣게 타들어간 눈으로 K가 뛰어간 방향을 끝없이 노려보았다. 마치 아무리 멀리 도망쳐버렸어도 무언가 길고 질긴 끈이 K와 연결되어 있으며, 그 끈만 놓치지 않으면 마침내 K쯤은 쉽게 잡아낼 수 있다는 듯이. 모든 것이 내 잘못처럼 여겨졌다. 그 애의 말처럼, 피하라고 미리 얘기해주지 못한 내가 잘못인 것 같았다. 피를 대충 닦아주고는, 무언가 커다란 것이 들어온 듯 울렁거리는 가슴을 가누며 간신히 집으로 돌아갔다.

다음날, 나는 K를 교실 밖으로 불러내었다. 나는 K를 잃고 싶지 않았다. K는 내게 있어 나 자신의 목숨 다음으로 소중한 존재였다. 그러나 K는 나를 모욕하는 법을 제대로 알고 있었다. "제발 부탁이야. 못 본 걸로 해줘." 눈물까지 흘리며 애원했다. 나는 실망했고 화가 났다. 나의 K는 그래선 안 되었다.

"너는 나쁜 놈이야." 나도 모르는 사이 이렇게 말해버렸다. K는 낙담한 표정을 지으며 나와 먼, 다른 세계에 살고 있는 자신의 친구들에게 가버렸다. 그리고 그것은 내게 이질감을 표현하는 가장 예리한 방식이었다.

하지만 그후로도 우리는 함께 다녔다. 내게는 달리 방법이 없었고, 그건 K로서도 마찬가지였으리라 생각된다. 물론 K는 나와 달리 친구가 많았다. 그러나 과거의 어느 날, 시골뜨기에다가 외톨이였던 나와 함께 학교를 다니기 시작하며 주위의 어른들로부터 받았던 칭찬이 그를 구속했을 것이다. 게다가 내가 그 일을 아무에게도 얘기하지 않았으므로 K로선 나를 미워할 만한 특별한 이유가 없었다. K는 나를 저버리지 않았다.

그날부터 우리 사이에서 자취를 감춘 것은 아무렇지도 않은 대화였다. 할 말이 생기면 몇 번이나 혀로 굴리며 이모저모를 쟀고, 틀림없이 적절하다 판단한 후에야 입 밖에 내었다. 우리는 서로에게 영원히 갚을 수 없는 빚이 있는 성인처럼 굴었다. 고작해야 초등학생이면서도 어른처럼 예의를 갖추며 친분을 유지해나간다는 건 어색한 노릇이었지만, 마른 바위 같은 인내심으로 우리는 견뎌냈다. 물론 나는 K를 진심으로 존중했고, K도 나를 존중해주었다. 그럼에도 불구하고 내 머릿속에서는 어느 가을 날, 눈먼 여자아이를 향해 날아가는 작은 돌멩이의 포물선이 지워지지 않았다. 떨어져 상처 입은 여자아이는 절대로 우는 모습을 보여서는 안 되는 것처럼, 눈물을 속으로 삼키기 위해 입술을 씹었다. 그 모습이 어떻게 잊혀질 수 있을까? 청명한 가을 하늘에 아득한 포물선을 그리는 돌멩이의 궤적과, 순간 아차, 하고 느껴버린 내 뼈저린 후회, 혹은 놀라움과 뒤섞인 절망감을 어떻게 잊을 수 있을 것인가? 나는 K와, 내 속의 무언가가 조금씩 무서워지기 시작했다. 분명 그것은 당시 내 나이로는 극복하기 힘든 두려움이었다.

나는 중학교 2학년까지 마치고 다시 먼 곳으로 전학을 갔다. 그곳에서 나는 더 이상 시골뜨기가 아니었다. 나는 평범한 삶을 살아갈, 그래서 아무것도 말해줄 필요가 없는 극소수의 친구만을 사귀었다. 가끔 알 수 없는 충동에 K에게 편지했지만 답장은 오지 않았다. 오지 않는 K의 답장은 내게 야릇한 안도감을 심어주었다. 그 나이가 되어서야 비로소 나는 속내를 숨기며 장난칠 수 있었던 모양이다. 무모하게도 나는 전화번호가 바뀔 때마다 그에게 편지로 알려주었다. 외로웠던 시절에 다가와준 호의와, 알 수 없는 힘이 우리 사이를 막아섰을 때 느꼈던 당혹스러움을 대신해 편지의 마지막에는 항상 이러한 말을 적었다. 고맙다, K, 고맙다. 네가 누구보다 착한 친구인 걸 알고 있어.

이미 내 속에는 K에 대한 비굴함이 완전히 사라져 있었다.

대학에 진학하고 군대에 가게 되면서 자연스럽게 K를 잊었다. K는 내게 다가왔던 때처럼 급작스레 멀어졌다. 그 과정에 내 쪽의 의도가 전혀 개입되지 않았다고 한다면 그것은 거짓말이다. K의 존재는 내 인생에 있어 저주받은 그 무엇인가를 의미했고, 따라서 나는 K를 피해야 했다. 시간이 흐르고, 주위에서 벌어지는 여러 복잡한 일들을 판단해나가면서 모든 것은 점점 분명해졌다. 완전히 다르면서도 동등한 그 무엇인가가 우리 안에 존재하고 있던 것이다. 제발 K와 마주치지 않기를, 우연히 거리에서라도 마주치지 않기를 하루에도 몇 번씩이나 바랐다. 나는 군대에서 자살한 후배의 여자 친구와 결혼했다. 아내는 폭력적이던 후배로 인해 히스테릭하게 길들여져 있었으며, 예상대로 그녀의 무뚝뚝한 짜증은 K에 대한 불길한 기억을 조금씩 청소해주었다. 나는 서울에 거주하는 익명의 성인 남자로, 스쳐가는 나날들과 적당한 선에서 타협하며 살았다.

그러던 어느 날, 가을 하늘을 가르던 돌멩이의 기억과 함께 K가 다시 찾아왔다. 십수 년 만에 접한 그의 목소리는 더없이 반가웠지만, 그간 견고하게 유지되어왔던 내 거짓 삶의 패턴이 그로 인해 흔들릴지 모른다는 불안감을 떨쳐낼 수는 없었다. 너무 급작스러운 전화였고 당황했기에 나는 거절하지 못했다. 전화를 끊은 후, 약속 장소로 향하기 위해 집을 나서는 데에는 대단한 용기가 필요했다.

우리는 왕십리의 작은 술집에서 만났다. 아무런 특징이 없는, 그저 그런 술집이었다. K는 이미 조금 취해 있었다. 그럼에도 그의 멋진 머리카락이며 하얀 송곳니, 오뚝한 콧날과 우아하게 오르내리는 눈꺼풀은 예전과 다를 바 없이 멋졌다. K는 나와 악수하기 위해 손을 내밀었다. 나는 따뜻한 체온이 흐르는 그 손을 잡았다. 그리고 그동안 잊고 지내던 많은 기억들에 놀라워했다. 실로 많은 세월이 흘렀던 것이다.

우리는 옛날이야기를 했다. 피하고 싶었지만, K와 한 여자아이, 그리고 나에게도 불운이었던 오래전 가을날, 작은 돌멩이 하나가 만들어낸 포물선에 대해서도 이야기했다. K는 웃지 않았다. 당연한 일이겠지만 K는 잊으려 죽을힘을 다해 노력해온 나보다 그 일을 훨씬 또렷이 기억하고 있었다.

K는 유언처럼 너무 많은 이야기를 했다. 마치 내가 반드시 들어야 하는 것처럼, 내게 그 책임이 있는 것처럼. 대학 시절 사귀었던 이소은이라는 여자 친구의 이야기도 했다. 근사한 보조개며 다른 사람보다 한 뼘은 더 먼 곳을 보는 듯한 깊은 눈동자, 둘이 함께 치던 음란한 장난, 그리고 그녀가 심하게 다치던 날을 이야기했다. 최루탄 가스가 자욱하던 광화문의 거리를 K는 똑똑히 기억하고 있었다. 그가 던진 돌이, 마치 정교한 공기총에서 발사된 탄환처럼 직선으로 날아가 전경의 머리를 부수던 이야기를 했다. 그리고 그것이 완전한 범죄가 되었을 때 느껴야 했던 불안감을 털어놓았다.

나는 술을 마시며 그의 이야기를 들었다. 격렬한 시위 현장, 갑자기 사방의 움직임이 둔해지면서 K가 던진 돌만이 전경의 뒤통수를 향해 자로 잰 듯 날아갔다던 상황을 상상해보았다. 그러할 때

내 마음으로는 체념 비슷한 감정이 조금씩 밀려오고 있었다.

K는 달포가 지나서야 병원으로 그녀를 찾아갔다고 말했다.

"왼쪽에 맞았는데, 너무 놀라서 그만 오른쪽을 다친 줄 알았어. 그래서 기절할 때까지 오른쪽 눈이랑 볼을 손으로 가리고 있었지." 그녀가 희미하게 웃으며 한 말이었다. "얼굴을 심하게 다치면 정확히 어디가 아픈지 모르게 된다고 의사가 그러더라."

그리고 이렇게 덧붙였다. "그런데 이상하지? 나, 다 보았거든. 네가 그 사람 죽였잖아." K는 순간 오싹해졌다. K가 던진 돌과 그 돌에 박살나는 전경을 본 것은 손으로 가린 오른쪽 눈이 아니라 반쯤 튀어나온 이소은의 왼쪽 눈알이었다. 상태가 좋지 않아 병원에 도착하여 바로 도려낸, 이제는 세상에 없는 저 까만 눈.

그녀는 K를 원망했다. 그녀는 어딘가 드센 면이 있기도 했지만 심성은 착한 여자였으며, 즉흥적으로 복수하는 남자 따위는 좋아하지 않았다. 그녀는 자신의 감정을 표현하기 위해 굳이 살인자라는 단어를 사용했다. K는 하얗게 붕대 감고 있는 이소은의 볼과 안대를 한 왼쪽 눈, 그리고 그 언저리에 조금씩 맺히는 눈물을 보며 울었다. 둘은 그 자리에서 헤어졌다.

K는 술에 그다지 약해 보이지 않았지만 시간이 지나면서 조금씩 무너져갔다. 비가 온 후라 거리는 불결한 습기로 가득 차 있었다.

나는 K를 위로해주어야 했다. "세상의 많은 일이 우연이라고 생각해. 우연 때문에 괴로워하는 건 좋지 않아." 하지만 이 말은 진심이 아니었다. 나는 이미 알고 있었다, 그것이 K의 능력이라는 것을. 그리고 한때, 마음이 답답하고 아무리 둘러보아도 내 편 하나없을 때, 나 역시 그러한 능력을 바라 마지않았음을.

자정이 넘어가면서 K는 내게 마지막 사건을 말해주었다. 그것은 우리가 술자리를 갖기 몇 시간 전에 일어난 일이었다. 신촌에서 K는 소매치기 소년을 보았다고 했다. 무작정 그 소년이 나쁘다고 생각했으며, 그를 잡기 위해 무언가 해야만 했다고 말했다. 그리고 그 소년을 향해 던진 돌이 어떻게 날아갔는지, 파괴된 것들이 얼마만큼의 강렬한 인상으로 그의 주위에 널려 있었는지를 말해주었다.

"돌은 똑바로 날아가지 않았어." K는 홀린 듯 중얼거렸다. "그 돌은, 내가 던진 그 돌은, 마치 생명이 있는 것 같았어. 주위에는 사람이 많았지. 내가 던진 돌은, 완만한 곡선을 그리며 그 사람들을 전부 피해 날아갔어. 마치 그 소년 외에는 절대로 건드리면 안 되는 듯이. 그러다 그 소년의 뒤통수에 닿자마자 그대로 펑! 하고 터져버린 거야." K는 하얀 이를 드러내며 웃었다. 그 웃음이 말 못 할 슬픔의 다른 이름임을 알아차린 건, 그러나 너무도 먼 곳을 향한 그의 흐린 시선 때문이었다.

"시간이 멈춘 듯했지. 주위의 모든 것이 갑자기 서랍에서 찾아낸 오래된 스냅 사진처럼 멈추어버린 거야. 이해할 수 있겠어?" 물론 나는 이해할 수 있었다. 당사자인 K보다도 잘 이해하고 있었다. "믿어줘, 나는 아무도 다치게 하고 싶지 않았어." 말을 마친 K는 심히 떨리는 울대를 가누기 위해 입술을 굳게 다물었다. 일순 침묵이 우리를 휩쌌으며, 그 정적 속에서 나는 믿었다. 비열하고 난폭한 것은 다만 그에게 다가온 기이한 운명임을 믿었다. 오래전 수없이 써내려간 편지의 마지막 구절처럼, K는 누구보다도 착한 아이였으니까.

때로 취기는 자정의 게릴라처럼 급작스럽게 찾아온다. K는 이제껏 많이 애썼구나 싶을 만큼 빠르게 취했다. 비틀거리면서도 K는 몇 번이고 몇 번이고 건배를 청했다. 그가 술잔을 너무 꽉 쥐었기 때문에 우리의 건배는 느린 장송곡에 맞추어놓은 메트로놈같이 둔탁한 신음만을 뱉어냈다. 꼬부라진 그의 혀에서는 이따금 패색 짙은 봉화처럼 한숨이 피어올랐다. 나는 생각했다. 이상한 포물선, 혹은 직선과 그 끝에 닿아 있는 우주의 한 작은 점에 관해 생각했다. 그리고 파괴를 피할 수 없는 그 점의 운명에 관해 생각했다. 밤 1시가 넘어서자 잠시 말이 없던 K는 소매를 걷고, 넥타이를 풀어헤쳤다. "우리 한강에 갈까?" 문득 K가 소리쳤다.

나는 고개를 푹 숙였다. 결국 이렇게 내 친구 K는 한강에 가는구나. 그리고 그곳에서 고함을 지르겠지. 마음껏 외치며 울부짖겠지. 그리고 그 곁에는, 아아 모든 건 예정된 궤도를 주행할 뿐이었다. 그거 알아? 우주의 한 점은, 그 마지막 점은 바로 너에게 연결되어 있다는 걸. 나는 눈물이 쏟아지지 않도록 애쓸 시간을 벌어야 했기에 제대로 듣지 못한 시늉을 냈다. "한강?"

"그래, 한강에 가자. 이곳은 너무 답답해. 이해할 수 있겠니?"

K는 내게 졸랐다. 일평생 누구에게도 아쉬운 소리 한번 하지 않을 것 같던 그 친구가 내 손을 잡고는 졸라댔다. 하지만 나는 거절했다. 냉정하게 거절했다. 함께 간다고 해서 달라질 것은 없었다. 나는 비굴한 미소를 지으며 조르는 K에게 낯익은 이질감을 느꼈다. 어릴 적 느꼈던 저 조그마한 이질감은 그동안 먹어 치운 세월로 인해 거대하게 부풀어버렸다. 내가 막지 못할 성질의 것이라면, 최소한 내 눈으로 그 이질감의 끝을 보고 싶지는 않았다. 오랜 시간이 흘렀지만 K는 여전히 소중한 내 친구이므로.

나는 거절했고, 하여 K는 낙담한 표정을 지었다. 그는 더 이상 조르지 않았다. 우리는 헤어졌다. 바람 한 점 없는 빨간 왕십리의 밤이었다. 그는 뒤돌아 머리 위로 손 흔들어 작별했다. 그리고 우리가 만나 이십여 년 동안 쌓아온 추억의 속도로 멀어져갔다. K가 초라하게 줄어들고 줄어들어 한 점 흐릿한 회색이 되고, 이윽고는 시야에서 완전히 사라질 때까지 나는 그 자리에서 조금도 움직일 수 없었다.

그리고 다음날 아침, 신문에서 한 남자의 비참한 죽음을 읽었다. 한강변에 있었던 그는 뒤통수를 돌로 심하게 맞아 즉사했다고 한다. 술에 취한 두 남녀 비행 청소년의 소행이니 픽치기니 뭐니 하고 신문에서는 떠들어댔지만, 나는 진실을 알고 있다. 나는 세수하며 조금 울었다. 오래전 K에게 보냈던 편지의 마지막 구절을 생각하며 울었다.

한강에서 어떤 일이 일어났는지 나는 안다. 아니 정확히 말하자면, 나는 알고 있었다. 잔혹한 능력을 깨달은 한 사내, 결코 그 따위 능력을 바라지 않았지만 소유하게 된 K가 울고 있었다. 주위에는 아무도 없고, 그래서 그는 마음껏 소리쳤다. 원망했다. 곁에는 돌이 있었다. 그래, 나는 잘 알고 있다. 운명처럼 매끈하게 생긴 돌이 K의 곁에 놓여 있었다. K는 그 돌을 주워들었다. 살인자, 라고 소리치며 K는 어둠 속, 저 무서운 사내의 뒤통수를 노려보았다. 그리고 온 힘을 다해 그 돌을 던져버렸다.

돌은 손에서 놓여남과 동시에 이상한 흐름을 타기 시작했다. 어느 눈먼 소녀와 겁을 먹은 전경과 소매치기 소년을 해치던, 결코 실수를 모르던 바로 그 흐름이었다. 그리고 그 흐름의 포물선은 주위의 등압선을 심하게 일그러뜨리며 긴 여행의 종착역인 마지막 한 점, 바로 K 자신에게로 이어졌다. K의 뒤통수는 엄청난 속도로 날아온 돌에 맞아 산산조각이 났다. 그리하여 우주의 저 끝은 완성되었고, 쓰러진 내 친구를 강변에 그렇게 버려둔 채로 조용히 사라져간 것이다.

그 참혹한 장면을 짚어가는 사이에 다문 내 입술에서는 무언가 뜨거운 것이 흘러내렸다. 빌어먹을, 나는 그것을 훤하게 알고 있다. 마치 하얀 종이 위에 깨끗이 타이핑된 보고서라도 읽은 듯 알고 있다. 이 모든 일이 터지기 오래전, 결국 이렇게 되리라는 것을 나는 알고 있었던 것이다.

민기야, 하고 K가 나직한 음성으로 나를 불렀을 때, 그리하여 그의 오만한 눈빛이며 잘생긴 이마, 붉은 입술의 광채는 사라지고 술이나 한잔하자, 하며 몹시도 가여운 목소리로 내게 말을 건넬 때, 진심으로 좋아하고 또 고마워하고 있었음에도 불구하고 나는 왜 20여 년의 세월 동안 집요하게 그를 피해왔는지 다시 한 번 깨달았다. 그리고 오래된 비밀, 혹은 치명적인 약점을 들킨 듯 메스꺼워졌다. 그 비참한 예지와 직감이 남에게 말 못 할 나만의 능력이라는 것을 알아차린 건 내 나이 열두 살, 고향을 떠나 먼 서울로 전학 오던 초등학교 5학년 때의 일이었다.

〔『라쁠륨』, 2002년〕

하나, 둘, 셋

아홉만큼 모자란 시간. 흡사 보이지 않는 그림자 혹은 그와 동류의 어둠이 주위를 배회하다 모여든다. 만류할 틈 없이 형상을 만들어 어디론가 움직이기 시작한다.

오랜 시간이 지난 후, 나는 그와 같은 광경을 보게 된다. 낡은 여관방, 아내로 짐작되는 여자와 성교를 마친 후 함께 보게 된다. 적당히 만들어진 나무 선반에는 채널 키가 빠져버린 텔레비전이 놓여 있고, 고정된 전파만 수신되어 내 눈에 들어오게 된다. 이따금 세로로 찢어지는, 비가 내리는 화면 속에는 모자를 쓴 최면술사와 과거엔 아프리카의 나무늘보였노라는 여자가 있게 된다. 이야기를 모두 들은 최면술사는 시간을 되돌리기 위해 하나, 둘, 셋을 속삭인다. 그리고 손뼉을 탁, 친다. 날카로운 파열음은 여관과 내 몸의 구멍과 아내의 자궁 그 모든 곳에서 울리고, 과거의 한 생을 아프리카의 나무늘보로 살았다던 여자는 깊고 먼 시간을 날아와 과거를 기억치 못한 채 횡설수설하는 어리석은 인간이 된다.

오랜 세월이 지난 후, 나는 그와 같은 광경을 다시 한 번 보게 된다. 낡은 여관방, 아내로 짐작되는 여자와 성교를 마친 후 다정히 누워 물밀듯 저려오는 차가움, 또렷이 느끼게 된다.

여덟만큼 모자란 시간. 불완전한 몸으로 태어났으니 애초에 내 몫의 선택이란 없었다. 조금 자라 눈이 뜨이자 거울 앞을 배회하며 시간을 보냈다. 그 속은 더없이 차가웠다. 내 어깨 너머 보이는 저 무표정한 부모님의 얼굴에는, 분명 기이하게 조각난 유리와도 같은 추운 계절의 명징(明澄)이 서려 있었다.

그저 아버지 어머니의 몸속에서 응고되지 않은 욕망으로만 존재하던 시절, 한 인간으로 태어나 내 어떻게든 열심히 살아가리라 꿈꾸었다. 하지만 나를 맞아준 세상의 공기는 너무나 차가웠고, 아버지는 아무렇지도 않게 나를 피했다. 어느 날, 툇마루에 앉아 앵두를 먹던 아버지는 나를 살짝 밀어 아래로 떨어뜨렸다. 댓돌의 모서리가 눈을 찌르자 생애의 첫 아픔이 다가왔다. 눈물이 피와 엉켜 고름처럼 흘렀다. 키가 큰 아버지는 청명한 가을의 하늘을 바라보며 앵두를 먹었다. 그것을 보니 왜곡된 나를 비춰보듯 가슴이 서늘해졌다. 사진이, 거울이, 맑게 정지된 수면이 없는 곳으로 간다면 보다 나아지지 않을까, 나를 비추어볼 그 무엇도 없다면 마음은 한결 평온한 상태를 유지하지 않을까 생각했음을 고백한다. 하지만 그것들이 존재하지 않는 곳으로 도망친다고 해서 나아질 것은 없었다. 고통은 심장처럼 내 가운데 존재했으므로, 결국 인간은 누구도 바보가 아니었으므로. 나는 고개를 저었다. 피가 댓돌에 스며들었다. 땡추의 해탈처럼 느리게 스며들었다. 그 안이한 모습에 혐오감을 느꼈으니 생의 이전, 상처를 두려워 말자 다짐했지만 나 자신 이미 상처를 지니고 태어난 왜소한 인간으로서 다짐은 애초에 이루어질 수 없었기 때문이었다. 견딜 수 없는 혐오감은 내 구부러진 다리를 거칠게 움직여주었고, 하여 병신을 잉태해준 부모로부터 나는 도주했다. 주먹을 쥔 채로, 조금의 틈도 없이 주먹을 쥔 채로.

수많은 지층을 달려왔다. 낯설고 먼 도시의 외진 골목에 기대어 눈을 감고 웃었다. 나는 어느새 단도 하나를 깊이 품게 되었으니, 힘에 겨워 멍하니 서 있자면 날카로운 단도는 정확히 내 눈을 겨냥하고 있었다. 증오와 고통보다 강한 것은 두려움이었다. 몽환처럼 강이 나타나고 허공으로 돌아갔다. 내게는 백일몽이 필요치 않았다.

이방인의 틈에서 나는 도둑질을 시작했다. 허기 때문도, 돈 때문도 아니었다. 나는 온전한 두려움을 느끼고 싶었다. 아니, 내가 제거할 수 있는, 적어도 확실히 그 성질을 알아볼 수 있는 두려움과 마주하고 싶었다. 그것은 사진, 거울, 혹은 맑게 정지된 수면 위에 고요히 떠오른 형체 같은 것이라 생각했고, 찢고, 깨고, 흐트러뜨린다면 겨울날의 한숨처럼 이내 사그라질 것이라 믿었다. 나는 보이는 것과 보이지 않는 것, 그 모든 것들을 훔쳤다. 많은 사람들에게 상처를 주었다. 더불어 스스로 얻은 상처로 인해 불완전함을 지워나갔다. 그 과정은 또 다른 고통이었지만 괘념치 않았다. 가끔은 내가 태어난 집으로 돌아가는 상상을 했다. 오래전 집을 떠나며 걸었던 길과는 다른 길을 되밟아가는 상상을 했다. 그날 이후 많은 것이 변해버렸고, 어느 것도 과거로 되돌릴 수 없었다. 새로운 길을 가다 보면 새로운 부모님이 그곳에 앉아 있었다. 툇마루에 앉아 앵두를 먹고 있었다. 스스로 완전해졌어요, 하고 불안을 감추며 나는 자랑스레 말하곤 했다. 그러면 새로운 길의 저편에 앉아 있던 새로운 부모님은 내 얼굴에 퉤퉤 앵두 씨를 뱉으며 이렇게 말했다.

아하, 그래 알겠다. 스스로 완전해졌구나. 그런데 왜 울고 있니?

앵두는 씨가 있다. 앵두의 씨는 앵두와는 전혀 다르게 생겼다. 그런데 앵두와는 전혀 다른 앵두의 씨에서 누가 봐도 앵두인 빨간 앵두가 태어난다. 나는 구석진 방에서 베개를 적셨다. 하루분의 눈물을 배설하고 나면 비로소 편안한 느낌이 들었다. 가슴속에는 앵두가 자라났다. 제초제를 주어도 앵두의 집요한 뿌리는 내 피를 빨고, 세포를 잠식해 들어갔다. 나는 약이 소용없음을 알았다. 빨간 앵두는 내 속에 감추어졌고, 그곳에서 하루가 다르게 커갔다. 내 속의 앵두를 알고 있는 것은 여자였다. 여자와 나는 여관의 낡은 매트리스에 누워, 공기를 모두 빼버린 겨울의 62번 버스에 대해 이야기했다. 대신 무엇이라도 채워야 하지 않을까요? 그러니까 동정이라든가, 경멸 같은 걸로. 하지만 공기를 모두 빼버렸다고 해서 동정이나 경멸을 넣어야 할 필요는 없었다. 상처란 건 말이지, 하고 나는 어둠에 입술을 숨긴 채, 늙고 병든 복화술사처럼 중얼거렸다. 순환하는 거야. 땅에서 흙을 한 줌 파내면, 세상의 그 어딘가 다시 한 줌의 흙이 얹힐 수밖에 없는 거지. 그게 그거야. 계곡입네, 산입네 떠들지만 결국 같은 놈들이라고. 땅에서 나온 흙은 어디로도 갈 수가 없어. 여자는 고약한 냄새가 나는 눈물을 흘리며 탄식했다. 어디로도 갈 수가 없어요, 아무 곳도 갈 수가 없고요. 설익은 앵두가 뚝뚝 떨어졌다. 내 속에 둥지를 튼 장미과(科)의 낙엽 활엽 관목은 3미터를 넘게 자랐으며, 어린 가지에는 털이 빽빽하게 자라나 몹시 따가웠다. 6월이야, 6월. 나는 이상한 서러움에 목메어 말했다. 연분홍의 꽃이 피었으니 이제 조금만 기다리면 함께 앵두를 먹을 수 있겠지. 부탁할 게 하나 있어. 퉤퉤, 하고 씨를 뱉지는 말아줘, 제발.

일곱만큼 모자란 시간. 오월의 마지막 날 그녀는 떠나갔다. 그녀가 떠난 자리에 엎드려 나는 시체놀이를 했다. 하지만 내가 참으로 완벽한 시체가 됐다손 쳐도 찾아다니는 이 아무도 없다면 그 또한 재미없는 일이다. 혼자서는 이루어질 수 없는 시체놀이가 떠나간 그녀에 대한 원망의 감정을 일깨워주었다. 병신에게 제일 슬픈 건 욕구가 남들보다 덜하지 않다는 것이다. 나는 창녀, 하고 중얼거렸다. 그러자 냉각된 어둠에 선보랏빛 입김이 서렸다. 창녀라는 단어는 텅 빈 바닥에 철렁이며 흘렀고, 잘 익은 앵두나무가 뽑혀 나간 가슴에는 커다란 구멍이 대신 자리 잡았다. 창녀, 하고 다시 한 번 중얼거리자 구멍은 더 커졌다. 나는 버릇없는 아이처럼 창녀, 창녀, 하고 자꾸만 뇌까렸다. 가슴의 구멍은 급격히 넓어져 끝내 나 자신을 뒤집어버렸다. 짙은 어둠 속에서 나는 이거 완전히 까뒤집혔네, 하고 우스워했다. 한때는 외부였던 세계의 따스한 체액 속에서 팔과 다리는 흐느적거리며 서로를 어루만졌다. 이따금씩 물이 반쯤 담긴 빈 깡통, 그리고 그 위에 둥실 떠 있는 녹색의 가래와 담배꽁초가 느껴졌다. 기화한 니코틴은 채 피부를 갖추지 못한 연한 살점을 찔렀으며, 내부였다가 이젠 외부가 되어버린 혈관을 타고 흐르는 독한 약물은 나를 취하게 만들었다. 그럴 때면 가만히 입을 벌려 산, 계곡, 시내 따위, 좋아했던 단어들을 중얼거렸다. 가슴속에서는 산과 계곡과 시내가 한데 뭉쳐 점액질처럼 우아하게 흘러가고 있었다. 그것들을 사진, 거울, 맑게 정지된 수면에 비추어보고 싶었지만 그럴 수는 없었다.

너는 좋은 손을 가졌다고, 다른 여자가 말했다. 그때 나는 여자의 유두를 손등으로 쓰다듬는 중이었다. 내 손이 좋다고 말한 여자

는 우울한 신음 소리를 내며 등을 꼬았다. 백열등은 흔들흔들 꺼져
만 갔다. 이건 병신 손이야. 악수를 나눌 수도, 박수를 칠 수도 없
지. 게다가 바위밖에 내지 못하기 때문에 누군가 보자기를 내면,
나는 영락없이 술래야. 불에 익은 듯 구부러진 손을 흔들며 나는
빈정거렸다. 그리고 스스로의 조롱에 목이 메어 눈을 감았다. 하지
만 그래도 너의 손은 근사해, 하고 여자는 노래하듯 말했다. 그 이
유를 설명해주지 않는 여자는 내 어머니보다 늙었다. 등은 굴곡 없
이 매끄러웠다. 허리는 어디로 갔지? 나는 물었다. 대체 어디로 간
거야? 대답을 않는 여자는 싫은 표정으로 돌아누웠다. 여자가 돌
아눕던 바로 그때, 그리하여 검은 배꼽이 내 시야를 떠나 어둠 속
에 묻히는 순간, 방금 전까지 아무렇지도 않게 보고 있던 그녀의
배가 기억 속에서 강렬하게 되살아났다. 노란 백열등 불빛과 함께
밀려오는 과잉의 몸뚱어리. 만삭인 여자의 배는 푸르스름한 빛을
띠고 있었다. 질겨 보이는 뱃가죽은, 과연 위험을 알리는 커다란
북으로 효용이 있을 것이라 감탄했다. 그 아래쪽, 음모가 모두 빠
져버린 늙은 여자의 성기는 썩은 앵두처럼 검붉었고 맥없어 보였
다. 그것은 어디에 어울릴까 고민하며 눈을 감았다.

　추운 겨울, 서리는 내린다. 눈을 뜨자 나는 달리고 있었다. 짙은
안개로 희미하게 분산된 가로등 불빛이 육교를 비출 때였다. 모두
들 잠이 든 밤, 욕망은 잃어가는 자제력만큼 조금씩 생기를 얻는
다. 나는 불결한 여자의 음모로 둥지를 튼 새들의 수면 사이를 꿈
처럼 유영했다. 콘크리트로 만들어진 구식 육교는 내 체중을 못 이
겨 휘청거렸다. 어디선가 바람 소리가 들려왔다. 코스모스 잎사귀
를 스치는 바람의 소리가 들려왔다. 나는 그렇게 귀로 서늘한 가을
바람을 느꼈다. 육교의 끝에 접어들어 육교의 끝까지 따라오느라

수고하신 경찰에게 붙들렸다. 그는 동료들에게 인정받기 위해 정열적으로 나를 때렸다. 개처럼 맞으면서도 나는 개 이상의 동정을 바랐다. 그럼에도 손바닥을 펴 빌 수는 없었으며, 결코 도망칠 수 없는 상황에서 그것은 치명적이었다. 어느 순간이 지나자 고통은 잦아들었다. 다만 내 몸의 살점이 조금씩 떨어져 나가고 있구나 생각될 뿐이었다. 나를 건드리지 마라, 나를 건드리지 마라. 나는 무서운 힘으로 소리를 질렀다. 하지만 무서운 힘의 근원은 나의 강함에 있지 않고 위험천만한 연약함에 있었으니, 그것은 경고가 아니라 때에 따라 쉽게 무시해버려도 괜찮은 애원에 불과했다. 유리로 된 내 몸에서 파편이 튀고, 지상의 모든 것을 비출 만큼 수없이 많은 예각이 생겨나도 그는 발길질을 멈추지 않았다. 검은 피가 확, 눈에 들어왔다. 그 피를 자신의 얼굴에 문지른 경찰은 열기구에서 바람 새는 소리를 내며 웃었고, 나는 열기구에서 바람 새는 소리를 들은 열기구 탐험가처럼 좌절했다. 충분히 기분이 풀린 그는 누더기가 되어버린 나를 악취가 풍기는 곳으로 끌고 갔다. 벌레가 기어다니는 유치장 바닥, 날카롭게 모가 난 파편이 사타구니를 향해 다가왔다. 그러나 아무래도 벗어날 수가 없었다. 그것은 깊은 연못이었다. 끝이라고는 존재하지 않는, 말하자면 수면과 바닥이 완만하게 이어진 연못이었다. 나는 삶의 기포들을 조금씩 흘려보내며 보이지 않는 줄에 묶인 채 끝없이 추락해갔다. 답답하고 답답해서 견딜 수가 없었다.

여섯만큼 모자란 시간. 어떤 여자는 내게 호의를 보였다. 그 보드라운 미소는 수줍은 소녀가 한 옴큼 훔쳐낸 콜드크림의 단면과 흡사했다. 너는 누구지? 여자는 대답하지 않았다. 여자는 은밀한 눈빛을 보이며 다가왔다. 그리고 내 팔을 이끌고 어디론가 향했다.

　암흑, 암흑이었다. 모든 것은 허공에 떠 있고, 그리고 서서히 추락해갔다. 여자는 기를 쓰고 내 손을 펴보려 했다. 조금 펴지기는 했지만 너무 아팠기에, 나는 주먹으로 여자를 때려야 했다. 우리는 둘 다 구타에 익숙했다. 문득 나는 상처 입어 피 흘리는 여자에게 삽입하고 싶어졌다. 둥그렇고 소름끼치는 눈동자들이 있지 않은 곳에서, 여자의 속옷을 벗기고 자그마한 구멍에 내 것을 집어넣어 나로 인해 흘린 피, 딱 그 만큼의 따뜻함을 나누고 싶었다. 하지만 여자는 교묘하게 약을 올리며 멍이 든 엉덩이를 흔들었다. 여자는 사교적이었기에 모든 욕망을 숨겨야만 할 곳으로 나를 인도해나갔으며, 그곳은 지나치게 밝고 차가운 곳이었다. 한때는 선연하게 명멸하던 불꽃이 조그맣게 사그라졌다. 여자는 차마 지우지 못한 그림자 뒤에서 내게 말했다. 내 머릿속에는 고속도로가 있다네. 맑은 날이면 빨간색 스포츠카를 타고 그곳을 질주하지. 흐린 날은 자전거를 타고 어슬렁대기도 하고. 하지만 비라도 내리면, 그곳엔 누군가의 커다란 트럭이 굉음을 내며 달린다네. 그러면 내 머릿속의 도로는 무참히 파손되어 피를 토하지. 나는 고개를 끄덕였다. 어느새 내 머릿속에도 고속도로가 생겼고, 나 스스로 마스크로 얼굴을 가린 채 덤프트럭을 운전하고 있었다. 사방에 튀는 선홍색 피.

　음습한 여관방, 더러운 유리창 밖으로 일상에 바쁜 새의 검은 그림자가 스쳐 지나갈 때면 나는 발작하듯 튀어 올라 창을 열었다. 부서질 듯 열린 창 너머의 하늘에는 그러나 뿌얀 매연만이 가득했다. 때마침 밀려오는 입자 굵은 먼지들. 그 조그만 아기를 내 손으로 떼어냈지, 하고 또 다른 여자가 말했다. 멍게 속살을 발라내듯 말이야. 나는 그녀의 찡그린 미소를 바라보며 라면을 먹었다. 바로 여기야, 하고 여자가 사타구니를 벌렸다. 나는 라면가락을 후루룩 들이마신 다음 커다랗게 벌어져 있는 자궁에 머리를 처박았다. 역겨운 쉰내를 참으며 간신히 목까지 들어갔지만 씰룩이며 질구가 조여오자 웬걸, 숨이 턱 막혀버렸다. 중세의 갑옷을 입고 뜨거운 물 속에 잠수한 기분. 끈끈한 체액과 라면의 국물이 입속에서 혼합되어 발광을 자제하는 십자군처럼 묵묵히 목구멍으로 흘러들었다. 입을 조금 벌려 트림을 해보았다. 자궁벽에 부딪혀 돌아온 메아리에선 진한 피비린내가 났다. 아주 조금의 뒤척임만이 허용되는 핏빛 반향(反響).

어쨌든 나는 돈을 벌어야 했다. 하지만 돈은 내 손이 닿는 조금 앞에서 쩔렁 소리를 내며 이리저리 튀고만 있었다. 또 그 조금 앞에는 커다란 구멍이 있었다. 맨홀이야, 위험한 너는. 목젖을 오므려 비명을 질렀지만 그놈은 나와 돈을 비웃으며 입을 더욱 크게 벌렸다. 더욱 크게 벌리고 더욱 크게 벌려 결국 내가 속한 세상보다 넓어졌다. 이미 맨홀의 내부가 되어버린 돈을 포기하고, 끝없이 맨홀을 증오하며, 나는 난파선의 쥐새끼처럼 도망쳐야 했다. 나는 번화한 거리에서 형식에 조금 차이가 있는 너를 만났다. 우리는 똑같이 못났으며 경쟁적으로 해쓱했다. 너는 내 손을 잡고 가만히 마주하길 좋아했다. 우리는 3류 대학의 교정에서 싸구려 술을 마셨다. 너는 원형 극장의 모서리에 위태롭게 앉아 있다가 뒤로 쓰러졌다. 3미터를 직진 낙하한 후 머리부터 콘크리트에 부딪쳤다. 기억나는가? 퍽, 하고 말이다. 너의 고통이 파랑처럼 전해지던 깊고 어둡고 조용한 밤. 눈을 지그시 감은 너는 코와 귀에서 피를 흘렸다. 어떻게 해야 하지? 이젠 어떻게 해야 하는 거지? 나는 너를 흔들어보았다. 하지만 너는 꿈쩍도 하지 않았다. 너는 이제 잠정적 시체에 불과한 몸, 나와는 형식에 조금 차이가 있는. 순식간에 너의 몸이 크게 부풀어 올랐으며, 나는 도저히 너를 업을 수 없다는 것을 알았다. 나는 현장을 이탈해 도주했다. 다리가 무겁고, 도저히 빨리 뛸수가 없었다. 너는 어느새 일어나 비겁한 나를 쫓고 있었다. 그렇다, 모두 내가 잘못이었다. 그럼에도 나를 용서해줄 수 있겠나? 도움을 청하는 애절한 목소리가 들려오자 눈을 질끈 감았다. 벌레는 공격하지 않고, 그저 두려움만을 주기 때문이다. 벌레보다 두려운 것은 측량이 불가한 벌레의 알이다.

다섯만큼 모자란 시간. 산을 넘고 계곡을 지나 고향으로 가고 있었다. 나는 심히 지쳐 길의 한가운데 주저앉았다. 언제부터인지 눈은 내려와 지상의 전부를 덮었다. 한 뼘, 아니 두 뼘일지 모른다. 두껍게 쌓인 눈은 귀향자의 시선에서 원근(遠近)을 제거했다. 나는 금세 하얀 눈의 일부가 되었다. 체온이 조금씩 식어갔다. 아아, 이토록 차갑고 차가운! 나는 단념했다. 일어설 힘이 없었고, 눈을 녹일 정열이 없었다. 눈은 나를 충분히 누를 만큼 힘이 넘쳤고, 나를 충분히 얼릴 만큼 냉정했다. 눈의 결정은 단도처럼 내 살을 찌르고, 내 속에 들어와 서서히 녹아갔다. 커다란 눈사람이 되어가며 나는 내 눈을 가만히 들여다보던 너와 그로 인해 헤어진 여자를 생각했다. 그들은 내 위선적인 망막에 선명하게 맺혔다. 내게 병균을 옮긴 것이 그녀라고 생각하는 순간, 피를 나눈 동지와도 같이 그리움은 밀려왔다. 그리움의 그 온기로, 나는 나를 가둔 눈의 순결함을 뚫고 다시금 고향에서 멀리멀리 도망칠 수 있었다. 새하얀 파도에 휩쓸려 여러 도시를 헤매었다. 도시는 생명체처럼 제각기 특징을 가졌다. 불결한 도시와 화려한 도시와 무서운 도시를 나는 헤매었다. 어느 도시에서도 중심에는 가까이 가지 않았다. 늘 구석의 한 귀퉁이에 나는 떠돌이 갈매기처럼 내려앉았다. 내 고향 이외에서는 아무도 앵두를 먹지 않았다. 내 고향의 바깥에서는, 아무도 앵두의 씨를 퉤퉤 내 얼굴에 뱉지 않았다. 하지만 가만히 손을 바라볼 때마다, 가만히 손을 바라볼 때마다 고향이 생각났다.

상처 입은 짐승이 스며들 수 있는 곳은 파괴된 무덤뿐이다. 여자는 바닥에 엎드려 퍼즐 하는 아이의 곁에서 옷을 벗었다. 아이를 내보내줘, 말했지만 여자는 실없이 웃기만 했다. 내 아이에게 신경 쓰지 말아요, 습관이란 무서운 것이니. 낡은 침대 스프링의 마찰음, 이따금 어머니가 내는 과장된 신음 속에서 아이는 빠른 속도로 조각을 맞추어나갔으며, 이윽고 완성된 그림은 병신의 시체가 숨겨진 도로의 맨홀이었다. 참 잘했네요, 하고 여자가 말하자 아이는 뿌듯한 얼굴로 우리를 보았다. 그 시선을 접한 순간 녀석의 어미 배 위에서 내가 취하고 있는 자세란 너무나도 어색한 듯 여겨졌고, 그래서 나도 모르게 퍼즐 위로 사정하고 말았다. 정자들은 고정된 퍼즐 위에서 난자를 찾아 꿈틀대었다. 고놈의 정자들은 지독히도 운수가 없었다. 아찔한 기분, 또다시 눈을 감았다. 바이러스와 박테리아가 포진한 고속도로의 아스팔트를 나는 걸었다. 멀리 앵두나무가 보였고 내가 태어난 집이 보였다. 나는 앵두나무 뒤에 숨어 아버지를 노려보았고, 아버지는 시든 앵두나무 저편에서 나를 노려보았다. 앵두를 다오, 앵두를 다오! 아버지는 괴롭게 외쳤고, 놀란 나는 잡고 있던 앵두나무 가지를 기어코 부러뜨리고야 말았다. 알싸하게 풍겨오는 부러진 가지의 탄식. 그 가지를 딱, 아버지 심장에 꽂아주고 싶어서 내 마음은 길길이 날뛰었다. 눈을 뜨자 아이는 내 정액이 묻은 퍼즐 조각을 하나씩 씹어 먹고 있었다. 아이가 탐욕스럽게 집어삼킨 건 병신의 시체 부분이었다.

왜곡된 시선의 메타포는 오해로 인한 선전 포고와 같았다. 정밀하고 우아한 곡선의 포탄이 고속도로에 떨어졌다. 쾅, 하는 소리가 나고 포연이 자욱했다. 내 머릿속에서는 커다란 고속도로가 무참히 파괴되어 선홍색 피를 흘리며 신음했고, 내 눈 속에서는 영원히 그 무엇도 삽입되지 아니할, 그리하여 더러운 배설물을 제외하고는 영원히 그 무엇도 생산하지 못할 여자의 자궁이 허공에서 궁중 왈츠를 추고 있었다. 앵두나무는 늙어 허리가 굽었으며 아버지는 그 틈새로 흔들림 없이 나를 노려보았다. 때문에 나는 독주를 마셨다. 역한 구토와 더불어 담녹색의 내장이 쏟아져 나왔고, 그때마다 내 뼈들은 형편없이 뒤틀렸다. 가끔은 그렇게 고향을 생각했다. 하지만 길은 아직 끝나지 않았고, 질주를 멈추기에 신발 밑창에 달라붙는 피 섞인 토사물은 지나치게 걸쭉했다. 일단 멈추면, 나는 영원히 멈추어 있을 것만 같아 겁이 났다. 그 두려움 속에서 짙은 바다를 생각했다. 짙은 바다를 생각하자니 호흡이 가빠져 견딜 수가 없었다.

넷만큼 모자란 시간. 나는 도둑질을 재개했다. 문을 보면 들어가고 싶었고, 들어가서는 무언가를 집어 들고 싶었다. 일단 집어 들면 그것을 가져오고 싶었고, 따라서 내 묵는 여관에는 무언가가 잔뜩 쌓여만 갔다. 혹은 돈으로 바꾸고, 혹은 때려 부수었다. 나는 넥타이를 사서 목에 묶었다. 은밀한 침입에는 어울리지 않는 구두를 사서 신었다. 생각해보면 악령은 이미 등 뒤에서 골수를 숙주(宿主)로 하여 살아가고 있었던 것인지도 모른다. 그의 힘이 특이하게 강했는지에 관하여는 아는 바 없지만, 조잡함이 가득한 타인의 방에서 내 손길을 기다리는 사물들의 절제된 영혼은 기억된 형태의 억제력을 상쇄시키고도 남을 만큼 매혹적으로 빛났다. 악몽이야, 하고 누군가 뒤에서 소리쳤다. 나는 그 목소리를 친근하게 여겼지만, 그럴수록 눈이 가려워 미칠 것만 같았다. 칼끝은 내 눈을 향하고 있었다. 손톱을 뾰족이 세워 각막을 긁었고, 눈에 해를 입히는 그러한 동작을 멈추지 않았다. 갑자기 퉁퉁 부은 안구가 발등으로 떨어졌다. 마개가 빠진 내 얼굴의 구멍에서는 다리가 여섯 개 혹 그보다 훨씬 많이 달린 벌레들이 쏟아져 나왔다. 그들은 서로서로 동지였으며, 한결같이 세련된 검은 제복을 입고 있었다. 잽싼 녀석들은 긴 더듬이를 이용해 코로 다시 숨어들었지만 대부분은 외눈으로 조준된 내 구둣발의 공격을 피하지 못해 뭉그러졌다. 나는 떼굴떼굴 굴러다니는 경직된 안구를 주워 본래의 자리로 되돌려놓았다. 그런 어설픈 수습이 더 슬퍼서 나는 울었다. 나는 무수한 상처를 입었고 그러한 상처들은 과거와 구별되는 확연한 경계선으로 자리매김했다. 비대칭적으로 접합된 골절 부위와 대음순(大陰脣)을 닮은 흉터는 삶의 무게가 버거워 터져 나온 노란 고름이었다. 치열해지면 치열해질수록 상징은 늘어만 갔다. 나는 노쇠한 퇴역 용사의 시선으로 상처를 바라보았다. 되돌아갈 수 없음이 주는 조밀(稠密)한 우울. 그것은 되돌아가고 싶은 반사적인 욕망 때문도, 되돌아가지 않기에 느껴지는 안도의 감정 때문도 아니었다. 그저 한 세계를 배웅할 때 사용하는 꽃무늬 손수건과 같은, 기괴하되 진부한 형식에 지나지 않았다. 버리고 싶은 것을 나는 버릴 수 있을까, 하고 스스로 물어보았다. 깨어나고 싶은 이 어둠의 최면에서 나는 벗어날 수 있을까. 끊임없이 훔치고 빼앗기는 이 빌어먹을 순환을 멈출 수 있을까. 셋을 세고 손바닥을 탁, 치기로 했다. 하나,

둘. 하지만 차마 셋까지 셀 수가 없었고, 손바닥 또한 부딪혀 소리를 낼 만큼 반듯하게 펴져 있지 못했다. 나는 아직 버리고 싶은 것을 버릴 준비가 되어 있지 않음을 알았다.

셋만큼 모자란 시간. 완전함을 포기하는 대가로 너무나 많은 불완전을 묵인하게 되었다. 누군가가 나를 쫓아 먼 길을 달려오고 있었다. 그에게 덜미라도 잡히면 끝이라고 나는 확신했다. 그의 추측대로 나는 불완전하게 태어났고, 불완전하게 성장했다. 모든 것은 내가 아니라 그가 옳았다. 나는 홀로 그릇되었고, 외로웠다. 고향으로 돌아가는 길을 잊어버렸으며 오로지 내가 알지 못하는 널찍한 신작로를 머릿속에서나 그려볼 뿐이었다. 고속으로 질주하는 차량의 타이어는 아스팔트의 열기를 즐기려는 벌레들을 무참히 짓밟았다. 왜인지 그 벌레들의 비명을 내 고막은 한순간도 놓치지 않았다. 도와줄지 모른다는 생각에 잠시 신을 믿었다. 하지만 신은 내가 호소하지 못할 만큼 높은 곳에 정좌해 있었고, 불완전한 나로서는 그곳을 우러러볼 수조차 없었다. 그럼에도 불구하고 나는 조금 더 신을 믿었지만 순결한 믿음에서가 아닌, 철저히 필요에 의한 신앙은 내게 또 다른 죄로 다가왔다. 내게는 신을 믿을 자격이 없음을 알았다. 한참 동안 울었으며, 신을 원망하고 저주했다. 그로써 돌아온 것은 내 불완전함의 끝없는 확신이었고 인과가 뒤섞인 소외였다. 누군가가 나를 쫓아 세계를 돌아다니고 있었다. 그는 내 발자국에 코를 들이대고 여죄를 추궁했으며, 내 지문에 귀를 기울여 범죄 동기를 밝혀냈다. 나는 아메바처럼 흐느적거리며 정글로 향했다. 엄폐물은 가까이 있는데 내게는 그곳까지 갈 만한 힘이 남아 있지 않았다. 나는 내 꽁무니를 쫓는 자의 꽁무니를 쫓아, 조그마한 타원을 빙글빙글 돌며 무의미하게 삶을 낭비하고 있었는지도 모른다. 나는 애초 방향 감각이 결여된 퍼런 배추벌레에 지나지 않았는지도 모른다, 뜨거운 아스팔트 위의.

둘만큼 모자란 시간. 나는 한 자루 예리한 단도, 스치는 족족 상처를 입혔다. 공원에서 만난 애꾸의 그녀는 앙상한 느티나무의 어둠에 숨어 오랫동안 더럽혀진 내 성기를 핥아주었다. 우리는 포장마차가 즐비한 환승 역사 광장의 초라한 식당에서 결혼했다. 국밥을 먹으며 우리는 리어카에서 사온 반지를 교환했다. 우리 둘뿐이었다. 급한 김에 거리의 노파에게서 빼앗은 지갑은 소금, 간장과 더불어 탁자 위에 놓여 있었다. 그 위를 진한 보라색의 벌레가 기어다녔다. 노쇠한 벌레의 다리는 홀수였다. 어딘가 이상하게 보였으리라. 주인은 우리의 어색한 맹세에 귀를 기울였고 그래서 나는 훔친 지갑을 열어 때에 절고 꼬깃꼬깃 접힌 노파의 지폐를 꺼낼 필요가 없었다. 그렇게 우리의 결혼을 축하해준 존재는 식당 주인이 거부한 밥값이 전부였다. 식당을 나서자 싸락눈이 내리고 있었다. 나는 어두운 밤하늘, 내리는 눈을 보며 고향을 떠올렸다. 시뻘겋게 녹슨 못이 박힌 각목으로 나를 때리던 아버지를 떠올렸다. 타향의 홍등가에 틀어박혀 퉤퉤 앵두 씨를 뱉고 있는 창녀를 떠올렸다. 세월에 음모를 도둑맞은 여자를 떠올렸다. 어디선가 나의 행적을 쫓아 달려오는 사내를 떠올렸고, 선혈이 낭자한 고속도로를 떠올렸다. 자궁에 한 사내를 머금은 캥거루, 원형 극장에 남겨진 못난 너, 퍼즐 하는 천재 모자(母子)를 떠올렸다. 그리고도 더 많은 이들을 계속해서 떠올렸다. 그들은 눈처럼 어지러이 내게로 휘몰아쳤다. 거리의 쓰레기도 훔치지 못할 만큼 언 손에 입김을 불며 떨었고,

그런 내 손을 자신의 따뜻한 가슴팍에 넣으며 그녀가 기대왔다. 숨이 탁, 막히면서 눈이란 참으로 하얀 것이라 생각했다.

우리는 춥고 어둡고 습한 여관에 들어 성교를 했다. 정적은 검은 비로드, 우리의 나신을 물들였다. 그녀의 작고 보드라운 질구는 규칙적으로 떨며 조심스럽게 나를 죄었다. 성교가 끝난 후 우리는 틈 없이 껴안고 채널 키가 빠져버린 텔레비전을 노려보았다. 이따금 세로로 찢어지는, 비가 내리는 화면 속에는 모자를 쓴 최면술사와 과거엔 아프리카의 나무늘보였다는 여자가 있었다. 나무늘보라니, 우스워요. 아내가 말했다. 하지만 왠지 불길한 그 기지감(既知感)에 나는 웃지 않았다. 어디선가 트럼펫 소리가 들려왔다. 열쇠가 찰랑거리는 소리도 들려왔다. 그럴수록 우리는 보다 깊이 서로의 가슴속으로 파고들었다. 문득 그녀가 방귀를 뀌었다. 맵고 알싸한 냄새가 이불 속에 가득 찼다. 나는 잔뜩 흥분하여 고통스러워하는 아내의 가랑이를 더욱 크게 벌렸다.

퉁, 하고 떨어져 나갈지도 모르는 일이다. 내 몸을 고정시키고 있는 안전벨트는 뻘겋게 녹이 슨 데다 그나마 헐겁게 매어졌다. 열차는 협곡을 지나 폭포를 향해 가파르고 가파르게 질주하고 있었다. 말하자면 언제든 나를 날려 보낼 준비가 되어 있는 것이다. 레밍의 무리가 눈앞에 아른거렸다. 추운 이국에 산다는 들쥐, 레밍. 열차는 그 레밍처럼 균일한 간격을 유지하며 낙하하고 있었다. 그러다 아차, 하는 순간에 매끈한 광야에 부딪쳐 피를 토했다. 시커먼 열차의 혈액은 콸콸콸콸콸콸콸콸 광야를 적셨다. 나는 9라는 숫자가 어떤 의미가 있을지 생각해보았다. 내게 9라는 숫자는 어떤 의미일까. 9일 동안 아내였던 여자는 9가 세 개나 씌어 있는 번호판을 단 트럭에 깔려 즉사했다. 습관적으로 무단 횡단을 한 덕분이었다. 나는 영안실, 박살난 아내의 시신을 앞에 두고서 1부터 9까지 손가락을 접어가며 헤아려보았다. 하나, 둘, 셋, 넷, 다섯, 여섯, 일곱, 여덟, 아홉. 아아, 손가락이 하나 남았다. 결국 9는 아주 작은, 너무나도 작은 숫자였다. 그때 나는 깨달았다, 마지막 하나를 제외한 내 모든 손가락이 힘없이 펴져 있음을. 문득 몸이 부르르 떨렸고, 소리 내어 셋을 세고 싶어졌다. 셋을 세고는 탁, 하고 손바닥을 부딪히고 싶었다. 나는 항의하듯 외쳤다, 하나, 둘! 용기를 잃을 만큼, 아니 용기를 얻을 만큼 큰 소리였지만 역시 셋을 셀 순 없었다. 또한 셋까지 헤아리지 않고 손바닥을 부딪히는 것은 의미가 없었다. 나는 아내의 시신에 등을 돌리고는 도망치듯 영안실을 빠져나왔다. 가로등이 환한 거리에 와서야, 으스러진 애꾸의 아내가 거머리처럼 등에 달라붙어 있음을 알았다.

하나만큼 모자란 시간. 정신을 차리자 고향을 향해 달리는 중이었다. 겨울의 눈은 사각이며 밟히는 단도, 칼끝이 내 눈을 향하고 있었다. 내 눈동자에는 칼끝이 반사됐고, 칼끝에는 오래된 관람의 기억이 반사됐다. 안개꽃을 유난히 좋아하던 이웃집 계집애, 그날 이후로 평생 정신병원에서 기저귀나 차고 살아가야 할 운명을 지닌 계집애에 대한 기억이었다. 나는 허물어진 축사(畜舍)의 구석에 몰래 숨어 그 모든 광경을 지켜보았다. 환희와 절망, 흥분과 모욕이 이전에 그곳에서 시끄럽게 돌아다녔을 돼지 떼처럼 웅성거리고 있었다. 돼지들의, 뱀처럼 조그마한 눈동자 속에 가느다란 벌레들이 이글이글 끓는 것을 나는 똑똑히 보았다. 그날, 돼지들은 그 계집아이와 결투라도 하듯 신속하고 단호하게 습격해왔다. 그에 대응해 계집아이도 소리를 지르고, 손에 잡히는 모든 것을 던졌다.

모두들 더없이 용감하게 승부를 겨뤘다. 시간이 지나자 우람한 주먹에 상처 입은 어린 안개꽃의 피 묻은 사타구니는 체조 선수처럼 벌어졌고, 경우에 따라 그 속에는 세 마리의 돼지까지 들어섰다. 비명과 울음은 조금씩 약해져가다 종내는 순서를 다투는 돼지들의 욕설에 묻혀버렸다. 문득 안개꽃이 기운을 내 실처럼 가는 줄기를 흔들었다. 꽃망울이 튀고, 조무래기 돼지들은 잠시 움찔했다. 각목을 높이 치켜올린 육중한 두목 돼지가 앞으로 나서며 소리쳤다. 네게 지옥을 보여주마! 금세 온몸에 피를 뒤집어쓴 두목 돼지의 이빨은 뱀처럼 검은 입술 사이로 하얗게 빛났다. 비린내 풍겨오는 축사, 나는 아무 편에도 돈을 걸지 못하고 그저 관객이 되어 저려오는 허벅지를 꼬집고만 있었다. 돼지들이 물러간 축사에는 내가 있었다. 나는 조용히 은신처에서 기어 나와 실신한 계집아이의 위에 올라타고 허리를 흔들었다. 새하얀 정액이 음모 위에서 번들거리고 있었다. 하나, 둘 셋. 세 번이나 배설한 후, 나는 일어나 바지를 입었다. 완벽하게 파괴된 자궁, 그 속에 몇 번을 배설한다 해도 되돌려받을 수 있는 건 없었다. 금방이라도 죽어버릴 것처럼 마음이 아프기에, 나 또한 피해자라고 변명하며 주위를 둘러보았다. 그곳은 출구 없는 터널이었다. 거짓된 희망을 주려는 듯 꼬불꼬불 길기만 한 무덤.

아내의 무덤을 찾은 것은 두 번에 지나지 않았다. 재개발이 한창인 어느 야산이었고, 빗물에 씻겨내린 진한 황토와 이리저리 굴러다니는 건축 폐기물들이 보였다. 다시는 찾아오지 않으리라고 다짐했다. 하긴 아내는 이미 내 등 깊숙이 자리매김하고 있었으니, 무덤을 찾지 않는다 하여 누가 나에게 서투른 야유를 보낼 수 있단 말인가. 일그러진 아내의 얼굴은 등에 붙어 내가 보는 사물을 애꾸

의 각도와 애꾸의 선입견으로 동시에 바라보고 있었다. 견디어낼
수 없는 상처를 부둥켜안고 살아가는 사람은 시체보다 빨리 썩는
다. 내 안에는 어느새 깊은 심연과 암흑의 고목이 뿌리를 내렸으
며, 닥치는 대로 갉아먹는 벌레에 의해 생긴 그것들은 나를 제어하
고 변화시키는 또 다른 나였다. 3일을 굶으면 눈물도 마른다. 나는
조금씩 늙어갔고 신체의 그러한 변화는 자신감의 상실보다도 두려
운 일이었다. 만능 열쇠는 하루가 다르게 고철이 되어갔다. 교활한
개는 내 허벅지 깊숙이 훈장을 달아주었다. 일그러진 아내와 나는
그 훈장을 보며 서로의 고향을 생각했다. 아내의 고향은 갈매기가
까옥거리는 먼 바닷가였다. 혹 아내는 계곡과 시내가 어우러진 내
고향을 연상하고 있을는지도 모른다. 아내는 은밀히 엿보았을 내
미망(未忘)에 힘입어, 나보다도 더 내 고향을 잘 알고 있을는지도
모른다. 분명 아내의 고향은 갈매기가 까옥거리고, 멀리 어부의 낡
은 그물이 장대 위에 걸려 있는 고즈넉한 곳이었다. 나는 울었고,
일그러진 얼굴의 아내는 막무가내로 나를 달랬다. 아름다움이여,
아아 아름다움이여. 심한 죄책감이 몰려왔다. 왜 나는 나를 사랑하
지 않고 복수를, 자학을, 쓰레기 같은 분노의 형상을 사랑해왔던가.
  죽음은 손끝 바로 너머에 군림하고 있었다. 나는 태어나 처음으
로 내 삶의 소멸을 반추해보았다. 그리고 그 조짐에 이미 온몸이
물들었음을 깨달았다. 매일처럼, 아니 하루에 몇 번씩 죽음을 보면
서도 무심히 지나쳐왔다. 알면서 모른 척하다 보니 결국 나는 모르
게 된 것일까. 분하다, 하고 중얼거렸다. 항복의 그 순간, 단도가
눈을 뚫고 머릿속 깊이 들어왔다. 격한 고통이 전류처럼 척추를 타
고 흘렀다. 이토록 분할 수가. 더러운 눈물이 뺨을 타고 흘렀다. 흐
르고 흘러 내게서 도망쳤다. 다시 태어난다면, 하고 중얼거렸다.

무엇이 되어 나는 고향을 찾아갈까. 속으로 하나, 둘, 셋 하고 세었다. 셋까지 세고 나니 하늘이 어두워졌다. 낡은 도시의 변두리, 담벼락에는 이름 모를 벌레가 기어가고 있었다. 나는 내 운명의 하나 둘 셋이 아니라 저 벌레의 숫자를 헤아리고 있었는지도 모른다. 무엇 하나 확실하지 않은 손바닥의 파찰음은 과거가 되어버린 찰나의 욕구 속에 매몰되었다.

영, 혹은 무, 그리고 영원한 회귀의 기억. 불완전한 몸으로 나는 오랜 시간을 견뎌내었다. 하지만 영원할 수는 없었다. 한없이 비대해진, 뒤집혀진 내 속의 구멍은 삼키지 않아도 좋을 많은 것들을 끝내 삼켜버렸다. 또 반대로 마땅히 삼켜야 할 것들은 철저히 토해내며 나를 망가뜨렸다. 맥박보다는 경련에 가까운 움직임을 전신에 느끼며, 밤이면 불 꺼진 거리를 나는 배회했다. 저 두려운 회귀의 문은 그처럼 내가 늘 거닐던 곳에 있었다. 내가 늘 거닐던 발밑에 누워 병신아, 나는 네가 병신이기 이전부터 여기 있었어, 하고 아주 오래전부터 들려오던 목소리로 속삭였다. 나는 체념의 손으로 둥그런 맨홀의 고리를 잡고 힘을 주었다. 내 힘은 수천 년 묵은 유대의 저주만큼 강하고 집요했다. 머릿속에서 불꽃이 일었고 무언가 맹렬한 기세로 내리막길을 질주하기 시작했다. 카르릉, 심하게 아스팔트 긁히는 소리를 내며 기어코 뚜껑은 열렸다. 토사물을 덮은 신문지는 도로를 달려온 바람에 구겨져 날아갔다.

연못이었다. 완전히 열려버린 맨홀 속의 세계는, 그야말로 밑도 끝도 없는 연못이었다. 나는 멍하니 주저앉아 좁고 깊은 연못을 마주했다. 몸은 흔들흔들 중심을 잃었다. 머릿속은 텅, 비어 아무것도 아닌 것보다 깨끗해졌다. 아하, 그렇구나, 간단한 거구나. 나는 깨달았다. 하나, 둘, 그리고 셋이었구나. 이제 나는 알겠다. 더 이상 변명하지 말자. 조금씩 들려온다, 저 공간이 찢어지는 지독한 소리. 그 소리가 채 끝나기 전, 추락하듯 허리가 꺾이며 나는 시커먼 도로 위에 피를 쏟았다. 내 피에서는 고통보다 진한 비린내가 났다. 타이어 타는 냄새가 심하게 풍겼고, 잠시 후 차에서 내려 다가오는 여러 발자국 소리가 들렸다. 그들의 목소리가 겁에 질린 어둠 속 맹수의 눈동자처럼 또렷이 들려왔다. 그래, 원대로 하려무나. 이제와 구차하게 너흴 원망하진 않으리라. 너희 잘못이 아니다. 내 잘못도 아니고, 다만 공기가 너무 차가웠을 뿐이다. 너무 차가워, 그 전부를 얼렸을 뿐이다. 고개를 움직이고 싶었지만 어디선가 끊어진 신경은 움직이려는 의지만을 혈관 속으로 떠나보냈다. 뭘 망설이는 거야? 문은 저리도 활짝 열려 있다고. 조금씩 보인다, 몸 위를 흐르는 붉디붉은 앵두의 파편. 어디론가 뛰어가기라도 하는 듯 허공을 디디는 내 무릎. 마음이 편해지며, 그 보이는 모든 것들이 내게 말한다, 핏빛 앵두와 한 줌의 백일몽과 어찌할 수 없는 고통과 병든 창녀들과 개새끼 같은 내 아버지와 더러운 성교와 파괴되거나 혹은 훔쳐지길 기다리는 세상의 모든 것들이, 내게 속삭인다, 이 모두가 전부 집착이었다고, 단지 그뿐이었다고. 스르륵, 힘없이 내 마지막 손가락이 펴졌다. 마침내 그렇게 모든 손가락이 깨끗이 펴지는 순간, 하나, 하고 중얼거렸다. 그처럼 하나, 였고 어디선가 아내가 부르고 있었다. 떠나가는 별과 다가오는 별. 그들은 아득한 하늘이 아니라 지옥처럼 깊은 저 아래 존재했다. 그들의 억센 손이 내 몸 여기저기 잡아끄는 것을 느꼈다. 하지만 별수 없는 일이다. 그들이 들개의 시체처럼 내 상한 육체를 욕보인다 해도, 나 스스로 하나, 둘, 셋을 헤아리기 시작한 이제는 정말 별수 없는 것이다. 맨홀 속으로 미끄러져 들어갈 때 둘, 하고 속삭였다. 완연히 둘이었고 고통은 머릿속의 모든 것을 날려버릴 만큼 강렬했다. 이토록 강렬하게 나는 살아왔던가. 강렬하게 생에 집착했던가. 정오의 나비처럼 고단하다 여기며 다시 한 번 피를 토했다. 어느새 나는 고향으로 향하는 계단을 디디고 있었다. 퍼덕이는 앵두의 붉은색이 시야를 메웠다. 아아, 경외하는 아버지, 보십시오, 네, 저는 이제야 울지 않는 법을 배웠습니다. 크릉, 하고 닫혀가는 마지막 지상의 빛을 눈에 담으며 온 힘을 모아 셋, 이라고 소리쳤다. 동시에 어디선가 신호처럼 손뼉 부딪치는 소리가 들려왔다. 유리 조각마냥 흐트러지는 의식, 그 극점에는 영원한 회귀의 수레바퀴가 나를 기다리고 있는지도 모를 일이다. 그러나 나는 의식을 흔적을 모으고 모아 다짐했다. 누구도 원망하지 않겠다고, 몽땅 참아내겠다고. 까마득한 심연 속으로 조금씩 침잠해 들어갔다. 나른한 수중, 일생을 결박하던 밧줄이 스르르 벗겨졌다. 허물처럼 고향이 벗겨지고, 아버님이 벗겨졌다. 피 묻은 단도, 시든 앵두나무며 상처 입은 사람들도 벗겨졌다. 하나하나 벗겨져 아주 멀리 사라져갔다. 그리하여 완전한 알몸이 온갖 부유물을 헤치며 저 보드라운 바닥에 내려앉는 것을 보았을 때, 내 비로소 죽었음을 알았다.

〔『내일을 여는 작가』, 2002년〕

물 한 모금

아무렇지 않게 돌아가기엔 너무 멀리 왔다.

'고구마'라고 적힌 문패는 앙증맞은 보라색이었고, 자신의 오른쪽에 나 있는 현관문에게 협조적이며 예의 바르게 보였다. 대리석으로 만든 문패의 부드럽게 다듬어진 가장자리는 어딘지 여유만만한 눈웃음을 닮았다.

겨울의 싸늘한 어둠에 물든 저녁 9시였다. 이곳까지 오며 정리됐다고 느꼈던 갈등이 되살아나 양파는 다시 한 번 망설였다. 하지만 구석구석 감시 카메라가 달린 고급 아파트의 복도는 낯선 방문객의 망설임이며 후회와는 어울리지 않았다. 양파는 누군가가 카메라로 자신을 주시하고 있으며, 그가 이 혼란스런 심정을 꿰뚫어보고 있으며, 때문에 곁의 동료를 쿡쿡 찌르면서 웃고 있을 것이라 상상해보았다. 그러자 허름한 외투 안쪽에서부터 용기가 치밀었다.

양파는 오른손을 들어 잠시 노려보았다. 살아오며 제법 많은 일을 해온, 그리하여 주름이 잔뜩 잡힌 손이었다. 손가락을 움직였더니 마디가 뭉툭한 그 하나하나가 제멋대로 움직이는 통에 어쩐지 실패한 뮤지컬처럼 여겨졌다.

양파는 유쾌한 기분이 아니었다. 곰곰이 되새겨보았다. 이곳에 왜 온 것일까. 분명한 건 그를 원망하러 온 게 아니라는 사실이었다. 그저 쉬고 싶을 뿐이지만, 이대로는 아무래도 마음이 편하지 않았다. 다만 그뿐이었다.

잠시 머뭇거린 끝에 양파는 뮤지컬 배우 닮은 손가락을 들어 초인종을 눌렀다. 두 개의 음절로 흉내 낼 수 있는 소리가 연거푸 세 번 울리더니만 거짓말, 그런 적 없잖아 하고 따져도 할 말 없을 정도로 깔끔하게 사라졌다.

양파는 다시 한 번 초인종을 누를까 하다가 그만두었다. 어쩌면 아무도 없는 편이 나을 것이다. 차라리 이 집의 모두가 시내의 고급 음식점에서 승리를 자축하고 있는 중이길 바랐다. 그렇다면 지금 자신의 이 초라한 몰골을 보지 못하게 될 테니까. 그런 생각을 하자니 더욱 쓸쓸해져서 피식 웃어버렸다. 그 웃음이 사그라져 정직한 무표정과의 경계에 다다를 즈음, 문 안쪽에서 자물쇠 끄르는 소리가 났다.

"누구세요?" 여자의 목소리였다. 살짝 열린 문틈으로 미소 짓는 조그마한 여자 얼굴이 보였다. 그녀의 동그란 눈 바로 아래에 문과 문설주를 이어놓은 강인한 방범용 사슬이 흔들리고 있었다. 양파의 허름한 옷을 보고도 깔보는 듯한 시선은 아니었다.

"안녕하세요, 저는 양파라고 합니다. 고구마씨 계시는지요."

여자는 흠칫 놀라는 표정이었다. 금세 경계의 눈빛을 띠었다. "지금 저희 남편은 주무세요. 죄송하지만 약속을 정한 후 만나시는 게 낫지 않을까요?"

"귀찮게 해드리고 싶지는 않습니다." 양파는 황급히 대꾸했다. "저는 단지 궁금한 게 있고, 그걸 알고 싶어서 잠시 시간을 내달라는 겁니다. 굳이 거절하신다면 지금 돌아가겠습니다. 다만 거절하시기 전에 한 가지만 알아두셨으면 합니다. 지금 거리에는 시간당 4센티미터씩 눈이 쌓이고 있습니다. 저는 그 눈을 맞으며 이곳까지 삼십 분이나 걸어왔습니다. 고구마 선생님을 만나뵐 수 있다면 돌아가는 삼십 분은 훨씬 가벼운 마음이 되겠지요."

양파는 적의가 없다는 것을 알리기 위해 양팔을 가볍게 위아래로 흔들며 조심스럽게 말했다. 조금 전과는 달리, 고구마를 꼭 만나 얘기해보고 싶어졌다. 징징 울어 고구마 아내의 모성애를 자극하는 한이 있더라도.

잠시 머뭇거리던 여자는 "그럼, 조금 기다려보시겠어요?" 하고 말한 후 문을 닫았다. 복도에서 양파는 두 손을 주머니에 찔러 넣고 기다렸다. 서성거리며 몸을 오른쪽으로 세 바퀴 회전한 후에야 문이 다시 열렸고, 양파는 안으로 들어갔다.

"제가 고구마입니다. 이쪽으로 앉으세요." 건장한 체격에 구수한 얼굴의 사내가 말했다. 그에게서 상큼한 라임 오렌지 냄새가 났다.

자고 있던 것은 아니라고 양파는 짐작했다. 그가 입고 있는 옷은 잠자리에 들 때 입는 옷이 아니며, 짧은 시간에 대충 입을 수 있는 옷도 아니기 때문이었다. 하지만 그런 건 상관없었다. 그건 딱히 남에게 피해를 주는 거짓말이 아니니까. 그리고 모두들 일상적으로 거짓말을 하니까.

고구마는 양파를 거실의 한가운데 있는 고급 소파로 안내했다. 양파는 푹신한 갈색 가죽 소파에 앉는 것이 아니라 토라진 얼굴로 잠이 든 황소의 옆구리에 올라타는 것처럼 조심스럽게 엉덩이를 들이밀었다.

"커피를 드시겠어요?" 고구마 부인이 말했다. "녹차도 있어요."

"녹차가 좋겠군요. 저는 커피를 못 마신답니다." 양파가 말했다. 그리고 커피를 못 마신다는 말을 상대방이 어떻게 받아들일 것인가 잠시 걱정했고 커피가 독이 아닌 바에야 주는 대로 그냥 받아 마실 걸 괜히 유난을 떨었다고 후회했다. 실내는 더없이 따뜻했다. 몸이 녹아감에 따라 서서히 노곤해졌다.

녹차는 향이 진했다. 고구마 아내는 남편 고구마와 손님 양파 사이의 침묵이 부담스러웠던지 거실에 있는 요상한 기계에 음반을 올려놓았다. 그리고 볼륨을 엘레간테에 맞추었다. 양파는 농담처럼 흘러다니는 거리의 유행가밖에 들어보지 못했기 때문에 그 우아한 선율이 오히려 부담스러웠다.

"저도 재판에서 진 적이 있습니다." 먼저 말을 꺼낸 건 고구마였다. 녹차가 마시기 좋을 만큼 식었을 즈음이었다. 양파는 못생긴 손가락을 최대한 가리며 녹차 잔을 집어 입술에 댔다.

"그땐 몹시 분하더군요. 상대방이 비열한 수를 썼어요." 고구마가 말하자, 양파는 당황하며 그의 말을 만류했다. "선생이 속임수를 썼다는 것이 아닙니다. 그것 때문에 온 게 아닙니다."

"물론 저는 속임수를 쓰지 않았습니다. 제가 가진 이 가정과 제 아내와 아내 뱃속에 들어 있는 우리의 아기를 두고 맹세하겠습니다." 고구마는 아기, 라는 단어에 악센트를 넣으며 말했다. "느낌으로는 아내를 꼭 빼닮은 계집아이가 아닐까 생각됩니다만."

"선생이 속임수를 쓰지 않았다는 것은 알고 있습니다. 선생이 저와 재판부를 속였다고 판단했다면 저는 이처럼 선생을 찾아오느니 차라리 그 시간에 다른 방법을 강구했겠지요. 저는 선생의 발명품을 유심히 살펴보았습니다. 저와 거의 동시에 낸 그 작품의 설계도면 역시, 저는 한참 들여다보았지요. 납득이 갔습니다. 제 것과 조금 다른 부분이 있더군요. 하지만 전체적으로 훌륭했고, 제가 고민하던 부분들이 매끄럽게 처리되어 있었습니다. 그건 제 설계도를 훔친다고 되는 일이 아니었지요."

"우리 아기, 아니 제 발명품의 설계도는 제가 직접 작성했습니다." 고구마가 다시 한 번 힘주어 말했다. "완성본은 특허청에 있지만 초안은 지금 이 집에 있습니다. 직접 보시겠습니까?"

"그럴 필요 없습니다. 저는 전적으로 믿습니다. 그것이 고구마 선생의 머리에서 나온 작품이라는 것을 믿습니다." 양파는 녹차를 마셨다. 녹차는 이제 미지근하게 식어 무례한 맛으로 변하는 중이었다. "저는 양심적으로 재판에 임했습니다. 그건 선생도 마찬가지였겠지요. 법정에 나온 선생을 보고, 처음에는 몹시 증오했습니다. 형편없는 사기꾼이라고 욕했지요. 선생의 고운 피부와 좋은 옷, 나긋나긋한 목소리, 행복한 가정, 심지어는 선생이 뿜어내는 라임 향까지 증오했습니다. 선생은 제가 가지지 못한 것들을 너무 많이 가지고 있었습니다. 그런데도 제 것을 훔치다니요!"

"양파 선생, 저는 선생의 아이디어를 훔치지 않았습니다. 그 점은 확실히 해두고 싶습니다."

"아, 실례했습니다. 그 당시엔 그렇게 생각했다는 것입니다. 물론 지금은 그 오해가 모두 풀렸습니다." 양파는 후루룩 소리를 내며 남은 녹차를 마셨다. "하지만, 하지만 정말 모르겠습니다. 어떻게 선생과 제 머리에서 똑같은 디자인의 작품이 나올 수가 있는 거죠? 그것도 거의 동시에. 이런 일이 생겼다는 걸 저는 아직도 믿을 수가 없습니다."

"저도 무척 놀랐습니다. 손톱깎이나 콘돔 따위가 아닌, 그토록 복잡한 기계가 동시에 발명되다니 말입니다. 오랫동안 축적되어온 과학적 뒷받침이 있는 것도 아니잖습니까." 고구마가 말했다.

고구마 아내가 다가와 빈 녹차 잔을 치울 때, 고구마는 아내와 양파를 번갈아 보며 "괜찮으시면 위스키를 조금?" 하고 말했다. 고구마와 고구마 아내와 양파는 동시에 고개를 끄덕였다. 위스키를 가져오기 위해 고구마의 아내는 식당에 접해 있는 으리으리한 양주 진열장으로 향했다.

양파가 말했다. "저는 단지, 선생이 그 작품을 구상한 시기와 계기를 알고 싶어서 왔습니다. 그것이 궁금했고, 기왕에 재판에서 진 이상, 그 우연의 일치, 저에게는 비극이 된 그 우연이 어디서 나온 것인지 알고 싶었기 때문입니다. 저는 오늘 밤 이대로는 잠에 들 수가 없을 겁니다. 바로 그걸 얘기해주셨으면, 하고 부탁드리러 찾아온 것입니다. 저를 이해해주시겠습니까?"

"이해합니다." 고구마는 짧게 끊어지는 스타카토의 억양으로 대답했는데, 그것은 듣는 이로 하여금 고구마를 신뢰하도록 만들어주었다. 테이블에는 고급스러워 보이는 담배 케이스가 놓여 있었다. 고구마는 담배를 한 개비 집어 양파에게 권한 후, 그가 사양하자 자연스럽게 자신의 입으로 가져갔다. 불을 붙이는 순간 깊고 진한 담배 향이 거실에 퍼졌다.

"이해합니다. 실은 저도 양파 선생에게 그걸 묻고 싶었거든요. 이걸 우연으로 돌려버리기엔 우리 둘의 상식은 지나치게 과학적입니다." 고구마는 양파 쪽으로 몸을 굽히며 말했다. 그의 입에서 미처 뱉어내지 못한 연기가 가늘게 흘러나왔다. "저는 양파 선생께 솔직할 작정입니다. 이미 특허권에 대한 재판은 끝이 났으니까요. 저는 이번 작품으로 생기는 돈 말고도 물려받은 유산이 충분히 있습니다. 양파 선생이 제게 솔직히 말씀해주신다면, 저는 이번 작품으로 인해 얻게 되는 수익의 반을 드릴 수 있습니다. 물론 작품의 발명가로서의 명성은 나누기 힘들지만 말입니다."

"아니, 그 돈이 필요하지는 않습니다. 작품은 완전히 고구마 선생의 것이기 때문이며, 동시에 제가 돈에 궁하긴 하지만 만약 선생의 돈을 받는다면 저로서는 너무 많은 것들이 곤궁해지기 때문입니다. 저에게도 마지막까지 지키고 싶은 것이 있답니다."

"그렇군요. 선생은 눈과 심성이 참 맑은 양파입니다. 아, 이건 조롱이 아닙니다."

"칭찬으로 듣겠습니다. 또한 선생이 돈을 나누어주지 않아도, 저는 선생께 모든 걸 말할 작정입니다. 선생이 제게 솔직하기로 마음먹은 바로 그 이유에서 말입니다."

고구마 아내가 얼음과 잔과 위스키를 가지고 오자 둘은 말을 멈추었다. 유리잔 속에서 얼음이 구르는 소리를 들으며 둘은 그저 회상하는 척했지만, 사실은 서로가 지금 무슨 생각을 하고 있는지 추측하기에 바빴다.

"두 달 전이었을 겁니다." 먼저 말을 꺼낸 건 양파였다. "발명이란, 언제나 연속성을 띤다고 저는 주장해왔습니다. 이를테면 솔을 발명한 후 보다 작은 칫솔을 발명하고, 그러다가 전동 칫솔을 발명하는 식입니다. 칫솔이 없으면 전동 칫솔도 없습니다."

"지당하신 말씀이십니다, 양파 선생." 고구마가 맞장구를 쳤다. "돋보기가 없으면 안경도 없고 망원경도 없는 것처럼."

"그렇습니다. 돋보기가 없으면 안경도, 망원경도 없지요. 그건 일종의 순서입니다. 우리가 하나씩, 하나씩 발명해낸 것들이 결국 그 다음 세대에 가서는 보다 나은 물건으로 진화하는 것입니다."

양파는 익숙하지 않은 위스키에 얼굴을 찡그렸다. 그의 허기진 배는 스펀지처럼 술을 빨아들였다. 그의 위장이 세차장에서 사용되는 진짜 스펀지와 다른 점이 있다면, 독주를 흡수한 후 깜짝 놀라 이리저리 출렁거린다는 것이었다. 하지만 양파는 촌스럽게 보일까 봐 애써 태연한 척했다.

고구마 아내가 안주로 잘게 썬 오징어를 내왔다. 하얀 접시에 담긴 오징어는 지구를 정복하기 위하여 보무도 당당하게 왔지만, 고향별의 군수품 지원이 끊겨 술안주로 전락한 불쌍한 신세처럼 보였다.

"그런데 이번엔 그런 상식이 모두 무시되었습니다. 저는 전혀 새로운 방식으로 굉장히 낯선 물건을 만들어냈던 것입니다." 마치 그것이 죄라도 되는 듯, 그래서 벌이라도 받는 듯 찡그린 얼굴로 정복자를 씹으며 양파가 말했다. "완전히 새로운 물건을."

고구마는 얼음을 채운 잔에 위스키를 따르고, 천천히 흔들었다. 캐러멜 색의 위스키에서 아지랑이 같은 것이 피어올랐다. 양파는 그 아지랑이를 보며 이 집은 조명이 참 밝구나, 하고 감탄했다.

"완전히 새로운 물건이라는 점에 동의합니다. 그건 기존의 과학적 견해에서 출발한 작품이 아니지요. 말하자면 그 물건은, 착상 자체가 이미 새로운 패러다임을 의미한다고 볼 수 있습니다."

"그렇지요. 앞으로 세상은 지금까지와는 전혀 다른 방식으로 변화할 것입니다. 드디어 우리는 원시의 사회에서 벗어나게 된 것입니다. 이제야 등장한 단 하나의 발명품 때문에. 그리고 그 영광은 당신에게 돌아가겠지요, 고구마 선생." 양파는 말끝을 흐렸는데, 그것은 영광, 이라는 단어를 발음할 때 불현듯 다가온 서러움 때문이었다. 그다지 명예욕이 강하지는 않았지만, 그건 분명 평범한 영광이 아니었다.

고구마는 그런 양파의 마음을 헤아렸다. 위로해야 하는 것일까, 하는 생각은 들었지만 무엇을 어떻게 해야 할지 알 수 없었다.

"제가 그 물건을 착상한 것도 역시 두 달쯤 되었을 겁니다. 몇 번의 시행착오와 수정을 거쳐 지금의 물건이 만들어진 것입니다. 제 느낌에는 착상에서 완성품 제작까지 걸린 시간이 그다지 짧지도, 길지도 않았던 것 같습니다. 참고할 만한 기존의 연구, 발명품 따위는 전혀 없었지요." 으스대지 않으려 노력하며 고구마가 말했다. 말을 한 후 고구마는 자신의 그러한 노력이 혹시라도 양파에게 전해질까 머쓱해했다.

"은빛 공원이었습니다. 제가 그 물건을 처음 착상해낸 곳은 말입니다." 고구마가 말했다. "그곳은 아내와 제가 자주 가는 곳이지요. 은빛 공원에는 가지가 많은 포플러와 상수리나무가 있습니다. 저는 포플러를, 아내는 상수리나무를 좋아한답니다. 아내는 제가 포플러의 뿌리를 닮았다고 자주 우기지요. 우리는 그곳에 자주 가곤 했습니다."

"은빛 공원은 저도 자주 가곤 합니다. 반갑군요, 이 근방에서 은빛 공원을 좋아하는 사람은 드문데 말입니다. 그보다는 조금 위쪽의 황금빛 공원 쪽으로 자주 가지 않습니까? 그곳은 보다 넓고 보다 깨끗하고 햇빛이 더 들지요." 양파가 말했다. 그의 얼굴은 위스키 때문에 조금 상기되어 있었다. 전보다 허리를 뒤로 젖혀 소파의 등받이에 편히 기댄 자세였다. 좋은 술과 온기와 음악이 그를 평소보다 피곤하게 만들었다. "모두들 황금빛 공원을 좋아하는데 말입니다."

"하지만 황금빛 공원에는 연못이 없습니다. 그곳엔 바람이 정체된 느낌이고, 어디선가 수상한 사람이 전봇대로 이를 쑤시고 있을 것 같다는 기분이 듭니다." 고구마가 말했다. "그 사람과 마주치고 싶지는 않거든요."

"저도 그런 느낌을 받았습니다." 양파가 신기해하며 말했다. "바로 그 이유 때문에 저도 은빛 공원을 훨씬 더 좋아한답니다."

"저는 그 은빛 공원에서 이번 작품을 착안해냈습니다." 고구마가 말했다. "문득, 이라는 표현 이외에는 달리 떠오르지 않는군요. 제가 이번 작품을 은빛 공원에서 착안한 건 말입니다, 참으로 문득, 이었습니다."

양파는 가만히 몸을 일으켜 고구마 쪽으로 숙였다. "잠깐만, 그러니까, 은빛 공원에서 그 작품을 착안한 게 두 달 전이라는 말씀이십니까?" 두 달, 이라고 할 때 양파는 손가락 두 개를 정확히 펴 보였다.

"그렇습니다." 고구마는 약간 당황하여 몸을 뒤로 뺐다. "뭐 잘못된 거라도 있습니까?"

"잘못된 거라기보다는……" 양파는 고개를 가로저었다. 그리고 잠시 무언가 고민했다.

"은빛 공원과 두 달 전." 양파가 다시 말했다. "우연이군요. 저도 두 달 전, 은빛 공원을 홀로 걷다가 그 작품을 떠올렸습니다."

고구마가 무릎을 치며 웃었다. "양파 선생의 말처럼, 실로 재미있는 우연이군요. 혹시 정확한 날짜를 기억하십니까?"

"물론입니다. 제 아이디어 수첩을 보면, 그 날짜가 정확히 시월 구일로 되어 있습니다. 저는 사소한 아이디어도 전부 수첩에 적어 놓는답니다. 적어놓지 않아 나중에 잊어버리면, 그땐 너무 억울하거든요." 양파가 말했다.

고구마의 얼굴에서 미소가 사라졌다. "시월 구일이라고요? 확실합니까?"

"확실합니다. 여기 제 수첩에 분명하게 적혀 있습니다." 양파는 주머니에서 손바닥만 한 감청색 수첩을 꺼내어 고구마에게 보여주었다. 거기에는 쉽게 알아볼 수 있는 단정한 글씨체로 시월 구일, 이라고 씌어 있었으며 그 아래 간략한 설계도와 핵심 기능이 덧붙어 있었다.

고구마가 서재에서 꺼내온 일기장과 양파의 수첩이 테이블에 나란히 놓여 있었다. 양파와 고구마는 심각한 얼굴로 그 둘을 들여다보았다. 하지만 그 심각한 얼굴에 겁먹고 모습을 바꿔버리는 글자는 없었다.

"제 머리로는 납득이 되지 않는군요. 선생과 제가 같은 날 같은 장소에서 같은 발명품을 착안했다니, 이 우연은 도대체 무얼 의미하는 걸까요?" 고구마가 말했다.

"일단은 우리, 좀더 정보를 모아봅시다. 그렇다면 그날 선생도 은빛 공원에 가셨다는 것인데, 그 시간이 정확히 몇 시쯤 되었는지요?" 양파가 조바심을 내며 물었다. "저는 은빛 공원 주변에서 붕어빵을 사 먹고 물을 마시기 위해 수돗가로 가던 중 그 작품을 떠올렸습니다. 시각은 오후 6시 가량일 것입니다. 저는 늘 저녁 식사를 붕어빵으로 하며, 그것도 어김없이 6시경에 먹어왔으니까요."

고구마는 자신의 잔에 얼음을 좀더 넣고, 위스키를 가득 따랐다. "기가 막히는군요. 저도 6시쯤 은빛 공원의 수돗가로 걸어가고 있었습니다. 그날 저희는 5시에 예약해둔 레스토랑에서 식사를 하고, 습관대로 6시 조금 전에 은빛 공원으로 산책하러 갔습니다. 문득 손에 무언가 묻은 것을 깨닫고는 씻기 위해 아내와 함께 수돗가로 걸어가던 중이었지요."

고구마의 아내가 과일 담긴 접시를 들고 테이블로 다가왔다. 그리고 고구마의 곁에 살짝 앉아 능숙한 손놀림으로 껍질을 깎기 시작했다.

"비슷한 시각이군요. 그렇다면 혹시 수돗가 곁의 은행나무에서, 마지막 낙엽이 떨어지는 것을 보셨나요?" 양파가 물었다. "몹시도 노란 낙엽이었지요, 아마?"

"아, 제가 보았어요!" 난데없이 예리한 과도를 허공에 휘두르며 고구마의 아내가 외쳤다. 그리고는 도저히 이건 아니다, 라고 생각했던지 얼굴이 빨개지며 아무 일 없었다는 듯 다시 과일을 깎기 시작했다.

"부인, 말씀해보세요. 그 낙엽을 보셨나요?" 동맥을 보호하기 위해 움츠렸던 목을 빼며 양파가 채근했다.

"예, 그냥 저는……" 어머 들켰네요, 하는 표정으로 고구마의 아내가 더듬거리며 말을 이었다. "얼룩무늬 작은 고양이가 그 낙엽을 쫓는 걸 보고는 참 귀엽구나, 하고 감탄했거든요. 그런데 이상했어요. 그 고양이는 빨간색 장화를 신고 코안경까지 쓰고 있었단 말이죠."

과일이 폭발적인 인기를 누릴 상황은 아니었지만, 그래도 조금

심했다. 피부가 벗겨진 과일들은 꼬박꼬박 말대꾸하다가 따귀를 얻어맞은 아이처럼 언짢은 기색이었다.

고구마는 담배를 피웠고, 양파는 술을 마셨다. 거실에는 연기가 자욱했다. 음악은 언제인지 모르게 끝나 있었다. 하지만 새로운 음악이 필요하다고 여기는 이는 없었다. 12월의 침묵은 아무도 살지 않는 고택의 벽시계처럼 냉정하고 견고했다.

"분명합니다. 우리는 동시에 같은 자리에 있었습니다. 그리고 주제 파악 못 하는 고양이를 함께 보았지요." 침묵을 깨뜨리며 양파가 말했다. 그의 목소리는 침울했고 병색마저 엿보였다.

"부인할 수 없겠군요. 그 고양이를 보는 순간 제 작품의 아이디어를 떠올렸습니다." 고구마가 말했다. "선생도 마찬가지였겠지요? 그 고양이 말입니다."

양파는 긍정의 대답 대신 고개를 조금 끄덕이며 위스키를 들이켰다. 그의 코끝이 빨갰다. 고구마의 아내는 그 모습을 보며, 양파가 억지로 울음을 참고 있다는 것을 알았다.

"어떻게 이런 일이……" 고구마는 다리를 꼬며 한숨 쉬었다. "양파 선생, 원망하고 싶으시면 그렇게 하세요."

양파는 고개를 가로저었다. "고구마 선생은 잘못이 없습니다. 대체 무슨 잘못이 있다는 겁니까. 그날, 그 시각에 은빛 공원을 산책해서? 은빛 공원은 제 소유가 아닙니다. 누구든 은빛 공원을 거닐수 있습니다. 그렇다면 그 버르장머리 없는 고양이를 보아서? 그 고양이 역시 자신의 생이 있고 그 생을 즐길 뿐입니다. 누구도 빨간 장화를 신고 코안경을 썼다는 이유로 그 고양이를 탓할 순 없습니다. 동시에 같은 발명품을 착안해서?" 양파는 잠시 눈을 감았다가는 뒤통수를 얻어맞은 것처럼 번쩍 떴다. "예, 맞아요. 원망하고 싫습니다. 하지만 그건 고구마 선생이 아닌, 신에 대해 해야겠지요. 저 빌어먹을 신 말입니다. 예, 저는 신을 원망합니다. 암, 원망하고말고요."

고구마의 아내가 과일 접시를 양파 쪽으로 밀어주었다. 양파는 잠시 과일을 들여다보더니 하나를 집어 우적우적 씹어 먹었다. 입 주위로 과일 부스러기가 조금 비집고 나왔으며, 덕분에 조금도 맛있게 먹는 것처럼 보이지 않았다.

"신을 원망해야겠지요. 그럴 수밖에 없잖아요? 너무 불공평해요. 하하, 참." 양파는 슬프게 웃었다. "고구마 선생과 저는 다른 점이 너무 많아요. 이 집에 들어오면서 전 느꼈지요. 저는 고아원에서 자랐어요. 양파라는 이름은 그 고아원에서 붙여주었지요. 저라고 늘 양파가 마음에 드는 건 아니라고요."

고구마는 즉각 반박했다. "아니, 양파라는 이름은 더없이 훌륭하다고 생각합니다. 잘 아시다시피 양파는 외떡잎식물 백합목 백합과의 두해살이풀이지요. 양파에는 칼슘과 철분이 많아 강장 효과가 있고 비타민 B가 풍부합니다. 또 알린이라는 성분이 있는데, 날것으로 먹으면 알리나제라는 효소의 작용으로 알리신이 되지요. 알리신은 비타민 B1과 결합하여 알리티아민으로 되고요. 이 알리티아민은 창자의 세균에도 파괴되지 않고 B1의 흡수를 촉진시키는데 일명 저속성 B1이라고 한다지요. 따라서 양파는 정력을 좋게 하고 신진대사를 원활하게 해주는 훌륭한 식품입니다. 양파에는 또한 유화알린이라는 휘발 성분이 들어 있는데 이 유화알린은 위와 장의 점막을 자극해 소화 분비를 촉진시키므로 건위소화제로 이용되기도 합니다. 게다가 양파에는 색소 성분인 퀘르세틴이 들어 있어 지방 성분의 부패를 막아주고 고혈압의 예방에도 효과가 있다고요. 이런 여러 가지 장점이 있지만, 양파의 여러 효능 중 가장 주목받는 건 역시 혈액을 정화하여 순환기 계통의 질병을 예방해주는 것이지요. 그 대표적인 질병은 동맥경화인데 동맥 내부에 지방 물질이 쌓여 혈관이 굳어지고 좁아지는 현상입니다. 이렇게 되면 혈전이 생겨 산소 공급이 안 되므로 심근 경색, 협심증 등 뇌혈관 장애를 일으킬 수 있지요. 그런데 양파에는 혈전의 형성을 막는 성분이 들어 있어 양파를 먹으면 고지방을 섭취해도 혈전이 생기질 않아 콜레스테롤 수치를 낮춰준다고 하네요. 그뿐이 아닙니다. 췌장에서 분비되는 인슐린이라는 호르몬이 부족해 혈액 속의 과다한 당분이 소변으로 배설되는 것이 당뇨병이지요. 그런데 양파는 인슐린 분비를 촉진시켜 혈당을 내리는 효과가 있어 당뇨병의 예방, 치료에 도움을 줍니다. 간장에 많이 들어 있는 단백질 모양의 물질인 글루타티온이라는 것이 있는데 간장의 조혈, 해독 기능을 유지하는 데 없어서는 안 될 성분이지요. 글루타티온은 임신 중독, 약물 중독의 해독제로 쓰이며 알레르기의 치료약으로 쓰이기도 합니다. 그런데 양파에는 글루타티온의 유도체도 많이 들어 있는 것으로 밝혀졌다고 하네요. 여기 이 위스키를 마시면서 양파를 먹으면 그다지 많이 취하지 않는다든가 숙취가 없어진다고 하는 것은 양파에 들어 있는 글루타티온 유도체가 간장의 해독 기능을 강화시켜주기 때문입니다. 또한 눈에 글루타티온이 감소되면 각막이나 수정체가 흐려져서 백내장을 일으킬 수도 있는데, 양파를 많이 먹으면 글루타티온이 생성돼 이러한 눈의 질환을 예방해주는 효과가 있답니다." 말을 마친 고구마는 헉헉 가쁜 숨을 몰아쉬었다. "자 이제 아시겠습니까, 양파 선생?"

"그것은 참으로 좋은 일이군요. 하지만 양파의 효능이 그렇게 많

150

다고 해서 이제껏 살아온 제 삶의 굴곡을 위로해주지는 못합니다. 저는 부모의 얼굴도 모르고 자랐습니다. 어릴 때부터 모든 욕구는 제 스스로 해결해야 했습니다. 나이가 차 고아원을 나왔을 때엔 정말 막막했지요. 제 스스로 구한 첫 잠자리는 저 은빛 공원 곁에 있는 다리 밑이었습니다." 양파는 눈을 내리깐 채 슬프게 말했다. "그런데 고구마 선생, 양파의 겉껍질에는 퀠세진이라는 성분도 있다는 사실을 빼먹으셨군요. 혈관의 확장과 수축을 원활하게 하는 작용을 하지요. 그래서 식견 있는 의사들은 최근 급격히 늘고 있는 고혈압과 동맥경화 등 각종 성인병을 예방, 치료하는 데에도 양파가 특효라고들 합니다만."

"고의가 아니었습니다." 빨개진 얼굴로 숨을 고르며 고구마는 사과했다. "실은 지나친 흡연 때문에……"

"그동안 저는 발명으로 먹고살아왔습니다." 화장실에 다녀온 양파가 바지에 손을 문지르며 말했다. "닥치는 대로 발명했지요. 발명하는 쪽에 재능이 있다고 믿었거든요. 아마 고구마 선생의 이 집에도 제가 발명해낸 것들이 몇 가지 있을 겁니다."

"물론입니다. 발명가로서 양파 선생의 명성은 익히 들어왔습니다. 게다가 이번 재판을 준비하면서 선생에 대해 보다 자세히 알아보았지요. 선생은 확실히 발명에 재능이 있습니다." 고구마가 말하자 그의 아내도 고개를 끄덕이며 보란 듯이 주위를 둘러보았다. 하지만 양파가 발명했음 직한 물건이 거실에서는 눈에 띄지 않았기 때문에 적당히 선반이나 다용도실 등을 가만히 보다가는 다시 양파에게로 시선을 돌렸다.

"제가 발명해낸 것들이 다음 세대에 도움이 되기를 바랐지요.

하지만 솔직히 말하자면 가장 중요한 것은 돈이었습니다. 제 육신을 유지하기 위해서는 잠자리와 음식이 필요했으니까요. 어떻게든 살아 있어야 했고, 그러기 위해선 돈이 절대적으로 필요했습니다. 이만큼 나이를 먹었지만 결혼은 꿈도 꾸지 않아요. 저에게 아내는 사치거든요." 양파가 말하자, 고구마는 슬그머니 손을 뻗어 예쁜 아내의 손등에 올려놓았다.

"이번 작품은 꽤 큰돈이 될 거라고 생각했습니다. 당분간 먹고 살 걱정은 않겠구나, 하고 기뻐했었지요. 아, 그렇다고 해서 제게 미안한 감정을 가질 필요는 없습니다. 고구마 선생. 그 작품의 모든 공로와 영광은 이제 마땅히 선생에게 돌아가야 하니까요. 그것이 이 바닥의 불문율 아닙니까."

양파의 말에, 그러나 고구마는 아무런 대꾸도 할 수 없었다. 위스키는 이미 바닥을 드러냈다. 고구마는 아내에게 눈짓해 새 술을 가져오게 했다. 거실에 담배 연기가 가득 찼기 때문에 고구마 아내는 베란다 문을 조금 열었다. 그리고 그 틈으로 멀리 은빛 공원에 내리는 하얀 눈을 보았다.

"제가 그 작품을 완성한 건 다음날 정오였지요. 이제까지의 우연으로 보아, 고구마 선생의 그것도 저와 같지 않나 짐작됩니다." 양파가 말하자, 고구마는 더 이상 놀라울 일은 없다는 듯이 고개를 끄덕였다. "맞습니다. 벽시계에서 정오의 종소리가 들려오는 순간, 그 작업을 끝냈지요."

"역시." 양파가 쓸쓸히 웃었다. "이제 마지막으로 묻고 싶은 게 하나 있습니다. 간단한 것입니다. 저기, 특허청까지는 어떻게 가셨는지요?"

"그야 물론 저희 자가용 승용차로 갔지요." 고구마 아내가 대신 대답했다. "그날따라 길이 좀 막히긴 했지만."

"그렇군요." 조금 후에 양파가 말했다. 그의 목소리는 드러내기 싫은 치부를 고백하는 듯 조금 쉬어 있었다.

"이제 똑똑히 알겠습니다. 고구마 선생과 저는 같은 날, 동시에 한 장면을 보며 똑같은 아이디어를 떠올렸습니다. 그리고 같은 시각에 그 작업을 끝냈지요. 여기까지는 고구마 선생과 저 사이에 시간상 아무런 차이도 없었습니다. 문제는 그 이후에 일어난 것이지요. 선생은 멋진 승용차를 몰아 특허청까지 갔고, 저는 설계도면과 작품을 손에 들고 냅다 뛰어간 것입니다. 그렇게 특허청에 도착한 선생과 저는 각기 다른 담당자 앞에 작품과 도면을 내려놓았던 거죠. 고구마 선생의 담당자는 시간을 확인한 후 일사천리로 특허권을 내주었겠지요. 하지만 제 담당자는, 아아, 그 인정 많은 늙은 여직원은……" 우스갯소리를 할 때처럼 양파는 어깨를 으쓱하며 말했지만, 그건 누가 들어도 전혀 우스운 이야기가 아니었다.

"미소 지으며 제게 물 한 모금을 먼저 권했던 것입니다. 제 이마와 등과 가슴에 흥건한, 30분이나 뛰어오느라 흘린 땀을 그녀는 보았으니까요. 그것이 제가 선생보다 단 몇 초 늦은 이유이고, 그리하여 제 작품이 형편없는 모조품으로 돼버려 특허를 받지 못하게 된 이유입니다."

양파는 잠시 한숨을 쉬었다. 눈 내리는 겨울의 밤은 특히 양파 같은 계층을 그 자신이 가진 쓸쓸함보다 쓸쓸해 보이도록 만들었다.

"하지만 누구를 원망하겠습니까. 그 순간 제게 가장 필요한 것은 물 한 모금이라고 판단한 그 늙은 여직원을 원망하겠습니까, 아니면 선생의 승용차를 원망하겠습니까. 타들어가는 목을 적셔준 그

한 모금 물의 시원함 역시 제 운명인 게지요." 말을 마친 양파는 독한 위스키를 물처럼 마셔버렸다. 저렇게 위스키를 들이켜면 밤에 목이 많이 마를 텐데, 하고 고구마의 아내는 걱정했지만 말릴 수 없었다.

"좋습니다. 잘 알았습니다. 자, 그럼 저는 이제 가보겠습니다." 잔을 내려놓은 양파는 일어나며 잠시 휘청거렸다. "대접 잘 받았습니다. 평생 잊지 않겠습니다."

"아, 벌써 가시게요?" 고구마의 아내도 일어나며 말했다. "왜요, 좀더 있으시잖고."

"늦었는걸요. 폐 많이 끼쳤습니다." 양파는 공손하게 인사하고는 돌아섰다.

고구마 내외는 양파를 현관까지 배웅했다. "길이 미끄러울 텐데 조심해서 가세요. 저희 부부를 친구라 여기고 가끔 들러주시고요."

구두를 신기 위해 쪼그려 앉았던 양파가 일어나며 고개를 들었다. 고구마 부부는 가난에 찌든 양파의 얼굴에서 어찌할 수 없이 야릇한 미소를 보았다. 그 미소는 금방이라도 7월의 짙은 장마 구름이나 그 비슷한 무언가로 바뀔 것만 같아 걱정되었다.

양파는 고구마 아내를, 그리고 고구마를, 마지막으로 다시 고구마 아내를 보았다. "부인, 남편은 이제 유명 인사가 될 것입니다. 그럴 자격이 있거든요."

고구마 부인은 수줍게 웃으며 고구마의 옆구리로 파고들었다. 고구마와 양파는 서로의 눈을 보며 악수했다.

뒤로 문이 닫히는 소리를 들은 양파는 옷깃을 세우고는 눈 내리는 밤거리를 향해 걸어 나갔다.

그날 늦은 밤, 고구마 아내는 살그머니 일어나 곤히 자는 남편을 흔들어 깨웠다. 고구마는 으응, 하고 졸린 소리를 내며 쉽사리 일어나지 않았다.

"여보. 들어보세요. 저, 꿈에서 양파 보았어요." 눈도 채 못 뜨고 있는 고구마의 귀에 대고 아내가 속삭였다.

"이상하지요? 밖에는 눈이 내리고요, 은빛 공원을 하얗게 덮었어요. 포플러나무도, 상수리나무도 온통 하얀 거예요. 은행나무도 가지만 앙상히 남아 눈에 둘러싸여 있는데요, 수돗가로 누군가 천천히 걸어가잖아요. 누굴까, 이 눈 오는 밤에? 자세히 보니 저 가여운 양파였어요. 쓸쓸한 외줄 발자국을 남기며 수돗가로 다가가더군요. 그리곤 꽁꽁 언 수도꼭지를 가만히 어루만지면서 손잡이를 돌리더라고요. 물은 조금씩 흘러나왔어요. 허리 숙여 입을 대고는 한 모금 마시는 거예요. 어두웠지만 양파가 소리 죽여 우는 걸 볼 수 있었지요. 그래 맞아, 그때 난 목이 말랐던 거야, 이 시원한 물 한 모금이 마시고 싶었던 거야, 하고 중얼거리면서. 참으로 이상하지요?"

〔『문학 · 판』, 2002년〕

이쪽과 저쪽

농사꾼 양씨는 나이 쉰이 넘도록 자신의 고향을 벗어난 적이 없었다. 그가 사는 집은 낡은 한옥이었다. 지붕의 붉은 기와는 세월에 휩쓸려 조용히 갈라지고 군데군데 구멍이 났다. 비만 왔다 하면 서까래를 타고 흘러내리는 빗물을 보며 농사꾼 양씨는 이번에는 꼭, 하고 수리를 결심하지만, 먹구름이 걷혀 날이 맑게 개면 언제 그랬냐는 듯 까맣게 잊고 마는 것이었다.

양씨의 아들과 딸은 두 살 터울인데, 고등학교를 졸업하고는 약속이나 한 것처럼 큰 도시로 나가 대학을 다니고 있었다. 방학에도 돈을 벌기 위해 과외니 뭐니 분주하게 돌아다녔기 때문에 집에 돌아오는 건 한 해에 서너 번 있는 제사와 명절 때뿐이었다. 그러나 학비와 생활비를 넉넉히 줄 형편이 못 되는지라, 양씨네 부부는 자식들이 보고 싶어도 수화기에서 들려오는 목소리로 만족해야 했다. 그리고 수화기를 내려놓을 때마다 자신들이 늙었다는 사실을 부쩍 느끼곤 했다.

양씨는 그저 대대로 내려오는 논과 밭을 일구며 살아왔다. 까만 얼굴을 부끄러워하지 않고 흙을 더러워하지 않았다. 간혹 오래된 동네 친구들과 어울려 막걸리를 들이켜거나 노름판을 벌일 때도 있었지만 그것은 마지못해 하는 사교 행위에 불과했다. 새벽같이 일어나면 벌써 제 땅이 궁금해 나갈 채비를 서둘렀다. 정오에는 아내가 가져다주는 밥을 먹었으며, 저녁 어스름이 깔릴 무렵에 집으로 돌아왔다. 일 년 중 고작 한두 달에 불과한 농한기를 제외하고는, 그것이 자신의 낮을 처음으로 가지던 아홉 살 이후 사십여 년이나 이어져온 양씨의 삶인 것이다. 그리고 양씨는 자신의 아버지와 할아버지처럼 낡은 집이나 제 땅, 이 두 군데 중 한 곳에서 숨을 거둘 줄로 알았다.

추석을 하루 남겨놓은 그날도 양씨는 새벽에 일어났다. 별다를 것 없는 조반을 들고는, 듬성듬성 이가 빠진 낫을 챙겨 대문을 나섰다. 대문 앞에는 커다란 정미소가 한 채 서 있어서, 자신의 땅으로 가기 위해서는 이쪽이든 저쪽이든 빙 돌아가야 했다. 정미소의 회색 담벼락을 끼고 도는 두 길은 방향만 다를 뿐이지 그 외에는 모든 것이 세상의 까마귀들처럼 똑같았다. 오랜 세월, 양씨는 아침마다 이쪽으로 돌아갔다. 따로 이유가 있는 것은 아니었다. 단지, 그것이 버릇이었다.

그런데 그날은 이쪽으로 방향을 틀기 전, 무언가 평소와는 다른 느낌으로 인해 양씨는 잠시 멈추어 서야 했다. 마음속에 아주 작은 파문이 일었는데, 그것은 미묘한 선택을 앞둔 자가 흔히 느끼는 그러한 종류의 파문이었다. 양씨는 수없이 많은 아침, 이쪽과 저쪽 중에서 당연하다는 듯 이쪽으로만 갔다. 그래서 자신이 선택을 하고 있다는 생각조차 해본 적이 없었다. 양씨는 자신의 마음속에 파문을 불러일으키는 이 느낌이 어디서 오는가 하고 주위를 둘러보왔다. 별다른 건 없었다. 서늘한 가을 아침의 공기가 양씨의 어깨를 움츠러들게 했다. 바람 한 점 없는 아침이었다. 해는 동쪽에서 조금씩 머리를 들이밀었고, 하늘에는 몇 마리인가 철새가 날아갔다. 장작 타는 냄새, 소여물죽 끓이는 냄새가 흐릿하게 양씨의 코를 스쳤다. 이 모든 것들은 수없이 보아온 일상적인 풍경이었지만, 그날따라 낯선 조합을 이루어 농사꾼 양씨의 마음을 조용히 흔드는 것이었다. 잠시 망설이던 양씨는 낫 쥔 손에 힘을 주었다. 그리고 한 번도 가지 않았던 저쪽 길로 발걸음을 옮겼다.

그 길에서 양씨는 윗마을 곽가를 만났다. 곽가는 술에 잔뜩 취해서는 씩씩대며 양씨를 향해 오고 있었다. 곁에는 울상을 지은 곽가의 열두 살 난 아들이 있었는데, 아버지의 팔소매를 잡아당기며 용을 썼지만 힘이 부쳐 질질 끌려오는 중이었다. 곽가는 양씨를 보자마자 삿대질을 하며 소리쳤다.

"야, 이놈 잘 만났다. 어서 내 돈 내놔!"

"아침부터 무슨 돈?" 양씨는 어리둥절하여 대꾸했다. 놀란 곽가의 아들이 더욱 징징거리며 삿대질하는 손을 끌어내리려 했지만, 역시 아버지의 힘을 당해내지 못했다.

"내 돈, 어제 네가 따간 내 돈 내놓으라고, 이놈아!" 눈알을 후벼낼 듯이 삿대질을 하면서 곽가는 고함을 쳤다. 그 입에서 역한 술 냄새가 퍼져 나왔다.

양씨는 곽가가 무슨 말을 하는지 알 수가 없었다. 전날 저녁 노총각 윤씨 집에서 노름판에 낀 것은 사실이다. 패가 잘 붙어 초반에 푼돈을 조금 땄던 것도 사실이다. 하지만 이내 졸음이 쏟아져 가지고 있던 돈을 모두 내놓고는 집에 왔던 것이다.

"거 참, 내가 무슨 돈을 땄다고 그래?"

"에이 거짓말하지 마라! 다들 네가 따갔다고 그러던데, 이 쌍놈아!"

농사꾼 양씨는 한참이나 어린 곽가에게 영문도 모르는 상소리까지 듣자 기분이 언짢았다. "이 사람, 내가 언제 따고는 그냥 간 적이 있다고 시비야. 저리 비켜. 술 처마셨으면 곱게 집에 들어가 잠이나 잘 것이지, 아 제 새끼한테 창피한 줄도 모르고 말이야."

양씨는 곽가를 무시하고 그대로 지나가려 했다. 그런데 그가 발걸음을 떼는 순간, 곽가의 우악스러운 손이 오랏줄처럼 목덜미를 낚아채는 것이었다. 놀란 양씨가 몸을 돌려 곽가를 밀칠 때 눈앞에 확, 뜨거운 피가 튀면서 농사꾼 양씨는 정신이 달아나버렸다.

양씨는 현장에 엉거주춤하게 주저앉은 채로 붙잡혔다. 그가 곽가와 곽가의 아들을 살해했다는 것은 누가 봐도 분명했다. 곽가의 아들은 반쯤 떨어져나간 목덜미를 손아귀로 감싼 채 피를 콸콸 흘리며 죽었고, 곽가는 담벼락에 머리를 부딪쳐 눈을 희멀겋게 뜨고는 즉사했다. 그리고 양씨의 손에는 흉측하게도 어린아이의 목을 딴, 피 묻은 낫이 그대로 쥐어 있었다. 유치장에 갇힌 양씨의 눈은 초점을 잃어 맹인처럼 보였다. 저녁이 되자 양씨의 아내와 아들, 딸이 찾아왔다. 양씨는 포승에 묶인 채로 경찰서 취조실에 앉아 그들을 맞이했다. 모두들 할 말을 잃고 울기만 했다. 경찰은 양씨를 함부로 대했다. 논두렁에 쭈그리고 앉아 있으면 전형적인 농부였지만 이처럼 포승에 묶여 있으니 영락없는 죄인의 행색이었다.

사흘이 지나 양씨는 구치소로 이감됐다. 또 며칠 후에는 건장한 사람들에 둘러싸여 검사 앞에 서게 되었다. 검사는 양씨를 위아래로 훑어보고는, 쯧쯧 혀를 찼다.

"그래, 낫으로 목을 말이지, 낫으로. 그럴 필요가 있었냐는 말이지." 모든 것이 너무나 명확했기 때문에 검사는 별다른 질문 없이 양씨를 구치소로 돌려보냈다.

구치소에서 양씨는 검은색 양복을 입고 머리가 짧은 젊은 남자를 만났다. 나라에서 임명한 변호사라고 자신을 소개한 후, 딱딱한 군대식 말투로 양씨에게 이모저모를 물었다. 주로 대인 관계와 가족 사항, 그리고 경제력에 관한 질문이었다. 며칠 새 목이 완전히 쉬어버렸지만, 양씨는 지푸라기라도 잡는 심정으로 있는 힘을 다해 대답했다. 젊은 변호사는 자기보다 훨씬 나이가 많은 양씨의 어깨를 두드리며, 초범에 고의성도 없으니 크게 실형을 살지 않도록 해주겠다고 호기를 부렸다.

한 달이 지날 무렵 첫 재판이 열렸다. 양씨는 포승에 묶인 채 후들거리는 다리로 재판정에 들어섰다. 무서운 얼굴의 판사가 세 명이나 나왔는데, 높은 자리에 앉아서는 저희들끼리 수군거리며 양씨를 노려보았다. 여러 명이 동시에 질문하는 것 같아 정신이 하나도 없었다. 어떤 것이 자신에게 내려진 질문인지도 알 수가 없었다. 젊은 변호사가 뒤에서 어깨를 툭툭 치며 긴장을 풀라고 말했다. 물론 긴장을 풀라는 말로 긴장이 풀리지는 않았다. 긴장하고 있는 쪽과 긴장을 푸는 쪽 중에 하나를 선택하라고 한다면, 양씨는 당연히 긴장을 푸는 쪽을 택할 것이다. 하지만 그런 건 마음대로 선택할 수 있는 것이 아니었다. 그래도 젊은 변호사가 잔뜩 들고 있는 서류 뭉치를 볼 때에는 어쩐지 의지가 되었다.

재판은 하루 만에 끝나지 않았다. 양씨는 재판이 거듭될수록 기운을 차렸다. 검사는 전에 물었던 것을 다시 묻고는 했다. 양씨는 차츰 그 질문들에 대해 명료하게 대답하게 되었다. 젊은 변호사는 양씨에 대해 누구보다도 잘 알고 있는 것처럼 굴었다. 그의 이야기를 듣고 있자면 양씨는 자기가 무척 선한 삶을 살아온 듯 여겨졌다. 그리고 이 우발적인 사건의 가장 큰 피해자는 자기 자신인 것처럼 느껴졌다. 재판은 짧게 여러 번 반복되었다. 마을 주민 거의 대부분이 양씨에 대해 호의적으로 증언했다. 피고인석에 앉아 있는 양씨를 보며 눈물짓는 주민도 많았다.

그러던 어느 날, 증인석에 양씨의 아들이 앉았다. 검사는 잔뜩 겁에 질린 양씨의 아들에게 이렇게 물었다.

"증인은 아버지인 양씨와 함께 논밭에 나가본 일이 있습니까?"

아들은 그렇다고 대답하고는 곁눈질로 포승에 묶여 있는 아버지를 보았다.

"증인은, 아버지인 양씨와 함께 논밭에 몇 번이나 나가보았습니까?"

"어릴 때부터 자주 나갔습니다. 셀 수 없습니다."

"증인은 아버지인 양씨와 함께 논밭에 나갈 때, 어느 쪽 길로 갔지요?"

"이쪽입니다." 아들이 대답했다. "이쪽으로 갔습니다."

"그렇군요. 그렇다면 저쪽으로 간 적은 없습니까, 한 번도?" 이렇게 물을 때 검사의 얼굴 한구석에는 의기양양한 미소가 떠올랐다.

"예, 없습니다." 무언가 이상한 낌새를 눈치 챈 아들이 불안한 목소리로 말했다. "한 번도 없습니다."

그날 저녁, 양씨는 구치소에서 변호사와 아들을 함께 만났다. 아들은 얼마나 울었던지 눈이 퉁퉁 부어 있었다. 변호사의 얼굴에는 당황한 기색이 역력했다.

"문제가 생겼습니다." 변호사가 말했다. "지금 검사는 당신이 고의로 그들을 죽였다고 생각하고 있습니다. 계획적으로 살인을 했을 경우에는 사안이 완전히 달라집니다."

양씨는 기겁을 하며 소리쳤다. "세상에, 그게 무슨 말이래요? 내가 왜 곽가랑 곽가 아들을 일부러 죽였다는 건가요? 그게 말이 되나요?"

아들이 탁자에 얼굴을 묻고는 흐느끼기 시작했다. 양씨는 도무지 영문을 알 수가 없었다. 변호사는 서럽게 흐느끼는 아들의 등을 손바닥으로 다독여주며 양씨에게 물었다. "선생님은 사십여 년 동안 매일같이 논과 밭에 나갔습니다. 그런데 한 번도 저쪽 길로는 나간 적이 없습니까?"

양씨는 그렇다고 대답했다.

"단 한 번도 없다는 겁니까?" 변호사가 재차 물었다.

"그날 빼고는 한 번도 저쪽으로는 논밭에 나간 적이 없어요. 이쪽으로 다니는 게 버릇이었거든요. 그런데 그게 왜 문제가 되나요?"

변호사는 양씨의 물음에 대답하는 대신 한숨을 깊이 내쉬고는 다시 질문했다. "단 한 번도 저쪽으로 다닌 적이 없는데, 늘 이쪽으로만 다녔는데, 도대체 왜 그날은 저쪽으로 가시게 된 겁니까?"

"왜냐하면, 왜냐하면……" 변호사의 한숨에 기가 죽은 양씨는 말을 더듬기 시작했다. "그냥, 그날은 추석 전날인가, 그랬고, 저, 공기가 좀 서늘했고, 바, 바람은 불지 않았어요. 해가 막, 뜨려고 했고, 새가, 새가 날아가고 있었고요. 아궁이에 장작 때는 내, 냄새랑, 소여물 끓이는 냄새랑, 이런 냄새들이, 이런 냄새들이 났어요. 그래서 그냥, 그냥 저쪽으로 가고 싶었어요. 그래서 늘 다니던 이쪽 대신, 그냥 저, 저, 쪽으로 몸을 틀었어요. 어차피, 거리는 똑같으니……"

"그렇지만 그건 이유가 안 됩니다." 젊은 변호사가 양씨의 말을 자르며 말했다. "추석 전날은 선생님의 생애에 있어 오십 번도 넘습니다. 가을이면 공기는 서늘한 게 당연하고, 이 고장에서 가을에 바람이 불지 않는 것도 흔한 일입니다. 그 시간이면 당연히 해가 뜨려 할 테고, 새란 놈은 날개가 달려 있어서 시도 때도 없이 날아다닙니다. 장작 때는 냄새, 소여물죽 끓이는 냄새는 오늘 아침에도, 내일 아침에도 맡을 수 있을 겁니다. 이런 이유로 선생님께서 사십여 년이나 다니던 이쪽 길을 놔두고 저쪽 길로 갔다고 말하면 다들 웃을 겁니다. 아드님은 선생님께서 사십여 년 동안 이쪽으로만 다녔다고 분명히 증언했습니다. 그런데 선생님은 하필이면 저쪽에서 그들 부자를 만나 사고를 저지르신 겁니다." 변호사는 다시 한 번 한숨을 푹 내쉰 후, 이렇게 덧붙였다. "사십여 년이라니, 너무 무거운 세월입니다. 검사는 분명 최고형을 구형할 겁니다."

"제가 아버지를 죽이게 되는 건가요?" 벌떡 일어난 아들이 가슴을 쥐어뜯으며 울부짖기 시작했다. "아버지는 늘 정직하라고 저에게 말씀하셨는데요, 저는 한마디도 거짓말하지 않았는데요, 아아, 그래서 제가 아버지를 죽이게 되는 건가요?"

아들의 절규를 듣자 양씨는 마치 피바다가 된 저쪽 길바닥에 주저앉아 있을 때처럼 정신이 혼미해졌다. 교도관을 불러 하염없이 통곡하는 아들을 면회실에서 내보내고 난 후, 잠시 침묵을 지키던 변호사가 입을 열었다.

"저는 선생님을 믿습니다. 사실 사람의 모든 행위에 그에 걸맞은 이유가 있는 것은 아닙니다. 오히려 우연한 행위가 훨씬 많지요.

제가 이해한 바로는, 선생님은 그날 우연히 저쪽을 선택하신 겁니다. 그리고 그 우연한 선택의 끝에서 사고가 일어난 겁니다. 저는 선생님을 믿습니다. 하지만 저처럼 우연을 믿는 사람은 많지 않습니다. 대부분의 사람들은 세상만사에 있어서 납득할 만한 이유를 원합니다. 납득할 만한 이유가 없다면, 이런저런 정황을 참고해 그럴싸한 이유라도 하나 만들어내고 싶어합니다. 이 사건에서 가장 골치 아픈 문제는 원인과 결과의 상관성, 대다수가 신봉하고 있는 그 엄격한 인과율을 벗어났다는 겁니다. 그들은 지금, 선생님께 몹시 불리한 이유를 하나 만들어내고 있습니다."

"저는……" 하고 양씨는 간신히 입을 열었다. "저는……"

"그렇지 않습니다." 변호사는 양씨가 무엇을 겁내고 있는지 알고 있다는 듯 대답했다. "예상하지 못했기 때문에 어려워졌지만, 어쨌든 선생님은 이제껏 한 번도 죄를 지은 적이 없는 선량한 농부입니다. 다들 바보가 아닌 다음에야 선생님께 잔인하게 굴지 않을 겁니다. 부디 용기를 내시길."

양씨는 변호사의 말에 힘입어 용기를 내었지만, 검사는 양씨가 가진 용기에 아랑곳하지 않고 사형을 구형했다. 그리고 판사는 알아듣기 힘든 이러저러한 이유를 들어 짐짓 침통한 목소리로 사형을 선고했다. 변호사는 고개를 푹 숙였고, 양씨의 아내는 그 자리에서 기절했다.

첫눈이 오던 날, 사형수 양씨는 대도시에 있는 커다란 교도소의 미결수 방으로 옮겨졌다. 호송 차량에서 내리는 그의 잔뜩 겁먹은 표정을 보고 교도소 안에 있던 죄수들은 저희들끼리 귓속말을 하며 히죽히죽 웃었다. 그중에는 양씨처럼 사형 판결을 받은 사람들도 있었다. 양씨는 채광이 좋지 않은 교도소의 어디에선가, 시커먼 오랏줄이 튀어나와 자신의 목을 잡아챌지도 모른다는 무시무시한 환상에 시달려야 했다. 몸에 힘이 쭉 빠졌고 헛구역질할 정도로 메스꺼웠다. 그 메스꺼움은 항소를 준비 중이라는 변호사의 말로도 풀리지 않았다.

그러나 그렇게 맥 빠진 생활이 오래가지는 않았다. 양씨도 동료 사형수들처럼, 교수용 오랏줄을 넥타이처럼 목에 맨 삶에 서서히 익숙해지기 시작했다. 면회일이 다가오면 가슴은 뛰었고, 가족과 무슨 대화를 나눌 것인지 궁리하는 것이었다. 입맛도 조금씩 살아났다.

이듬해 초여름, 고등법원에서 항소심이 열렸다. 이번에도 양씨는 사형을 선고받았다. 작정하고 아버지와 아들을 한꺼번에 죽인, 죄질이 나쁜 반인륜적 범죄이기에 극형이 마땅하다는 것이었다. 아무리 우연한 사고였다고 항변해도 소용없었다. 오히려 뻔뻔스럽게 발뺌하는 것으로 비쳐져 재판부의 노여움만 샀다.

"그냥 저쪽으로 갔다 이거지요? 사십여 년을 한결같이 이쪽으로만 다니다가, 그냥 괜히 저쪽으로 한번 가봤다 이거지요?" 검사의 이죽거림에 판사도 덩달아 쓴웃음을 지었다. "그럼 곽가와 곽가의 아들도 그냥 한번 죽여본 건가요?"

피고인석에 선 양씨는 얼굴이 빨개져서 아무 대답도 못 했다.

"어이 양씨, 나도 말이여, 그냥 그년 집에 한번 가본 거여. 그러다 그 쌍년 가족들이 시끄럽게 떠들기에 에이 시팔, 그냥 다 조져버린 거여. 뭐 결심하고 그런 건 아니랑께." 한 동료 사형수는 억센 사투리로 이렇게 비아냥거렸다. "난 뭐든 결심하면 제대로 지키는 게 하나도 없응께 말이여."

교도소에 있는 사람들은 한결같이 사형수 양씨를 횡설수설만 늘어놓는 멍청이로 취급했다. 거짓말을 하려면 제대로 하라는 것이었다. 양씨는 그런 취급을 받는 것에 대해 괴로워했다. 그리고 자신이 그런 취급을 받아 마땅한 사람인가 고민했다. 양씨의 생각은 조금씩 바뀌어갔다. 저 비참한 사건이 있던 어느 가을 아침에 관해 말할 때는 진지하다 못해 침울할 정도였다.

"여보, 나 말이야. 내가 평소에 곽가 얘기를 자주 하곤 했잖아. 그렇지?" 양씨는 아내에게 이렇게 말했다. "곽가, 언젠가 한번은 크게 혼날 거라고 내가 말하곤 했잖아. 여보, 나 말이야. 나 정말, 아무 생각 없이 그냥 저쪽으로 간 걸까? 저쪽은 바로 곽가네 집으로 가는 방향이잖아. 여보, 나 정말 우연히 저쪽으로 간 걸까?"

당신은 나쁜 짓을 할 사람이 아니에요, 하고 아내가 말을 끊을라치면 양씨는 자조하듯 이렇게 중얼거렸다. "세상에 그냥이 어디 있어. 안 그래? 다 이유가 있는 거야. 아무래도 내가 죽을죄를 지었나 봐."

이렇게 양씨가 자신의 행위에 의문을 가짐과 동시에 그 행위를 처벌할 위치에 있는 사람들은 양씨의 계획적인 범죄에 확신을 가졌다. 양씨의 의문과 사법 기관의 확신, 어느 쪽이 다른 쪽의 원인이며 결과인지 아는 사람은 없었고 굳이 알려고도 하지 않았다. 양씨가 저지른 범죄는 부인할 수 없는 결과이며, 그 원인 혹은 동기에 관한 해석은 마치 간단한 덧셈처럼 지극히 단순하여 누구라도 인정할 수밖에 없는 것이었다. 그리고 양씨가 붙잡힌 현장의 기록은 그 연결고리를 완전하고 명쾌하게 보여주고 있었다.

한편 젊은 변호사는 두 달에 한 번 가량 가족들 틈에 끼어 면회를 왔다. 그가 올 때마다 양씨는 가슴이 철렁했다. 더 이상 그의 말을 믿을 수는 없었다. 변호사 역시 양씨의 그러한 마음을 잘 알고 있었다. 하지만 일이 이렇게 된 이상, 무턱대고 서운해할 수도 없는 노릇이었다. 군대에서 법무관 생활을 마치고 처음으로 맡은 국선 변호, 전혀 예견하지 못한 최악의 방향으로 진행된 것에 대해 마음 깊이 죄책감을 느꼈다. 그는 인텔리로 살아왔다. 누구에게도 아쉬운 소리 한번 한 적이 없었다. 그는 목표를 정한 후 그 목표를 성취하는 것에 익숙한 사람이었다. 그래서 양씨에 대한 사형 판결을 결코 받아들일 수 없었다. 변호사는 양씨를 죽이는 것은 사회 정의에 위배된다고 생각했다. 그는 만나는 사람마다 엄격한 인과율 대신 확률과 우연이 지배하는 현실 세계에 대해 장광설을 늘어놓았다. 나비 효과, 카오스 이론, 불확실성의 원리 등 양자역학에 관련된 책도 잔뜩 읽었다. 어디서 주워들었는지 브라운 운동이며 빅뱅 등의 어려운 단어도 심심찮게 튀어나왔다. 양씨의 살인에 고의성이 있다고 믿는 검사와 그 검사의 주장을 그대로 판결에 반영한 판사는 요컨대 뉴턴 시대의 원시인에 불과하다고 비난하며 돌아다녔다. 그러한 과정에서 법조계 친구들과 차츰 사이가 벌어지고 따돌림마저 받았지만, 자신에 대해 확신을 가지고 있었기에 어디서나 당당하게 행동했다. 그러나 상고도 기각되고 사형이 확정되던 날에는 이 젊고 패기만만한 변호사도 형편없이 체통을 놓아 버릴 수밖에 없었다. 양씨의 낡은 집에서였다.

"일이 이렇게 될 줄은 정말 몰랐습니다. 미안합니다. 저는 최선을 다하면 되는 줄로만 알았습니다."

마루에 무릎을 꿇은 채로 하염없이 눈물 흘리는 이 젊은 인텔리에게, 양씨의 아내는 화를 내지 않았다. 아니, 화를 내지 못했다. 지금 자신의 남편이 묶여 있는 곳은 기이한 세계였다. 그 세계는 자신이 평생 알고 살아온 세계와는 완전히 다른 방식으로 사람을

대했다. 게다가 그녀 역시 지칠 대로 지쳐 있었다. 지방법원에서
도, 고등법원에서도, 대법원에서도 사형이라는 말만 했다. 검사도,
판사도 사형, 사형 하고 숫제 돌림노래를 불렀다. 남편은 그때마다
죽었으니, 아내라고 별반 다를 리 없었다. 살아 있어도 살아 있는
것 같지 않았다. 밑도 끝도 없는 면회 때문에 그녀의 생활은 엉망
진창이 되어버렸다. 알 듯 모를 듯한 비명을 지르며 깨어난 어느
저녁에는, 면회소 대신 차라리 뒷산의 무덤으로 남편을 찾아가는
편이 홀가분하겠다는 생각도 해버렸다. 그러나 이내 그 끔찍한 상
상에 소스라치게 놀라 머리를 세차게 흔들었고, 그만큼 서러워 새
벽까지 울었다.

면회 때마다 양씨는 아내를 보자마자 손을 잡고는 놓지 않았다.
오 년이 넘는 세월, 면회만도 수십 번이었다. 그때마다 늘 둘은 손
을 잡고 이야기했다. 남편의 손은 언제나 뜨거웠고, 간절했다. 내
남편이 아직 살아 있구나, 아직 살아서 내 손을 이렇게 꽉 잡고 있
구나, 하는 생각이 들면 양씨의 아내는 서글픈 안도감에 한숨을 푹
내쉬는 것이었다. 이제 그녀에게 있어서 의지가 될 만한 건 집행일
을 연기하는 것뿐이었다. 다행히도 최근 몇 년 동안에 사형은 집행
되지 않았다. 늙고 병들어 가족의 품으로 돌아갔다는 어느 사형수
의 슬픈 사연도 그녀에게는 힘이 되었다.

날이 갈수록 초췌해지는 아내와 달리, 교도소 사형수 감방에 갇
혀 있는 양씨의 얼굴은 오히려 온화해졌다. 여러 번의 사형 판결을
겪으며 양씨는, 차츰 사형이라는 것을 최종적인 결말로 받아들이
기보다는 다음 단계로 나아가는 하나의 과정쯤으로 치부하게 되었
다. 사람들이 자신을 죽일 거라고는 믿을 수가 없었다. 사람들은
감히 그렇게 하지 못할 것 같았다. 자신은 다만 삶과 죽음이 맞닿

은 경계의 그 앙상한 하루하루 속에서, 이처럼 가족을 만나고 계절을 가늠하며 끝없는 생을 이어나갈 듯했다. 그러한 신비주의적인 사고는 사형수 양씨의 눈동자를 깊은 신앙이 있는 사람의 그것처럼 보이게 만들어주었다.

해가 바뀌어 추석은 또다시 하루 앞으로 다가왔다. 영원히 계속될 것만 같던 무더위는 그 무슨 침울한 소식이라도 들었던지 급작스레 한풀 꺾였고, 마당의 대추나무 그늘에는 벌써부터 서늘한 기운이 감돌았다. 점심이 조금 지나자 딸이 조용히 어머니를 부르며 집에 들어섰다. 양씨의 아내는 딸의 목소리를 듣고 황급히 일어나느라 애써 다듬은 나물 바가지를 뒤엎어버렸다. 오랜 고시 공부에 지친 딸의 얼굴에서는 고등학생 시절의 앳된 수줍음을 찾아보기 힘들었다. 모녀는 나란히 앉아 나물을 만지작거렸다.

아들은 저녁의 황혼이 마당을 채울 때 까치 소리 요란하게 들어섰다. 인사 때마다 순조롭게 승진하는 아들의 얼굴에는 여유가 가득했다. 사형수 남편을 둔 양씨의 아내는 그러한 아들의 얼굴에서 서운함과 대견함을 동시에 느꼈다.

셋은 해가 떨어진 초가을 저녁의 마루에 앉아 식사를 했다. 몇해 동안 네모난 밥상의 한쪽은 텅 비어 있었고, 그래서 이들 세 가족은 명절 때면 누군가를 기다리는 듯한 마음으로 식사를 해왔다. 다만 아버지 양씨가 쓰던 은수저는 이제 아들이 사용했다. 별거 아니라고 생각하면서도, 딸은 그것을 내어준 어머니와 이를 받아들인 오빠에게 섭섭했다.

어머니가 먹음직스럽게 생긴 도라지나물을 아들의 밥 위에 올려놓아줄 때, 그 바싹 마른 어머니의 손목을 보며 아들은 곽가의 부인에게서 드디어 받아온 탄원서에 대해 말하고 싶은 충동을 느꼈다. 그 말을 들으면 어머니는 틀림없이 "그래? 그 탄원서만 있으면, 그것만 있으면!" 하고 기뻐할 것이다. 그러나 잠시의 망설임 끝에 아들은 그 말을 도라지나물과 함께 삼켜버렸다. 탄원서에 대해 말해버리고 나면 그 탄원서를 얻기 위해 지불해야 했던 돈, 자신의 2년 치 월급에 해당하는 돈에 대해서도 밝혀야 하기 때문이었다. 또한 그 돈을 말해버리면 아버지가 지은 죄의 무게가 너무 선명하게 느껴질 것 같았다. 아들은 눈에 띄지 않게 고개를 끄덕이며, 어머니와 누이동생에게는 말하지 말자고 재차 다짐했다.

딸은 밥을 조금 남기고 먼저 일어났다. 잠시 산보를 다녀오겠다고 말하고는 마루에서 내려와 마당을 가로질렀다. 그리고 대문을 등지고 서서는, 시커먼 정미소 건물을 두고 양 갈래로 터진 이쪽 길과 저쪽 길을 번갈아가며 보았다. 방향만 다르지 모든 것이 너무나도 똑같았다. 지나치게 닮은 두 가지 중에서 하나를 택하는 건 몹시 어려운 문제였다. 어느 쪽으로도 가지 못하고 대문 곁에 쭈그리고 앉아버렸다. 어느새 다가온 시골의 어둠은 멀지 않은 곳에 있는 가족의 시선으로부터 그녀를 숨겨주었다. 딸은 사법고시 1차 시험에 이미 합격한 상태였다. 2차 시험도 자신 있었다. 하지만 이제 더 이상 그 길을 갈 수 없었다. 이미 법전을 비롯한 모든 책을 헌책방에 팔아버렸다. 고시원에서 나와 작은 무역 회사에 취직한 지도 오래되었다. 그녀가 그런 무모한 결정을 내린 이유는 아무도 몰랐다. 가족도 이해 못 할 거라고, 그녀는 생각했다. 그녀는 무기력한 사람들 틈에서 아버지가 죽어가는 걸 볼 수 없었다. 저 젊고 큰소리 탕탕 치는 변호사의 말도 처음부터 믿지 않았다. 아무도 아버지를 도울 수 없으며, 오직 자신만이 도울 수 있다고 생각했다. 법대에 다니던 그녀는 아버지가 살인을 저지르고 붙잡히던 순간,

자신의 목표와 그 기한을 조정했다. 그리고 그것을 달성하기 위해 노력해왔다. 그러나 법을 알아가면 알아갈수록, 아버지를 살리는 길이 그 안에 없다는 것만 확실해졌다. 법은 아버지를 살해하기 위해 만들어진 것이었다. 1차에 합격한 이후, 그 생각은 확고해졌다. 대법원이 상고(上告)도 기각한 마당에 형 집행은 이제 순전히 시간문제였다. 법무부장관이 도장만 찍으면 아버지는 교수대에 매달리는 것이다. 그녀는 아버지를 죽이려는 세계의 일원이 될 수 없다. 그 세계의 일원이 되는 것은 그 세계를 수긍하는 것이며, 그것은 옳든 그르든 아버지를 죽이는 일에 가담하는 것이었다. 헌책방 주인은 능숙하게 그녀의 손때 묻은 책들을 받아들었다. 몇 장의 지폐가 그녀가 필사적으로 바친 5년이라는 세월의 값이었다. 짐을 정리해 고시원에서 나온 그녀는 당장 어느 쪽으로 가야 할지 알 수가 없었고, 그래서 길 한가운데 서서 헉헉 아이처럼 울어야 했다. 그러나 어머니와 오빠에게는 길을 잃었다고 말할 수 없었다.

숭늉으로 마무리한 후, 아들이 밥상을 부엌까지 들여다 놓았다. 양씨의 아내는 반찬 그릇들의 테두리를 손가락으로 깨끗이 훔쳐서는 냉장고에 넣었다. 노릇노릇하게 구운 굴비에는 아무도 손을 대지 않았다. 명절날 밥상의 구색을 갖출 요량으로 마련한 것이지, 굳이 누가 먹기를 바라고 내온 것은 아니었다. 바닷가 출신인 양씨의 아내는 어릴 때부터 생선을 무척 좋아했다. 그런데 시집을 와보니 신랑이 비린내 나는 음식이라면 질색하는 것이었다. 덕분에 구운 생선 없이 양씨의 아내는 삼십여 년을 살아왔다. 오랜 세월 남편의 식성에 길들여져 있었기 때문에 이제는 굳이 구운 생선을 먹고 싶은 마음도 들지 않았다. 그건 바닷가에서 살아가는 사람들이나 먹는 음식이었다. 양씨는 굴비가 담긴 접시를 들어 가만히 코에 대보았다. 비릿한 냄새가 영 익숙하지 않았다. 삼십여 년은 한 여자의 태생적인 후각마저 바꿔놓을 정도로 무거운 세월이었다. 그러나 그 무거움도 이쪽과 저쪽 중 이쪽만을 선택해왔던 남편의 세월에 비하면 십 년만큼 가벼웠다. 판사들이 남편을 오해하는 것도 무리가 아니었다. 생각이 거기까지 미치자 양씨의 아내는 또다시 가슴이 울컥 하며 누구라도 붙들고는 한바탕 곡을 하고 싶어졌다. 하지만 자식들에게 그러한 티를 내는 것은 어머니로서 하지 말아야 할 몹쓸 짓처럼 여겨졌기에, 어둠침침한 부엌에 홀로 서서 울렁거리는 가슴만 연신 쓸어내렸다.

아들은 안방에 누워 텔레비전을 보았다. 추석 전날이라 어느 채널에서도 사람들이 잔뜩 몰려나와 재주를 부렸다. 아들은 그 광경을 보며 하하, 태엽 인형처럼 웃었다. 조금 지나자 딸이 돌아왔다. 아들은 여동생의 얼굴에서 눈물 자국을 보고는 기분이 상했다. 무기력이야말로 아버지에 대한 죄이며, 어머니든 여동생이든 그것만은 참지 않겠다고 다짐하며 텔레비전을 노려보았다.

명절 음식을 준비하는 시간, 가족은 안방에 둥글게 모여 앉아 송편을 빚었다. 흐릿한 형광등 불빛 아래에서 셋은 저마다 다른 모양의 송편을 빚었다. 서로의 것을 들여다보고는 훈수도 두고 고개도 끄덕이며 키득키득 웃었다. 그렇게 어머니와 아들과 딸은 오 년 넘게 지속되어온 이 슬픈 계절에 비틀거리면서도, 저마다 가족에게 닥친 불행을 짊어지며 또 그것을 자신의 몫으로 받아들이기 위해 애써 즐거운 표정을 지었다.

그 계절의 끝에는 눈이 내렸다. 밤새 내린 눈이 발목까지 쌓였지만 어지간히 그칠 줄 몰랐다. 눈은 교도소의 을씨년스러운 운동장을 덮고도 모자라 건물까지 감싸버릴 기세였다. 그 하얀 정적 위로 몇 마리 검은 새가 날아다녔다. 사형수들이 모여 있는 교도소 미결수 방은 아침부터 조용했다. 두세 명이 면회를 나간 후에 양씨의 차례가 왔다. 간수 셋이 불러내어 수갑을 채웠다. 그리고 양씨를 앞세워 조용한 복도를 걷기 시작했다. 날카로운 소리를 내는 철창문을 통해 건물을 나와 눈이 쌓인 화단을 지났다. 눈 위에는 발자국이 많지 않았다. 단층인 작업장 건물과 옹벽 사이로 난 좁은 길은 갈림길로 이어지고, 그 갈림길에서 이쪽으로 가면 바로 면회소였다. 유난히 우중충한 작업장 건물은 걸어가는 사람에게 으름장을 놓듯 옹벽에 바짝 붙어 있어 대낮에도 어두컴컴했다. 양씨는 그 좁은 길을 말없이 걸으며, 비만 오면 줄줄 새는 집의 수리에 관해 아내에게 무어라 한마디할 계획을 세웠다. 그대로 놔두기엔 집이 너무 낡은 것이 아무래도 걱정이었다. 그러면서 갈림길에 이르렀다. 양씨는 당연하다는 듯이 면회소가 있는 이쪽으로 고개를 돌렸다.

순간, 난데없이 몸이 휙 돌아가면서 양씨는 아찔한 현기증을 느꼈다. 그리고 자신이 면회소 가는 길의 반대편, 저쪽으로 향하고 있다는 사실을 깨달았다. 엇, 하고 양씨는 짧고 날카로운 신음 소리를 내었다. 머리카락이 쭈뼛 서면서 몸이 통나무처럼 굳어졌다. 격렬한 긴장이 전신을 휘감고 지나간 후에는 형언할 수 없는 무기력감만이 남았다. 양씨는 현기증을 가누며 양팔에 단단히 붙어 있는 간수들을 보았다. 애써 양씨의 시선을 외면하는 그들의 굳은 얼굴에는 어쩔 수 없는 처연한 표정이 가득했다. 그러나 그 표정은 사형장으로 걸어가는 양씨의 처지보다는 이런 일을 해야 하는 자신들의 처지를 더 동정하고 있었다. 양씨는 왼팔이 너무 아파 조금

빼려고 몸을 움직여보았다. 그러자 깜짝 놀란 왼편의 젊은 간수는 오히려 더 우악스럽게 붙잡았고, 다른 편에 있던 나이 많은 간수는 당황해서 양씨, 제발 이러지 말게, 하고 떨리는 목소리로 간곡하게 달랬다.

양씨는 고개를 푹 숙였다. 서로 눈짓을 교환한 간수들이 다시 양씨를 밀며 당기며 걸음을 옮기기 시작했다. 팔이 아프고 저렸다. 온몸에 힘이 하나도 없어서 오직 통증을 느끼는 왼팔만이 살아 있는 것 같았다. 걸어가는 눈 위에 곧고 긴 자국이 보였다. 중간중간 땅바닥이 보일 정도로 파인 자국도 보였다. 누군가, 양씨보다 앞서 이 길로 끌려간 자들이 이승에 남긴 마지막 흔적이었다. 그렇게 어떤 사람은 넋을 잃고 끌려갔으며 어떤 사람은 필사적으로 반항한 것이다. 양씨는 어느 편도 아니고 그저 양팔을 간수들에게 맡긴 채, 참혹한 심정으로 따라갈 뿐이었다. 간수들이 무겁게 발을 놀릴 때마다 사각사각 눈 밟히는 소리가 났다. 마치 태어나 처음으로 듣는 것 같았지만, 양씨는 그 소리에게 무슨 표정을 지어주어야 할지 알 수가 없었다. 한 번쯤은 뒤를 돌아보고 싶어도 그럴 기운이 남아 있지 않았다. 어쩐지 면회소에서 가족들이 자신을 기다리고 있을 것 같았다. 양씨는 매번 가족이 기다리는 이쪽으로 갔었다. 그리고 거기서 사랑하는 가족들을 만났었다. 길은 언제나 이쪽과 저쪽 두 갈래였지만, 한 번도 망설인 적이 없었다.

양씨는, 늘 이쪽으로 갔었다.

〔『현대문학』, 2003년〕

불 끄는 자들의 도시

서울역에서 기차를 타고 남쪽으로 두 시간 가량 달리다 보면 Y
시에 닿는다. 도시의 중앙에는 버려진 철사처럼 보이는 작은 하천
이 흐르고, 그 주위로 온통 하얗게 칠한 성당과 조그마한 시청 등
이 자리 잡고 있다. 겨울이 되면 짙은 안개가 회오리처럼 도심을
감싸버렸다. 봄과 가을은 나름대로 예쁜 경치를 만들어 사람들에
게 짝짓기 철임을 알려주었지만, 여름이면 모두들 뒈져버리라는
듯이 더울 뿐이었다. 초등학교와 중학교, 고등학교는 꽤 있는데도
대학은 없어, 대화 중에 어쩌다 대학 이야기라도 나올라치면 주민
들의 눈은 촉촉이 젖었다. 그러나 이 모든 특징은 외부인의 시각에
서 본 것에 지나지 않는다. 그곳에서 태어난 사람들은 Y시라는 자
신들의 고향을 굳이 의식하지 않았다. 그들은 인근 여느 도시의 주
민들처럼 멀리서 불어온 바람의 냄새를 맡으며 동북아시아의 하늘
을 보았고, 부지런히 옷을 갈아입음으로써 계절에 순응했으며, 말
없이 사랑하다 죽어갔다. 오래전 외지에서 온 한 미식가 청년은 맛
있는 특산물 하나 없이 이 도시의 사람들은 대체 어떻게 살아가는

것일까 궁금해했다. 사십 평생을 Y시에서 보냈다는 주민은 그 쥐새끼처럼 옹골찬 체격의 청년에게 무뚝뚝하게 대답했다.

"그러게 말이야."

1980년의 늦가을, Y시에 또 한 명의 젊은이가 나타났다. 그는 꽤 규모가 큰 잡지사의 기자였고, 그다지 고상하지 않은 이름을 가지고 있었다. 온순하고 심성이 착했지만 어릴 적부터 이름 때문에 마음고생이 심했다. 그럼에도 용케 나쁜 길로 접어들지 않을 수 있었던 것은, 이름 따위는 조금도 중요한 것이 아니며 정말로 중요한 것은 내면의 진실성이라는 아버지의 가르침 때문이었다. 그의 이름은 그가 아직 내면의 진실성을 갖추지 못했던 갓난아기 시절에 붙여졌다. 아버지에 의해서.

변기자는 취재를 하기 위해 Y시에 왔다. 그의 잡지사에서는 매년 12월에 '의로운 사람들'이라는 특집 시리즈를 제작했는데, 잡지사의 간부들이 이번에는 Y시의 소방대를 지목했던 것이다. 그 결정에 햇병아리인 변기자는 아무런 영향을 끼치지 못했다. 그리고 굳이 영향을 끼칠 필요도 없었다. 변기자가 보기에도, Y시 소방대는 '의로운 사람들' 특집에 실릴 자격이 충분했다. Y시에서 가장 유명한 것은 마늘이나 복숭아, 혹은 연쇄 살인 사건 따위가 아니라 바로 소방대였다. Y시 소방대가 지난 10여 년 동안 다양한 기관으로부터 받은 표창의 횟수는 경이적이었다. Y시에서 소방대원들은 단순한 불 끄는 자들이 아니라 영웅이며 살아 있는 전설이었다. Y시의 사람들도 고기를 익히거나 목욕물을 데울 때 불을 이용했다. 하지만 역사적으로나 세계적으로나 불이 언제나 고분고분하게 행동하기만 하는 것은 아니다. 여느 다른 곳과 마찬가지로, Y시의 불도 가끔은 사람들을 익히고 냉장고를 데웠다.

Y시 소방대의 인명 구조율은 타 지역 평균보다 훨씬 높았다. 인구가 5만 명 가량인 Y시에서 화재로 죽은 사람은 지난 10년 동안 단 한 명에 지나지 않았다. 그동안 Y시에서 이러저러한 이유에 의해 살해당한 사람은 일곱 명이었다. 그동안 Y시에서 이러저러한 이유에 의해 자살한 사람은 24명이었다. 그동안 Y시에서 이러저러한 이유에 의해 차에 깔려 죽은 사람은 136명이었다. Y시에는 약 8천 대의 차가 있다. 약 8천 대의 차가 136명을 고깃덩어리로 만드는 동안 불이 고깃덩어리로 만든 사람은 단 한 명이었다.

부인들은 부인했지만, 이러저러한 이유에 의해 음란 비디오를 시청하다 심장이 멎어 죽은 사람도 두 명이나 되었다. Y는 그런 도시였다.

Y시에 오기 전에 변기자는 나름대로 준비를 했다. 각종 보도 자료를 통해 Y시 소방대의 활약을 연두색 작은 수첩에 정리했다. 이곳 소방대의 일원이 되기 위해 타지에서도 젊은 지원자들이 찾아온다는 소문, 베일에 싸여 있는 엄격한 채용 시험, Y시 소방대가 불 끄는 자들의 세계에서 차지하고 있는 화려한 명성, 그러한 내용이 적힌 연두색 수첩은 변기자의 양복 오른쪽 주머니에 들어 있었다. 그런데 변기자의 부주의로 인해 연두색 수첩은 Y시에 내리지 못하고 부산까지 가야 했다. 부산에서 객차를 청소하는 아주머니를 만나 가엾게 펄럭거리며 불에 타야 했다. 그 연두색 수첩의 제일 뒤쪽에는 이러한 말이 적혀 있었다 ── *나는 사람들이 생각하는 것보다 훨씬 뛰어난 人物이다.*

역에서 모텔로 직행한 변기자는 며칠 동안 자신의 숙소가 될 3층의 객실에 들어서며 환형동물의 축축한 아가리에 갇혀버린 듯한 답답함을 느꼈다. 현관까지 전부 합쳐 일곱 평이 될까 말까 할 정도의 객실 구석에는 2차 세계대전 당시의 구호 물자처럼 보이는 담요가 잔뜩 쌓여 있었다. Y시청 부근에 있는 이 더럽고 허름한 싸구려 모텔은 변기자의 상사가 변기자의 취재를 돕기 위해 얻어준 것이다. 그것이 변기자의 상사가 먼 곳으로 취재를 나간 부하들에게 베푸는 친절의 한 방식이었다. 변기자는 오랜 세월 연습해온 체념의 표정을 지으며 암모니아 냄새가 밴 화장실의 선반에는 세면도구를, 이불 옆에는 갈아입을 옷이 담긴 여행용 가방을 내려놓았다. 그리고 허리에 손을 얹고 숨을 크게 한 번 내쉰 후, 당신 나한테 왜 이래, 하고 소리 높여 따지는 자세로 이제부터 해야 할 일을 생각했다. 오후 5시까지 중앙 광장에 있는 시립 병원에 가야 했다. 시립 병원에는 일주일 전에 불타는 오락실에서 구출된 소년이 기다리고 있었다. 소년을 구출한 소방대원과도 그곳에서 만날 예정이었다.

변기자는 5층짜리 낡은 건물인 시립 병원의 현관에 늦지 않게 도착했다. 병실에 노크하고 들어가자 소년과 그의 어머니가 인사했다. 머리카락이 많이 그슬려서인지 소년은 모자를 눌러쓴 채 침대에 앉아 있었다. 눈썹도 없었다. 양쪽 귀 뒷부분에도 화상이 보였다. 그러나 가장 심한 상처는 어깨 부분에서 잘려나간 오른쪽 팔이었다. 그래서 소년의 수줍은 웃음을 보았을 때 이 아이가 급기야 실성한 게 아닌가 걱정한 것은 당연한 일이었다. 소년의 어머니는 꽃병의 물을 갈아주는 중이었다. 그녀의 얼굴에는 사랑하는 어린 아들이 크게 다쳤을 때 30대 중반의 어머니들이 병실 꽃병의 물을 갈아주며 짓는 유일한 표정이 드러나 있었다.

변기자는 가지고 온 과일 바구니를 바닥에 내려놓았다. 소년의 어머니가 고맙다고 인사했다. 변기자는 소년의 침대에 걸터앉았다. 무슨 말부터 해야 할지 알 수 없었다. 소년의 눈은 불에 구워지지 않았기 때문에 맑고 초롱초롱했다. 그래서 무슨 말을 해야 할지 더더욱 알 수가 없었다. 무언가 우스운 말로 시작하는 게 좋겠다는 생각은 들었지만 아무리 고민해보아도 너는 이제 가위바위보, 하나 빼기를 할 수가 없어, 따위의 농담밖에 떠오르지 않았다. 그 농담은 이러한 상황에서는 부적절했다. 한참을 고민하다 결국 열한 살짜리 아이에게 꺼낸 말은 섭씨 14도의 가을 날씨에 관한 것이었다. 변기자는 날씨 얘기를 좋아했다.

화재가 발생한 것은 일주일 전이었고, 소년이 의식을 회복한 것은 나흘 전이었다. 소년이 혼수 상태에 빠져 있던 이틀 동안 의사들은 심하게 훼손된 소년의 오른팔을 감쪽같이 잘라내고는 피부를 잡아당겨 봉합했다. 그리고 소년은 의식을 회복했다.

소년은 변기자에게 자신의 꿈에 대해 말했다. 소년의 꿈은 밀림의 탐험가였다. 의식을 차리고 나서 감쪽같이 잘린 다리를 보았다면 훨씬 낙담했을 것이다. 소년의 꿈은 피아니스트나 타이피스트가 아니라 밀림의 탐험가였고, 악어나 하마도 아닌 불에 다리를 물어뜯기고 싶지 않았고, 그래서 두 귀나 두 팔보다는 두 다리가 성한 것에 감사해한다고 말했지만, 역시 아직은 어리기에 제발 내 오른팔을 돌려주세요, 하는 서글픈 눈빛을 감추지 못했다.

정확히 오후 5시에 노크 소리가 들렸다. 소년의 어머니가 문을 열자 사내 둘이 들어왔다. 그들은 주황색 소방 제복을 입고 있었다. 변기자는 침대에서 일어나 그들과 악수했다. 키가 작고 40대

중반으로 보이는 사내랑 먼저 악수했다. Y시 소방서 서장이라고 그는 자신을 소개했다. 키가 크고 30대 초반으로 보이는 사내와 다음으로 악수했다. Y시 소방대 대원이라고 그는 자신을 소개했다. 소년을 구한 대원이라고, 서장이 곁에서 덧붙여주었다. 그때 변기자는 소년의 표정이 약간 굳어진 것을 눈치 챘다. 곁에서 소년의 어머니가 작은 목소리로 소년을 달래고 있었다. 소년은 무엇인가 말하고 싶어했고, 몸을 약간 떨었다. 소년의 기분이 더 나빠지기 전에 어서 사진을 찍고 나가야겠다고 변기자는 생각했다.

변기자는 사진을 찍기 위해 포즈를 취해달라고 부탁했다. 소년은 침대에 앉아 있는 상태였고, 제복을 입은 소방서장과 소방대원이 소년의 오른쪽에 나란히 섰다. 둘은 환하게 웃었다. 변기자는 좀더 웃어달라고 소년에게 부탁했다. 방금 전까지는 분명히 웃고 있었지만 소년은 더 이상 웃지 않았다. 변기자는 셔터를 눌렀다. 찰칵.

변기자는 다시 한 번 소년에게 웃어달라고 부탁했다. 이번에는 소방서장이 오른쪽에, 소방대원이 왼쪽에 서서 가운데 앉아 있는 소년의 어깨에 손을 올리고 있는 장면이었다. 하지만 소년은 역시 웃지 않았다. 찰칵.

마지막으로 부탁했다. 이번에는 오른쪽에 어머니가, 왼쪽에 소방서장과 소방대원이 서서 소년을 향해 가볍게 몸을 굽힌 자세였다. 이제 소년은 거의 울음을 터뜨리기 직전이었다.

찰칵, 하는 소리와 함께 소년이 갑자기 고개를 반쯤 숙이더니 이를 악물고 눈물을 쏟기 시작했다. 그리고 어머니를 향해 무어라 자꾸 중얼거렸다. 소년의 어머니는 당황해서 어떻게든 소년의 입을 막으려고 허둥댔다. 변기자 역시 당황했고, 그래서 카메라를 의자에 내려놓은 뒤 천천히 소년 쪽으로 다가갔다. 변기자는 소년의 어깨에 팔 올리는 시늉을 하며 많이 무서웠지, 혹은 참 힘들었겠구나, 따위의 말을 할 작정이었다. 주황색 제복 입은 소방대원들을 보자 불길 속에 갇혀 있던 순간이 생각났나 보다 하고 생각했다. 그런데 소년이 왼손을 들어 소방대원을 가리켰다. 그리고 찢어지는 음성으로 비명을 지르듯 소리쳤다.

"저 아저씨가 내 오른팔을 뜯어먹었어!"

병원 앞의 작은 다방에서 자신을 강씨라고 밝힌 소방서장은 쾌활하게 웃었다. 이런 소동이 흔한 것은 아니라고 강서장은 웃으며 말했다. 하지만 전혀 없지는 않다고 덧붙였다. 그때서야 변기자는 자신의 수첩이 사라진 것을 깨달았다. 변기자의 연두색 수첩은 이 무렵 부산역의 쓰레기 소각장에서 신나게 타는 중이었다. 그 수첩의 뒤에서 두번째 장에는 이러한 구절이 적혀 있었다 ─ 나는 男子이다.

강서장은 쥐새끼처럼 옹골찬 체격을 가진 사람이었다. 목이 굵었지만 전체적으로 군살이 거의 없어 보였다. 그는 Y시 출신이 아니었으나 Y시에서 자기와 자기의 대원들이 차지하고 있는 위치에 대해 자부심이 대단했다. 오래전 그가 기차를 타고 Y시에 처음 왔을 때, 이곳 토박이들은 "그러게 말이야" 따위의 멍청한 소리밖에 할 줄 몰랐다. 하지만 이제는 많은 것이 변했고, 그 변화의 중심에 자기들 불 끄는 자들이 있음을 자랑스럽게 인식하고 있었다.

변기자는 화재 진압의 애로 사항 따위를 물었다. 강서장은 짤막하지만 친절하게 대답해주었다. 강서장은 제스처에 능했다. 그다지 떠벌리지 않으면서도 두 팔을 움직이며 화재 현장을 실감나게 묘사해주었다. 변기자는 가방에서 꺼낸 노트에 최대한 세세히 적어나갔다. 굳이 필요해서가 아니라, 그런 모습이 상대를 기쁘게 해준다는 사실을 알고 있기 때문이었다. 키가 큰 소방대원은 말없이 커피만 마셨다. 소년을 구하던 순간을 설명해주시겠습니까? 변기자의 말에 소방대원은 잔에서 입술을 떼고 강서장을 보았다.

간단합니다, 하고 대원의 눈빛을 받은 강서장이 대신 말했다. "화재 신고가 들어왔고, 즉시 출동했습니다. 불길 속에 한 아이가 쓰러져 있다고 오락실 주인이 알려왔습니다. 그때 이 친구가 뛰어들어 소년을 업고 나왔습니다."

팔은 언제 다친 겁니까? 변기자가 소방대원을 보며 물었다.

이번에도 강서장이 대신 대답했다. "소년은 지하 오락실의 가장 안쪽에 있었기 때문에, 비상구로 탈출하려고 했습니다. 하지만 불은 비상구에 쌓아놓은 목재 케이스에서 시작된 것입니다. 당연히 불길이 가장 거센 곳이었지요. 불붙은 목재들이 무너지면서 소년을 넘어뜨렸고, 순간 소년의 오른팔이 그 사이에 끼인 것입니다. 소년의 팔은 심한 화상을 입었고, 살점이 떨어져 나갔습니다. 이 친구가 업고 나왔을 때에는 이미 돌이킬 수 없이 다친 상태였습니다."

어떤 응급 처치를 하셨지요? 변기자가 다시 소방대원을 보며 물었다.

"의료팀이 함께 있었기 때문에 저희들은 응급 처치를 하지 않았습니다. 소년을 업고 나와 의료팀의 들것에 바로 눕혔습니다. 응급 처치는 그들이 했습니다."

예, 알았습니다. 이번에는 소방대원이 직접 대답했기에 변기자는 신이 났다. 신이 난 변기자는 그렇게 첫 인터뷰를 마무리했다.

182

변기자는 모텔로 돌아오는 길에 인근 T시에 사는 친구에게 전화를 했다. 머리숱이 너무 많아 대학 시절에 두 차례나 자살을 시도했던 친구는 30분도 못 되어 변기자 앞에 나타났다. T시는 Y시에서 차로 20분 거리에 있는 도시였다. 친구는 변기자를 보자마자 신이 나서는, 격의 없이 변기자를 부를 때 사용하는 말, 즉 변기자의 이름을 큰 소리로 불렀다. 변기자에게는 따로 별명이 필요하지 않았다. 별로 고상하지 못한 원래의 이름이 별명의 짓궂은 기능을 충분히 수행하기 때문이었다. 변기자는 얼굴이 귀밑까지 빨개졌지만 화내지 않았다. 둘은 다정한 친구였다.

그 친구의 머리숱은 대학 시절보다 많아졌다. 급기야 목덜미에까지 갈기가 나버린 친구는 변기자를 손님이 북적대는 곱창집으로 안내했다. 곱창을 집어먹은 변기자는 맛있다, 하고 말했다. 변기자가 맛있다고 말하면, 그건 정말로 맛있는 것이었다. 변기자는 음식에 대해서만큼은 예의로라도 거짓말을 할 줄 몰랐다. 그 사실을 알고 있었기에, 곱창집으로 안내한 친구는 의기양양한 기분이 들었다.

둘의 만남은 대학 졸업 후 1년 만이었다. 변기자는 기자가 됐고, 친구는 고향인 T시에서 아버지가 물려준 서점을 운영하게 됐다. 둘은 대학 시절 한 여자를 짝사랑했다. 그 여자는 7개 국어를 하는 문화인류학 강사를 짝사랑했다. 변기자와 그의 친구는 한국말밖에 못했다. 둘이 짝사랑하던 여자는 여러 언어를 좋아하는 타입의 여자였다. 애초에 이루어질 수 없는 사랑이었다. 하지만 그때는 그걸 몰랐다. 변기자와 그의 친구는 도서관에 나란히 앉아 어려운 영어 단어를 외우며 울곤 했다.

맛있는 곱창으로 배를 채운 둘은 시청 부근의 호프집에 들어갔다. 둘은 대학 시절에 자주 어울려 술을 마셨다. 친구는 변기자를 오래전부터 좋아해왔다. 그다지 말이 없고, 어쩌다 입을 열어도 맑은 겨울의 정오니 비가 그친 여름 새벽 따위의 날씨 얘기만 했다. 변기자는 특별한 날씨가 갖추어지면 일단은 행복을 느끼는 사람이었다. 유머 감각이 재앙의 수준이었기 때문에 우스갯소리는 잘하지 못했다. 그래도 친구들은 모두 변기자를 좋아했다. 호프집에서 변기자는 친구에게 오른쪽 팔이 떨어져 나간 소년의 이야기를 했다. 친구는 갈기를 흔들며 웃었다.

화재를 당하면 죽지 않더라도 많이 다치나 봐. 우리 작은아버지도 이 부근에서 서점을 하셨는데, 삼 년 전 화재를 당하셨어. 엉덩이가 반이나 떨어져 나갔더군. 덕분에 양쪽 엉덩이의 균형이 안 맞아 제대로 걷지를 못하시지, 하고 친구가 말했다. 참으로 추운 남극의 펭귄처럼.

설마, 남극의 펭귄처럼 말이야? 변기자는 대꾸했다. "저런."

새벽에 변기자는 잠에서 깨었다. 시계를 보니 오전 4시 45분이었다. 변기자는 잠시 두리번거리다가 잠옷 바람에 양복 상의만 걸치고 아래층으로 내려갔다. 추웠다. 어떻게든 열을 내리는 인체의 신비한 작용에 의해 몸이 마구 떨려왔다. 이빨 딱딱 부딪히는 소리가 나막신 신고 아스팔트 위를 질주하는 것같이 들려왔다.

카운터에는 아무도 없었다. 변기자는 카운터 뒤의 문을 손등으로 두드렸다. 세 번, 네 번 두드렸다. 그리고 다시 한 번 두드리려할 때 안쪽에서 나는 인기척을 들었다.

문을 빼끔히 연 것은 낮에 보았던 주인 아주머니가 아니라 젊은 청년이었다. 그리고는 늦가을 새벽 4시 45분에 손등으로 문 두드리는 사람들에 익숙한 미소를 지으며 춥지요? 하고 말했다. 상대를 가리지 않는 무리한 성교로 젊음을 허비한 탓에 그의 얼굴은 불길한 요절의 전조를 띠고 있었다.

청년은 안에서 방석 모양으로 접힌 갈색의 무언가를 들고 나왔다. "오래된 건물이라 개별 난방이 안 돼요. 스무 개의 비어 있는 객실까지 전부 난방할 수도 없고요." 방석 모양으로 접힌 갈색의 그 무언가는 전기장판이었다. 변기자는 으하하 웃어버릴 수도 없고 참 난감한 기분이었다. 게다가 방으로 돌아와 바닥에 펴고 누워보니 자신의 키보다 약 30센티미터가 모자랐다. 변기자의 키는 171센티미터였다. 그 전기장판은 약 140센티미터의 키를 가진 귀염둥이를 위한 것이었다.

Y는 그런 도시였다.

가을밤의 추위로 제대로 못 잤지만 변기자는 젊고 건강했다. 아침에 자리에서 일어나면 다리를 약간 벌리고 서서 천천히 활시위 당기는 흉내를 냈다. 왼쪽, 오른쪽 번갈아가면서 누군가에게 화살을 날렸다. 변기자의 건강은 아침마다 허공에 날려 보낸 화살 덕분이었다.

오전 11시에는 한 여자를 만나야 했다. 서울 본사의 사무실에서 전화로 인터뷰를 부탁했을 때, 그녀는 당장이라도 만나자는 반응을 보였다. Y시의 멋진 소방대를 위해서 할 수 있는 일은 모두 하겠다고 말했다. 그녀는 8개월 전에 화재를 당했고, Y시의 멋진 소방대원들이 그녀를 구해내었다. 그녀는 소방대원들에게 반했다.

따뜻한 아이보리 계통의 컬러로 실내를 장식한 작은 카페에서 변기자는 그녀를 만났다. 30대 후반의 노처녀였고, 탐스러운 긴 머리를 어깨까지 늘어뜨리고 있었다. 흔적이 뚜렷하긴 했지만 얼굴 여기저기에 있는 화상의 대부분은 잘 치료된 상태였다. 변기자는 편안한 분위기에서 인터뷰하려고 했으나 그녀 쪽에서 너무 열성적으로 나왔다. 알고 싶으신 게 뭐죠? 전부 말씀해드릴게요. 변기자는 문득 거래처에 온 기분이었다. 그녀가 하고 싶어하는 건 인터뷰가 아니라 홍보였다.

그녀의 나이는 서른일곱이고 화재를 당하던 8개월 전에는 J아파트 단지 내에 있는 3층짜리 상가의 3층에서 자신의 세탁소를 운영하고 있었다. 화재는 조용히 발생해 폭발적으로 번졌다. 옥상에 가지런히 놓아둔 가스봄베가 펑펑 터졌고, 노을이 예쁘게 물들어가는 초저녁이라 아이들은 삼삼오오 모여 즐겁게 구경했다. 세탁소에 양복을 맡긴 아파트 관리소장은 그 광경에 화가 치밀어, 호떡집에 불났냐고 버럭 소리 질렀다. 그 소리에 놀란 아이 둘이 울음을 터뜨렸다. 그 아이들의 어머니가 누구인지 미처 몰랐던 것은 중대한 실수였다. 관리소장은 곧 해임됐다.

당시 그녀는 다림질을 하다 소파에 기대어 잠시 눈을 붙이던 중이었다. 그리고 그대로 유독 가스에 반쯤 질식되었다. 간신히 정신을 차리고 밖으로 나가려는 순간, 천장의 봉이 하나 떨어지면서 거기에 잔뜩 걸려 있던 옷들이 문을 막아버렸다. 그 옷들에도 곧 불이 붙었다.

무엇이든 손에 잡히는 것으로 불붙은 옷을 옆으로 치우려 했지만 헛수고였다. 그녀는 매캐한 연기를 마셨고, 미친 듯이 기침을 하며 바닥에 쓰러졌다. 떨어지지 않은 봉에 매달려 있던 옷들에도 불이 붙어 천장은 온통 불바다였다. 정신이 혼미해진 그녀는 물속에서 머리를 한 대 얻어맞은 것처럼 위아래를 구분할 수가 없었고,

그래서 뜨거운 불구덩이 속으로 떨어지고 있다는 착각에 팔을 허우적거렸다. 그녀는 T시에 있는 국립대의 영문과를 졸업했다. 대학 4년 동안 어떤 친구는 시집을 갔고 어떤 친구는 혼인 빙자 간음을 했지만 그녀는 가족 이외의 남자라고는 1616년에 죽은 영국의 작가밖에 몰랐다. 그러다 스물여덟 살 때 처음으로 한 남자에게 고백을 받았다. 내색하지 않았지만 그녀도 남자가 되게 맘에 들었다. 하지만 그 직후, 남자는 Y시에서 최근 10년 동안 약 8천 대의 차가 만들어버린 136명의 고깃덩어리 중 하나가 되었다. 남자는 변기자보다 美男이었다. 그녀는 남자의 영안실에서 낙담했다.

문을 가로막고 쌓여 있는 약 70벌의 불타는 옷가지에 의해 이제 그녀는 다시 한 번 낙담했다. 3층이었고 창문은 거센 불길로, 출입구는 불타는 옷가지로 막혀 있었다. 그녀는 매서운 열기에 눈을 감았다. 화염에 휩싸인 좁은 세탁소 안은 맹렬한 에너지로 가득했으며, 그들이 서로 부딪히면서 잉잉, 위태로운 소리를 냈다. 저번에는 용케 견뎌냈지만, 하고 얼굴로 달려드는 불길을 피해 오른쪽으로 몸을 웅크리며 그녀는 생각했다. 이번에 온 불행은 틀림없이 나를 죽일 거야. 그 순간 누군가 왼쪽 귀에 대고 지르는 고함 소리를 들었다.

"자, 이제 나갑시다!"

화재 신고를 접수한 Y시 소방대는 기우제를 지내는 대신 평소처럼 즉각 출동했다. 아파트 상가 3층에 있는 세탁소에서 난 불이었다. 세탁소란 예나 지금이나 인화성 물질로 잔뜩 둘러싸인 곳이다. 도착해보니 상황은 더욱 좋지 않았다. 옥상에 올려놓은 가스봄베가 연속해서 폭발하는 중이었다. 아이들은 그 모습을 보며 즐거워했고, 한 사내가 호떡집 운운하며 아이들에게 고함치고 있었다.

대원들은 세탁소 주인을 소리쳐 불러보았다. 평일이었고, 영업을 끝내고 귀가하기에는 지나치게 이른 시간이었다. 무사히 불을 피해 나왔다면, 반드시 근처 어디에선가 발을 동동 구르며 피해액을 부풀려 떠벌리고 있을 터였다. 하지만 없었다. 대원 두 명이 계단을 통해 안으로 들어가려고 시도해보았지만 문은 열리지 않았다. 도끼로 찍어도 끄덕하지 않았다. 무언가가 안쪽에서 문을 가로막고 있는 것이 틀림없었다. 대원들은 연기를 피해 쫓겨나듯 건물을 빠져나올 수밖에 없었다. 가스봄베가 굉음을 내며 폭발했고, 아이들은 탄성을 질렀다.

이제 Y시 소방대 대원들은 가스봄베 터지는 모습을 보며 아이들과 함께 탄성을 지를 것인지, 아니면 다른 방법을 찾아 세탁소 주인을 구해낼 것인지 결정해야 했다. 그들은 세탁소 창문 아래 사다리를 놓았다. 그 과정에서 사다리를 놓는 대원의 바로 옆으로 종이처럼 찢긴 가스봄베가 떨어졌다. 대원들은 겁을 집어먹는 대신 가스봄베를 발로 걷어차며 화를 냈다. 대원 한 명이 사다리를 타고 기어 올라갔고, 두 명이 다시 연기가 자욱한 계단으로 진입했다. 잠시 후, 계단을 통해 검댕이 잔뜩 묻은 세 대원이 뛰쳐나왔다. 그중 한 대원의 등에는 불에 노릇노릇하게 구워진 세탁소 주인이 업혀 있었다.

불은 그녀에게서 탐스러운 피부와 세탁소와 동네 사람들의 신임을 한꺼번에 앗아갔다. 분홍색 블라우스를 날려버린 한 아줌마는 몹시 분개했다. 분홍색 블라우스는 비싼 옷이었지만 사실 그 아줌마의 몸매엔 맞지 않았다. 아줌마의 허리는 분홍색 블라우스를 샀을 때보다 굵어졌다. 아줌마와 분홍색 블라우스 사이에는 그런 사연이 숨어 있었다. 세탁소에 맡기지 않고 아줌마가 입었더라면? 아아, 북북 찢어졌을 분홍색 블라우스는 불길 속에서 2초 만에 타버렸다. 어떻게? 찢어지지 않은 채로, 실바람에 하늘거리던 제 모습 그대로.

제 잘못이 아니었어요, 하고 그녀는 말했다. 화재는 건물의 엉성한 배선 구조에서 일어난 누전 때문이었다. 물론 화재에 대비한 개인적인 준비가 철저하지 못했음은 인정했다. 전 죽음의 문턱에서 살아났어요. 꼼짝없이 죽는 게 이상하지 않을 상황이었어요. 멋진 Y시 소방대 덕분이지요. 그녀는 따끔거리는 통증과 함께 왼쪽 귀로 들었던 소방대원의 고함 소리를 중얼거렸다. "자, 이제 나갑시다."

그 목소리가 저를 살려주었어요. 그녀는 꿈꾸는 듯한 눈으로 말했고, 그때 머리카락이 앞뒤로 하늘거렸다. 사람들이 머리를 기를 땐 제각각 이유가 있지만, 그녀의 경우는 얼굴의 왼쪽 부위에 뚜렷이 남아 있는 화재의 흔적을 감추기 위해서였다. 제 잘못이 아니었지요, 다시 한 번 그녀가 말했다.

그녀는 왼쪽 귀가 없었다.

소방서에 도착한 건 5시가 조금 넘어서였다. 들르겠다고 말은 해놨지만 굳이 약속 시간을 정한 것이 아니었기 때문에 사무실에 있던 젊은 대원 한 명이 다가와 용건을 물었다. 변기자는 오늘 잠시 들르기로 한 기자라고 대답했다. 아, 하고 그 대원은 말했다. 아, 는 기다리고 있었습니다, 라는 말이었다.

그렇지만 정말 기다리고 있던 것은 아니었다. 아, 라고 말한 후 그 대원은 자리에 앉아 다시 제 일을 했다. 변기자는 마음 편하게 사무실을 둘러보았다. 다섯 명의 대원이 앉아 있는 Y시 소방서의 사무실은 그들의 제복만 아니었다면 무역 회사의 사무실이라고 생각해도 될 만큼 평범했다. 책상에는 Y시에 있는 건물들의 비상구 현황, 소화물품 비치 현황 등이 적혀 있는 서류가 가득 놓여 있었다. 어디에서도 이 소방대가 누리고 있는 신화적인 활약상의 흔적을 찾아볼 수 없었다.

삼십 분이 지날 무렵 한 무리의 대원들이 사무실로 돌아왔다. 전날 본 강서장도 함께였다. 그는 변기자를 보자마자 아, 하고 말했다. 아, 는 일찍 오셨군요, 라는 말이었다. 변기자는 관내의 소화 시설을 점검하고 온 서장과 악수를 나눈 뒤, 카메라 렌즈에서 뚜껑을 벗기고 여기저기 찍기 시작했다. 그런데, 하고 변기자가 말했다. 감사패나 상장을 대단히 많이 받은 걸로 아는데요.

"모두 저 캐비닛 안에 들어 있습니다." 서장이 말했다. "그런 걸 벽에 걸어놓으면 주의가 산만해지지요."

변기자는 고개를 끄덕였다. "그러면 캐비닛 안을 보여주시겠습니까? 어쨌든 사진은 찍어야 하니."

서장이 사물함을 열었다. 높이 2미터, 폭 1.5미터의 캐비닛은 각종 상장과 감사패, 트로피 등으로 가득 차 있었다. 이거 대단하군요, 하고 카메라 셔터를 누르며 변기자는 중얼거렸다.

모두 스물세 명이라고 했지만, 나머지는 모두 비번이었고 변기자와 함께 식사를 할 수 있는 대원은 여덟 명뿐이었다. 쥐새끼같이 옹골찬 체격의 서장을 제외하면 모두들 씨름 선수처럼 건장했다. 매우 위험한 승부를 일상적으로 치러내는 사람들은 본인이 의식하지 않아도 불길과 같은 강렬한 에너지를 뿜어낸다. 대원들의 체격과 그 안에서 이글거리는 에너지 때문에 변기자는 괜히 주눅이 들었다.

변기자는 직업상 '나라의 장래에 대해 이러쿵저러쿵 떠드는 자'나 '으슥한 밤에 골목에서 여자를 매우 때리는 자'들은 자주 보았지만 그렇게 많이 모여 있는 '불 끄는 자'들은 처음이었다. 그들은 익은 고기를 정말 잘 먹었다. 채 한 시간도 못 되어 변기자와 강서장을 포함해 열 명이 50인분의 돼지갈비를 먹어 치웠다. 버너의 화력이 좋았기 때문에 돼지갈비는 불판에 올려놓자마자 곧바로 익었다. 잘 익은 돼지갈비에서는 느끼한 노린내가 났다. 그들은 또한 소주도 마셨다. 변기자는 술을 많이는 못 마시지만 좋아했고, 그래서 금세 히죽히죽 웃기 시작했다. 취재는 잘되어가고 있나? 어느새 말을 놓은 강서장이 변기자에게 물었다. 그건 자신들을 다룬 특집 '의로운 사람들'에 칭찬이 잔뜩 들어갔냐는 질문이었다. 변기자는 그저 웃었다. 그런데 웃고 나서 보니, 사람들이 자신의 대답을 기다리고 있었다.

예, 뭐 차곡차곡 쌓아가고 있지요. 변기자는 대답했다. "오늘은 J아파트의 세탁소 주인을 만나서 인터뷰를 했습니다."

그건 잘한 대답이었다. 대원들은 그녀에 대해 좋은 기억을 가지고 있었다. 사나이들의 웃음이 터져나왔고 여기저기서 날카로운 소리를 내며 잔들이 부딪혔다. 변기자도 신이 났다. 하지만 그 바람에 해버린 변기자의 다음과 같은 말 때문에 갑자기 분위기가 어색해졌다.

"내일은 십자동의 진할머니와 이곳에 있는 동료 기자를 만날 예정입니다."

그리고 침묵. 침묵이란 누군가가 몹시 재수 없는 소리를 했을 때 함께 있던 사람들이 일제히 말을 하지 않음으로써 스스로 실수를 깨닫게 만드는 비교적 점잖은 방법의 하나이다.

 불 끄는 자들과 헤어진 변기자는 모텔에 돌아가기 위해 택시를
탔다. 변기자는 택시의 조수석에 앉았다. 쌀쌀한 가을 저녁을 택시
는 차창을 닫고 달렸다. 고기 드셨나 보네요?
 "아, 냄새가 나는군요."
 뭐 미안할 건 없수다, 하고 기사가 웃으며 대꾸했다. "갈빗집에
서 나왔는데 옷에서 고기 노린내 나는 건 당연하지요." 라디오에서
는 품위가 모자란 두 토론자가 서로를 살살 약올리고 있었다. 그
토론을 들으며 기사는 헤헤, 헤헤, 미터기 돌아가듯 일정하게 웃었
다. 그런데 고기를 먹으러 가기 전부터, 하고 변기자는 문득 생각
했다. '그들에게서 이런 냄새가 나지 않았던가?'

 술을 마셨기 때문에 한밤중에 깨지는 않았지만, 새벽에 일어나
보니 그야말로 얼어 죽기 직전이었다. 변기자는 싸늘한 전기장판
을 만져보았다. 냉기가 올라오는 온돌 바닥보다 나을 것이 하나도
없었다.
 변기자는 손으로 더듬어, 코드가 제대로 꽂혀 있는 것을 확인했
다. 아침에 전기면도기를 충전시켰기 때문에, 그렇다면 고장난 것
은 전기장판 쪽이 분명했다. Y는 이런 도시구나, 하고 생각했다.
담요보다도 차가운 전기장판의 도시.
 그런데 그 순간 전기장판에 대해 불평하고 있던 투숙객은 변기
자만이 아니었다. 1층에 두 사람, 2층에 세 사람, 그리고 변기자와
같은 3층에서도 두 사람이 마찬가지로 불평하고 있었다. 특히 1층
에 있던 투숙객 중 한 명은 그러잖아도 세상에 염증이 날 만큼 나

있었기에 파리 똥이 잔뜩 앉은 삼강오륜도 족자를 향해 마구 삿대질하며 욕설을 내뱉었다. 그러다 지친 그는 전원이 연결된 전기장판을 차곡차곡 접어 베고는 누웠다. 그건 몹시 위험한 짓이었다. 머지않아 그의 무책임한 대갈통 밑에서 푸르스름한 불꽃이 발생하고 말 터이기 때문이다.

진할머니의 집으로 가기 위해 변기자는 아침 일찍 버스를 타고 십자동으로 향했다. 십자동이 십자동인 이유는 네 개의 큰 건물이 당구장 표지처럼 네 방향에 자리 잡고 있기 때문이었다. 그 간격, 즉 여백에 십자동의 번지를 단 많은 집들이 빼곡하게 밀집해 있었다. 여백이 동네 이름이 된 경우는 흔하지 않기에 주민들의 자부심이 대단했다.

진할머니가 살고 있는 방은 3층 양옥의 지하 단칸방이었다. "원래는 저기 큰길 건너편에 살았지." 진할머니가 말했다. 그렇다, 진할머니는 원래 큰길 건너편에 살고 있었다. 그리고 불은 거기서 났다.

변기자는 세간이 별로 없는 방의 한가운데 어색하게 앉았다. "그 아이 얘기 들었어. 한쪽 팔뚝이 날아갔다지? 나쁜 놈들." 머리를 깨끗이 빗어 넘긴 진할머니는 어쩐지 화가 난 표정으로 변기자를 노려보며 말했다. 변기자는 문득 죄인이 된 기분이었다. 그녀가 하고 싶어하는 건 인터뷰가 아니라 심문이었다.

화교인 진할머니는 올해로 65세가 되었다. 그리고 화재는 그녀가 63세 때 일어났다. 그녀에게는 자신의 어머니가 화교라는 사실을 부끄럽게 여기는 사십대 초반의 아들이 있다. 그리고 사십대 초반의 아들에게는 이것저것 다 마음에 안 드는 십대 중반의 아들이 있다. 그러니 그녀에게는 십대 중반의 손자가 있는 셈이다. 그녀는 십대 중반의 손자를 무척 예뻐했다. 부담을 주기 싫어 한 블록 너머에서 따로 살림을 꾸렸지만, 가끔 놀러 오는 십대 중반의 손자를 보는 재미에 살았다. 그런데 그 십대 중반의 손자는 아뿔싸, 바삭바삭한 튀김을 좋아했다. 진할머니는 평소 담백한 음식을 좋아하는 편이었지만 십대 중반의 손자는 오로지 튀김이었다. 진할머니는 손자가 길거리에서 파는 지저분한 튀김 사먹는 꼴을 보느니 차라리 손수 만들어주기로 마음먹었다. 그렇다, 문제는 튀김에 있었다. 그놈의 튀김 때문에 진할머니는 죽는 날까지 가슴에 엉덩이를 붙이고 살아가는 신세가 된 것이다.

손자가 놀러 온다는 기별을 갑자기 받았기 때문에 진할머니는 마음이 급했다. 아직 오징어를 적당한 크기로 자르지 않았고, 튀김옷도 준비되지 않았던 것이다. 차근차근 순서대로 진행하다가는 시간에 맞출 수가 없었다. 진할머니는 우선 아끼는 중화 프라이팬에 식용유를 붓고 불을 댕겼다. 기름이 적당한 온도에 다다를 때까지 준비를 마칠 수 있으리라는 계산이었다.

하지만 그녀는 천수관음이 아니었다. 두 개뿐인 손으로 그 모든 일을 제시간에 맞추기는 애초에 불가능했다. 게다가 진할머니는 완벽주의자였다. 오징어의 크기와 튀김옷의 찰기가 딱 맞아떨어지지 않는다면 차라리 다 집어치우고 방구석에서 눈물이나 흘리는 쪽을 택했을 것이다. 20대 중반에 남편을 잃은 화교 진할머니는 험하게 몰아치는 이국의 격변기 속에서 자신의 아들을 그렇게 키워냈다. 이제 기름의 온도는 만주의 겨울도 튀겨낼 만큼 뜨거워져 있었다.

문제는 진할머니가 첫 튀김을 프라이팬 속으로 넣었을 때 발생했다. 처음에는 그저 튀김에 살짝 불이 붙은 정도였다. 하지만 진할머니는 덜컥 겁을 먹었다. 그것은 이것저것 맘에 들어 하지 않는, 곧 들이닥칠 손자의 성격과도 관계가 있었다. 진할머니는 앞뒤 재볼 것도 없이 물이 가득 담긴 바가지를 들어 프라이팬에 시원하게 부어버렸다.

　날카로운 소리와 함께 불붙은 기름이 사방으로 튀었고, 워낙에 좁은 주방이었기에 커튼, 마른행주 따위로 번져나갔다. 기름을 뒤집어쓴 진할머니는 격렬한 고통 속에서 꼼짝도 할 수 없었지만, 기름이 눈에는 튀지 않았기 때문에 불길이 조금씩 번지는 것과, 여느 때처럼 노크도 없이 손자가 들어오는 것과, 그 손자가 놀라는 것과, 문까지 닫고는 도망쳐버리는 것을 볼 수 있었다.

　진할머니는 온몸에 뒤집어쓴 끓는 기름보다 손자의 도망이 더 괴롭고 쓸쓸했다. 손자는 위험에 처한 할머니를 놔두고 도망치면서, 할머니로 하여금 자신의 인생을 되돌아보게 만들어주었다. 일본이 미국을 상대로 어떻게 한번 까불어볼까 고민하던 시절에 진할머니는 인천에서 수학 선생을 하고 있었다. 당시 진할머니는 원주율에서 일정한 규칙을 찾기 힘든 이유는 2차원적인 십진법의 딜레마임을, 14차원적인 749진법에 의하면 일정한 규칙을 찾을 수 있음을 밝혀냈다. 그러나 아무도 알아주지 않았다. 진할머니는 고향인 중국의 어느 천재보다 25년이나 앞서 충분히 큰 수들은 모두 소수와, 소수이거나 두 소수의 합인 수의 합으로 나타낼 수 있음을 증명해냈다. 그러나 아무도 알아주지 않았다. 진할머니는 또한 그 증명에서 출발하여 소수를 판정하는 꿈의 방정식을 만들어냈다. 순수하게 직관과 주판알만으로 이루어낸 업적이었지만, 이 역시 아무도 알아주지 않았다. 대신에 억양이 유별나다는 이유로 학교에서 해고되었다. 화가 치민 진할머니는 자신의 수학 노트와 교재를 학교의 교사용 화장실에 갖다 놓았고, 멍청한 교사들이 드나들 때마다 다섯 장이나 여섯 장씩 찢겨지도록 방치했다. 이러한 일화의 배경에는 다음과 같은 진실이 숨어 있다. 진할머니가 태어났을 때, 신의 마음속에는 문득 장난기가 발동했다. 진할머니에게 고난으로 가득 찬 삶과, 역사상 가장 위대한 천재 수학자로서의 영광을 동시에 준다는 계획을 세웠던 것이다. 그런데 진할머니가 학교에서 해고된 직후 보란 듯 수학을 포기해버렸기 때문에, 신은 내가 좀 짓궂었던 것일까 하고 자책해야 했다.

아무튼 수학을 버린 진할머니는 그후로 콩나물과 동태의 가격을 합하고 빼는 계산만 하며 살아왔다. 끓는 기름을 뒤집어쓴 진할머니의 머릿속에서는 이제 약 40년의 세월을 넘어 모든 종류의 수학적 매듭에 적용되는 다항식 정리가 무서운 속도로 계산되고 있었다. 홧김에 수학을 버린 건 일생일대의 실수였다. 진할머니는 평생 수학을 했어야 했다. 그랬다면 옷을 뚫고 피부로 파고드는 불붙은 기름과 그로 인해 지글지글 끓고 있는 가슴의 피하 지방을 느낄 필요가 없었을 것이다. 재미 없는 인생, 하고 진할머니는 간신히 중얼거렸다.

집으로 뛰어간 손자는 일찍 돌아온 이유에 대해 어머니의 추궁을 받았다. 손자는 겁이 많고 멍청했으며 또한 정직했다. 어머니는 즉시 소방서에 전화를 걸었다. Y시 소방대가 현장에 도착한 것은 진할머니가 끓는 기름을 뒤집어쓰고 나서 15분이나 지난 후였다. 커튼과 마른행주에 튄 불씨가 아직 살아 있기는 했지만 급격하게 번지는 불은 아니었다. 문을 박차고 안에 들어간 소방대원은 매캐한 연기 속에서 기름을 잔뜩 뒤집어쓴 채 쇼크로 몸을 덜덜 떨고 있는 진할머니를 발견했다.

진할머니와의 인터뷰 자료를 아무렇게나 서류 봉투에 구겨 넣은 변기자는 Y일보 기자를 만나기 위해 시립 체육관 쪽으로 가는 버스를 탔다. 버스로 목적지까지 이동하고, 적당한 정류장에 내려서 Y일보 사옥을 찾고, 그 안에 들어갈 때까지 변기자의 머리에서는 진할머니의 목소리가 떠나지 않았다. 변기자는 방금 전까지 진할머니가 대체 자신에게 무슨 말을 했는지 알 수 없었다. 아니, 무슨 말을 했는지는 알겠지만 그 말이 의미하는 바를 제대로 파악할 수가 없었다. 소방대원들을 고소하려 했던 이유가 무엇입니까, 하는 변기자의 질문에 진할머니는 분명 이렇게 대답했다.

"나는 정신을 잃지 않았어. 내 눈으로 똑똑히 다 보았어. 놈들은 내 가슴에 입을 대고는, 아무렇게나 물어뜯었어. 두 놈이었지. 그 두 놈이 내 가슴을 돼지갈비처럼 물어뜯었어. 나는 정신을 잃지 않았기 때문에 그걸 내려다보고 있었어."

"한 놈이 가슴을 물어뜯으며, 손으로 내 눈을 가리려고 했어. 그렇지만 난 손가락 틈으로 놈들의 허연 이빨을 다 봤지. 놈들은 게걸스럽게 내 살을 삼켰어. 꼼짝할 수 없었지만, 가슴은 이미 완전히 익어버려서 더 아프지도 않았지만, 어찌 됐든 간에 놈들이 내 가슴을 뜯어먹었어. 그건 사실이야."

"소송을 내려고 했지만 아무도 내 말을 믿지 않았어. 심지어는 새파랗게 젊은 법원 서기까지 나를 조롱했어. 다 한통속이야. 나쁜 놈들. 이래뵈도 나는 고등학교 선생이었어. 그깟 작은 불에서 사람을 구해내면서 가슴을 이렇게나 많이 도려내버렸어. 나쁜 놈들."

그리고 진할머니는 만류할 틈도 없이 웃옷을 열어 가슴을 드러 냈다. 군데군데 끓는 기름이 튀어 생긴 조그만 구멍 모양의 화상이 보였고, 유방이 있어야 할 자리에는 피부를 이식한 번들거리는 자 국만이 덩그러니 남아 있었다.

휴, 하고 진할머니는 한숨을 내쉬고는 말했다. "내 나이는 이제 환갑도 훌쩍 넘었지만, 이왕이면 가슴이 있는 할머니로 살고 싶어. 가슴이 있던 자리에 엉덩이 살을 떼어다 붙이고는, 이게 뭐야. 이 건 가슴이 아니라 엉덩이잖아. 재미 없는 인생."

소방대원들이 왜 갑자기 입을 다물었는지 알 것 같다고, 무슨 이 유에서인지 또래의 여러 명에게 두들겨 맞고 있는 90대 초반의 노 인을 지나치며 변기자는 생각했다. 진할머니와의 인터뷰는 자신이 맡은 특집과 전혀 관계가 없었다. 진할머니의 말대로라면 Y시 소 방대 대원들은 '의로운 사람들'이 아니라 '인육을 즐기는 사람들' 이고, 그것은 『맛 따라 멋 따라』 같은 잡지에나 실려야 할 특집이 었다. 상상력이 풍부하지 못한 변기자로서는 피해자의 화상 입은 부위에 승냥이처럼 달려들어 물어뜯는 소방대원들의 모습을 떠올 리기가 힘들었다. 하지만 진할머니와의 인터뷰를 마치고 나자, 변 기자는 속이 울렁거리는 것을 느꼈다. 진할머니에게서는 냄새가 났다. 후각과 미각이 유난히 발달한 변기자는, 약 냄새와 희미하게 섞여 있는 그 냄새가 어제 소방대원들의 옷에서 나던 냄새와 동일 하다는 사실을 깨달았다. 세월이 흘러도 좀처럼 지워지지 않는, 그 것은 바로 동물성 단백질이 탈 때 나는 냄새였다.

Y일보 건물은 작지만 깨끗했다. 부근에서 흔히 볼 수 있는 아담 한 2층짜리 건물이었는데 전면에 Y일보라고 씌어진 큼지막한 간

198

판을 달고 있었다. 만나기로 한 주기자는 그 건물의 지하 다방에 앉아 있었다. 둘은 동갑에 구면이었다. 주기자가 전에 서울의 유명한 신문사에 근무할 때 몇 차례 만난 적이 있었다. 당시 주기자는 한 권력 실세의 화려한 오입질에 대한 심층 기사를 준비하고 있었고, 그 때문에 괴한에게 두들겨 맞았으며 기사는 실리지 못했고 신문사에서 해고되었다. 기사가 실리지 못한 건 그 기사에 품위가 없다는 이유에서였고, 해고된 건 쓸데없는 일에 매달리느라 기사를 작성해내지 못했다는 이유에서였다. 두들겨 맞아야 하는 이유는 괴한이 알려주지 않았다. 괴한은 말이 없는 성격이었다.

주기자에게는 그러한 과거가 있었다. 이제 Y에서 자신의 그러한 과거를 잘 알고 있는 사람을 보자 옛 상처가 아려왔다. 하지만 같은 이유에서 변기자에게 같은 직업에 종사하는 동료 이상의 정을 느꼈다. 취재는 잘돼가? 주기자가 물었다. 변기자는 뭐 그렇지, 하고 대답했다. 둘은 희미하게 미소 지으며 서로의 눈을 들여다보았다.

"이것들이 필요할 거라고 생각했지. 지난 5년간 Y에서 일어난 화재에 대한 기록들이야. 보고서, 그리고 우리 신문사의 보도 자료들. 사진도 있어." 주기자가 두툼한 서류 봉투를 내놓으며 말했다. "나도 한때 관심 가진 적이 있기 때문에 이렇게 자료를 모아놓았어. 무언가 기삿거리가 되겠다는 냄새가 났지. 자네 생각은 어때?"

변기자는 주기자가 준 서류 봉투를 살피면서 동의의 표시로 고개를 끄덕였다.

"불은 희생자들의 몸에 자신의 권능을 문신으로 남기는 법이지. 보다 심한 경우에는 연기로 사람을 죽이기도 하고. 하지만 이 도시에서처럼, 희생자의 신체 일부를 앗아가는 경우는 흔하지 않아.

자네도 잘 알겠지만, 화재에서 팔이 떨어지고 다리가 떨어지고 귀나 가슴이 떨어져 나가는 경우는 몹시 드문 일이거든. 그러나 이곳 Y에서는, 그런 일이 매우 빈번하게 발생하고 있어. 물론 그 떨어져나간 부위들이 심한 화상을 입고 있었다는 공통점은 있지. 말하자면 쉽게 떨어질 만한 상태였다는 거야. 어차피 대부분의 경우, 화재 진압의 북새통 속에서 떨어져 나가지 않았더라도 병원에서 도려냈겠지."

그렇다면, 하고 변기자가 목소리를 낮추며 말했다.

"역시, 어설픈 영웅 흉내를 내고 있다는 건가."

암을 발견했을 때, 의사가 대처하는 방법은 두 가지이다. 어떤 의사는 암세포가 명백히 발견되는 특정 부위만을 제거한다. 환자의 몸에 최소의 상처를 남기지만 또 다른 부위에서 암세포가 자라날 수 있다. 반면 어떤 의사는 암세포가 전이되었을 가능성이 있는 모든 부위를 뭉텅 도려내버린다. 이 경우 환자의 몸에서 더 이상 암세포가 발견되기는 힘들지만, 졸지에 인조인간 신세가 되어버린다.

변기자는 암세포에 대응하는 두 의사의 경우를 생각하며 말했다. "이곳 소방대원들은 목숨을 구하는 데 혈안이 된 나머지, 피해자들을 밖으로 데리고 나오는 데 충분한 주의를 기울이지 않았던 거야. 그러한 과정에서 화상으로 약해진 신체의 일부가 파손되는 경우도 잦았던 거고. 하지만 피해자들은 이에 대해 항의를 할 수가 없었지. 왜냐하면 그들은 목숨이 위태로운 상황에 처해 있었고, 다름아닌 소방대원들이 구해주었거든. 소방대원들이 생명의 은인임은 틀림없다, 이 말씀이지." 변기자는 이렇게 덧붙였다. "좋지 않아. 이건 도덕적으로 큰 문제가 될 수 있어."

그렇게 말할 줄 알았어, 하고 주기자가 히죽 웃으며 말했다. "Y
시 소방대원들에게 수많은 상을 안겨준 건 그들의 뛰어난 인명 구
조율 때문이지. 그들은 그 명예를 위해 움직이는 맛을 알았고, 때
문에 사람의 팔이나 다리 같은 건 그다지 신경 쓰지 않는 것이고.
그들의 목표는 오로지 사람의 목숨이다, 라는 것이지. 목표가 단순
하기 때문에 때로는 피해자를 거칠게 구해내기도 하고. 그래서 조
금이라도 위험한 상황이 발생하면 과잉 진압 행위가 생기는 거지.
간단해." 주기자는 탁탁 소리 나게 박수를 쳤다. "아주 간단해."

"뭐야……" 잠시 머뭇거리던 변기자가 물었다. "그게 아니라는
말이지? 자네가 생각하는 걸 말해줘."

"아마, 내가 생각하고 있는 걸 말하면 터무니없다고 웃어버릴
걸?" 주기자가 여전히 웃으며 말했다. 말없는 성격의 괴한에게 신
나게 두들겨 맞기 전에도 주기자는 이렇게 얄밉게 웃었었다.

변기자는 주기자가 하고 있는, 되게 웃긴 생각이 무엇인지 고민
했지만 알 수 없었다. 여러 가지를 생각해봤지만 어느 하나 웃기지
않았다. 변기자는 유머 감각이 모자란 사람이었다.

"그래도 말해봐."

"그냥, 그냥 단순하게 한번 생각해봐. 그들은 왜 그 직업을 택했
을까. 사람은 흔히 세 가지 욕구에 의해서 움직인다고 하지. 식욕,
성욕, 그리고 명예욕이야. 식욕은 말 그대로 먹고자 하는 욕망이
고, 요즘 세상에서는 특히 먹을 걸 살 수 있는 돈을 의미해. 그들이
월급을 얼마나 받는 줄 알아? 안전한 장소에 틀어박혀 글이나 쓰
는 우리보다도 훨씬 적어. 식욕 다음에는 성욕이야. 자신과 닮은
아이를 낳고자 하는 욕망이지. 소방대원들은 만나봤나? 그 체격
좋고 신수 훤한 대원들 대부분이 노총각이야. 누가 오늘내일 죽을

수도 있는 남자의 아기를 갖고 싶겠어? 마지막으로 남들보다 잘나고 싶어하는, 으스대고 싶어하는 명예욕이야. 이건 먹고 성교하는 것이 모두 해결된 후에야 슬금슬금 고개를 드는 욕구지. 자네 말대로라면, 그들로 하여금 보수도 적고 근무 환경도 열악한 직업에 종사하게 만드는, 망설임 없이 불 속으로 뛰어들게 만드는 요인이 이 세 가지 중에서 제일 약한 명예욕이라는 거잖아. 글쎄, 그럴까?"

변기자는 아무런 대꾸도 할 수 없었다. 그건 변기자가 한 번도 생각해본 적이 없는 세계에 관한 질문이었다. 앞으로의 진로를 고민하는 평범한 고등학생에게 이렇게 말할 수 있을까? — 어떤 직업이 있어. 근무 시간은 길고 월급은 적지. 또 근무 중에 목숨을 잃을 수도 있어. 그래서 많은 여자들이 이 직업을 가진 사람과는 결혼하려 하지 않는단다. 하지만 사람들을 위험에서 구한다는 보람을 느낄 수는 있지. 너는 이 보람 있는 직업을 갖길 원하니?

변기자가 앞으로의 진로를 고민하는 평범한 고등학생이었을 때 그런 질문을 받았다면, 새파랗게 질려 다음과 같이 대답했을 것이다.

"경찰을 부르겠어요."

주기자의 말이 이어졌다. "난 아주 오래전부터 그 생각을 했어. 무언가 다른 게 있을 거라고. 제정신을 가진 사람이라면, 단지 명예와·보람을 위해 그런 일을 하지는 않아. 분명히 무언가 다른 게 있지. 강서장을 비롯해서 이 도시의 소방대원들은 여기 출신이 드물어. 대부분 멀리서 온 사람들이야. 어떻게 보면 오로지 불을 끄기 위해 전국에서 몰려드는 것 같단 말이야. 불 끄는 자들의 도시라고나 할까."

"그러니까, 그게 뭐라는 거야?" 변기자가 재촉했다.

"뭐라는 게 아니고, 이것저것 따져볼 때 내 생각에는 무언가 다른 게 있을지도 모른다는 거지."

"그래, 그 무언가 말이야. 과잉 구조가 아닌 이유, 그들이 소방대원이 된 이유, 그들이 Y시까지 흘러 들어와 소방대원이 된 이유." 변기자는 이렇게 덧붙였다. "자네가 생각하는 그 웃기는 이유."

"그건, 그건 어쩌면 명예욕보다 훨씬 강한 것이 아닐까?" 주기자가 말했다.

"명예욕보다 훨씬 강한 것?" 변기자가 되물었다.

"응. 명예욕보다 훨씬 강한 것, 사람을 움직이는 제일 강한 힘." 사뭇 심각해진 표정으로 주기자가 말했다. "자네 누구누구 만났지? 만난 사람들 중에서, 심한 화상을 입어서 병원에서 도려낸 피해자가 있었나?"

"있었지. 시립 병원의 꼬마. 그 꼬마의 팔은 병원에서 절단했어." 변기자가 대답했다.

"그렇지. 그 불타는 오락실에서 구출된 꼬마는 분명히 병원에서 팔을 절단했어. 하지만 그 전에 이미 뼈가 완전히 드러날 정도로 손상을 입었었어. 소방대원이 그 말은 하지 않았나?"

"아니." 힘없이 대답할 때 변기자의 머릿속은 핑 도는 것 같았다. 주기자의 말이 이어졌다. "화재 속에서 정신을 잃은 사람들은 대부분 신체의 일부가 떨어져 나갔어. 물론 그 부위가 불에 완전히 익어버리기는 했지만, 그래서 어차피 병원에 가더라도 잘라내야 할 곳들이었지만, 아무튼 화재 현장에서 나올 때 전부 이미 잘려 있었어. 어떻게 생각해? 최소한 그건 순수하게 불이 만들어낸 상처가 아니지."

"잠깐, 잠깐." 변기자는 손을 저으며 주기자의 말을 막았다. "자네, 지금 무슨 말을 하고 있는 거야. 그러니까 소방대원들이 화재 현장에 들어가서 피해자들의 상처 입은 부위를 물어뜯었다는 거야? 그들을 움직이는 힘이 식욕이라고?"

주기자는 웃음을 터뜨렸다. "어이 변기자. 난 그렇게 말한 적 없어. 그들이 피해자들의 살을 물어뜯었다고 한 적 없다고. 그냥 이상하지 않느냐 이거지." 그렇지만, 하고 주기자는 이렇게 덧붙였다. "그렇지만 말이야, 이런 생각은 해본 적이 있어. 만약 내가 혼자 힘으로는 도저히 빠져나갈 수 없는 불길 속에 갇혀 있을 때, 그들이 다가와 무언가를 원한다면, 혹은 조금이라도 원하는 눈치라면, 차라리 협상하는 게 낫지 않을까? 심한 화상을 입고 죽어갈 때, 그 완전히 익어버린 부위를 보여주며 꾀는 거. 여기 먹고 나 먼저 살려달라고 말이야."

주기자와 헤어져 모텔로 돌아오며, 변기자는 자꾸 옆구리에 낀 서류 봉투가 흘러내리는 것 같아 어깨를 으쓱하고는 위로 추켜올렸다. 몸에 힘이 하나도 없었다. 저녁을 먹을 시간이었지만 속이 메스꺼워 아무것도 들어갈 것 같지 않았다.

변기자는 그대로 자신의 방으로 들어왔다. 추웠다. 편한 옷으로 갈아입고는 담요를 몸에 둘둘 만 채로 주기자가 준 서류 봉투를 열어보았다. 수십 장의 사진과 각종 화재 보도, 소방서의 직위 체계, 현황 등 변기자가 필요로 하는 모든 서류들이 쏟아져 나왔다. 진작 이 서류 봉투를 손에 넣었더라면 변기자는 빌어먹을 Y시에 올 필요도 없었을 것이다.

사진에 먼저 눈길이 갔다. 불이 나는 장면과 불이 모두 진압되고

난 후의 건물, 그리고 피해자들의 사진이었다. 변기자는 피해자들의 사진에서 눈을 뗄 수가 없었다. 그중에서도 특히 충격적인 건, 지난 10년간 Y시에서 화재로 사망한 유일한 희생자의 사진이었다. 사체는 근육이 고온에 수축되어 어색한 복싱 자세를 취하고 있었다. 반듯이 눕힌 사체의 머리 부분이 좌측 상부에, 무릎 부분에서 조금 접힌 두 발이 나란히 우측 하부에 걸쳐 있는 구도였다. 화재가 대낮에 일어난 듯, 태양을 등지고 약 45도의 각도로 찍은 그 사진은 역겨울 정도로 선명했다. 불붙은 옷을 대충 벗겨낸 상태라서 시커멓게 탄 가슴이며 복부, 종아리 등이 군데군데 심하게 훼손되어 있는 것을 알아볼 수 있었다. 특히 오른쪽 귀와 그 아래 뺨은 뭉텅 잘려 나갔다.

이거 뭐야, 하고 변기자는 속으로 중얼거렸다. 아무리 보아도 정상적인 화재 사건의 희생자는 아니었다. 변기자의 머리에서 이루어진 표현을 빌리자면, 그 모습은 호랑이나 상어에게 여기저기 심하게 물어뜯긴 시체를 적당히 구워놓은 것 같았다.

변기자의 표현력은 그 정도였다.

다시 옷을 입고 사진들을 챙겨 밖으로 나온 것은 8시가 조금 넘은 시각이었다. 몸에 힘이 하나도 없었다. 일단은 배부터 채워야겠다고 생각하는데, 다행히 길 건너 허름한 중국 식당 하나가 눈에 띄었다. 변기자는 삐걱거리는 문을 열고 안으로 들어갔다.

변기자는 어릴 때부터 요리를 좋아했다. 특히 중국 요리를 진심으로 사랑해왔다. 스스로 화덕을 제어할 나이가 되면서부터는 정기적으로 요리에 몰두했다. 슬프거나 서러운 일이 있을 때 요리를 하면 기분이 풀리곤 했다. 변기자는 인간 사회를 둘러싸고 발생하는 대부분의 비극은 정성이 가득 담긴 요리로 정화할 수 있다고 믿었다. 그리고 변기자의 삶 속에서 요리는 실제로 그런 역할을 해왔다. 어쩌다 국어국문학과에 입학하게 됐지만, 나름대로 요리와 멀어지지 않기 위해 끊임없이 노력했다. 군대에 가기 전에는 중국 식당에서 아르바이트를 하기도 했다. 처음에는 배달을 나갔지만, 그가 가진 천재적인 미각과 후각을 눈치 챈 주인에 의해 주방에도 들어갈 수 있었다. 그곳에서 변기자는 끓이고, 볶고, 튀기고, 찌고, 삶는 많은 중국 요리 기법을 배웠다. 홀아비인 주인은 변기자가 자신의 뒤를 이어주길 바랐다. 변기자도 그러고 싶었다. 하지만 우주의 신비로운 작용, 즉 진정으로 원하는 것은 결코 이루어지지 않는다는 엄격한 법칙으로 인해 변기자는 아파해야 했다. 제대하고 대학에 복학한 변기자는 남들보다 뒤지지 않기 위해 열심히 공부했고, 지도 교수가 소개해준 잡지사에 취직했다. 화덕은 조금씩 녹이 슬어갔고, 맘씨 좋은 중국집 주인과의 연락도 서서히 끊겼다. 잡지사 기자로서의 1년은 요리를 사랑하는 변기자에 대한 너무함의 연속이었다. 형편없는 인스턴트 음식으로 허기를 속인 채 서울의 거리를 정신없이 걷다가도, 가끔은 걸음을 멈추어 슬프게 중얼거리곤 했다. "여기가 어디지? 나는 지금 무얼 하고 있지?" 그럴 때마다 변기자는 어리둥절한 눈으로 자신의 손을 들여다보았다. 손바닥에는 부드럽게 물에 불린 상어 지느러미나 녹말의 흔적 대신 시커먼 잉크 자국이 슬픈 지문처럼 묻어 있었다.

이제 Y시에서, 변기자는 볶음밥을 먹다 말고 숟가락을 내려놓았다. 그리고 손바닥을 들여다보며 중얼거렸다. "여기가 어디지? 나는 지금 무얼 하고 있지?" 개떡 같은 볶음밥에는 신선한 재료라고는 하나도 들어 있지 않았다. 변기자는 처참한 기분이 들었다.

이건 정당한 대우가 아니었다. 이 볶음밥의 요리사는 장사 이외에는 아랑곳하지 않는 빌어먹을 개새끼였다. 밖으로 나오기 전에 음식 값을 치른 건 순전히, 낯선 도시에서 경찰에 끌려가고 싶지 않았기 때문이었다.

변기자는 택시를 잡아타고 곧장 소방서로 향했다. 늦가을 해가 떨어진 지 오래이지만 소방서 주위는 환했다. 사무실에는 대여섯 명의 대원과 강서장이 제각기 책상에 앉아 있었다.

"아." 강서장이 변기자를 보고 일어나 알은체했다. 아, 는 이 시간에 자네가 웬일인가, 라는 말이었다. 변기자는 고개를 숙여 인사했다. 강서장은 무언가 볼일이 있어 찾아온 시민을 앞에 둔 공무원들이 그러하듯, 서류를 탁탁 소리 내며 정리했고 서랍을 열었다 닫았다. 그 사이사이 고개를 살짝 들어 어디 힘닿는 데까지 도와줄 테니 일단은 거기서 얌전히 기다리고 있으라는 표정으로 변기자를 보곤 했다.

"그래, 그 할망구는 만났나?" 속리산 관광 기념 볼펜을 어디에 놓아야 할지 망설이며 강서장이 말했다. "진할머니 말이야. 그 노망난 할머니." 강서장이 웃으며 말했다.

"궁금한 게 있어서 찾아왔습니다." 변기자는 강서장의 질문에 대한 답변 대신에 이렇게 말했다. 그리고 가지고 온 사진들을 강서장의 책상에 늘어놓았다. 두꺼운 유리가 깔려 있는 강서장의 책상에서 사진들은 이리저리 미끄러졌다. 변기자는 손가락을 이용해 사진들을 차례차례 정리했다. "제가 궁금한 건, 이 상처들이 어떻게 해서 생겼나 하는 겁니다. 여길 보면……"

변기자는 사진 중 하나를 가리키며 말했다. "이 사람의 등은 완전히 벗겨져 있습니다. 보고서에는, 떨어져내린 불붙은 합판 때문이라고 되어 있습니다. 하지만 아무리 불이 붙어 있다고 해도 그 합판은 채 1센티미터가 되지 않는 얇은 것이었습니다. 그 얇은 합판에 의해 이 사람의 등은 척추가 드러날 만큼 깊이 파였습니다."

"이 사람은 오른쪽 다리의 종아리가 주먹만큼 떨어져 나갔습니다. 4년 전 한 아파트의 지하 보일러실에서 일어난 작은 화재입니다. 화재가 발생하고 곧바로 스프링클러가 작동했기 때문에 큰 피해는 없었지요. 그런데 이 사람, 당시 보일러실 관리자였던 피해자는 바닥에 불이 번진 것을 알고 즉각 계단을 통해 지상으로 대피했습니다. 두 다리로 뛰어서 말입니다. 그리고 매캐한 연기에 정신을 잃은 것은 화재 현장에서 완전히 벗어난 지상, 계단 바로 옆이었습니다."

"이 사진은 도저히 납득이 가지 않습니다. 이 어린 소녀는 복강이 드러날 만큼 오른쪽 옆구리가 파였습니다. 하지만 이렇다 할 폭발도 없었던 데다가 불은 소녀의 가슴보다 위쪽인 가스스토브에서……"

변기자는 천천히 사진에서 손을 떼고 허리를 일으켰다. 조용히 입을 다물고, 다리를 약간 벌려 방어 자세를 취했다. 침을 꿀꺽 삼켰다. 아찔한 현기증이 몰려왔다. 도저히 마주 볼 수 없을 만큼 적개심에 이글거리는 눈이 자신을 노려보고 있었다.

"그래서?" 강서장이 그르렁거리는 목소리로 말했다. "돌려서 말하지 말고. 그래, 책임지라고?"

"아니 그게 아니고……"

"아니긴!" 강서장이 주먹으로 책상을 내리치며 버럭 소리를 질렀다. "미친 할망구한테 무슨 소리를 듣고는, 뭘 어쩌라는 거야!"

상황이 묘하게, 그것도 급작스럽게 뒤틀리고 있었다. 책상에 앉아 있던 소방대원들이 조용히 일어나 변기자의 주위로 몰려들었다. 좁은 소방서 사무실 안은 건장한 그들이 뿜어내는 적의로 인해 마치 불이 난 것처럼 화끈 달아올랐다. 변기자는 이 자리를 피해야겠다고 생각했지만 등조차 돌릴 수 없었다. 젊은 소방대원들의 위협적인 에너지는 그만큼 팽팽하게 날이 서 있었다.

강서장은 조용히 담배를 한 대 꺼내어 입에 물고 불을 댕겼다. 완벽한 침묵 속에서 강서장의 작은 행동 하나하나가 변기자에게는 선명하게 다가왔다. 소방대원 한 명이 강서장 책상에 있는 사진을 몇 장 주워들었다. 그리고 침묵의 균형을 깨며 중얼거렸다. "그래, 이 사람은 허벅지를 다쳤지. 이 사람은 목 아래 부분이 떨어져 나갔고." 그 낮고 조용한 목소리는 곧 야비하게 비아냥거리는 목소리로 변했다. "그래서? 이까짓 팔다리? 지금 우릴 추궁하는 거야? 그거 없어도 살아. 넌 그런 거 때문에 죽고 싶어? 이런 시팔! 완전히 익어버려서 어차피 병원 가도 잘라내야 할 상한 살을 아끼다 죽고 싶으냐고!"

변기자는 사진을 바닥에 집어던지며 벌컥 화를 내는 소방대원을 보았다. 강서장과 함께 시립 병원에 왔던 그 대원이었다. 오른쪽 팔이 떨어져 나간 소년을 향해 몸을 숙이며 포즈를 취하던, 바로 그 대원이었다. 그의 얼굴은 변기자를 향한 적개심과 경멸로 흉하게 일그러져 있었다. "아무튼 기자라는 새끼들은, 이 개새끼, 콱 물어뜯어버릴까 보다!" 변기자는 그의 입술 사이로 드러난 허연 이빨에 섬뜩함을 느꼈다. 야수의 그것처럼 길고 날카로운 송곳니였다.

"야, 그만 해." 강서장이 천천히 일어나며 말했다. 강서장의 명령이 떨어짐과 동시에 변기자는 자신을 둘러싼 숨 막히는 적대감이 조금쯤 풀리는 것을 느꼈다. 그러나 안도할 틈도 없이, 이번에는 그 빈자리로 강서장의 동물적인 카리스마가 틈입해왔다. 강서장은 책상을 돌아 변기자에게 다가왔다. 변기자는 아무 말도 할 수가 없었다. 피할 수도 없고, 눈을 돌릴 수도 없었다. 강서장이 지나치게 가까이 왔지만, 마치 단단한 벽을 등지고 서 있는 것처럼 조금도 물러설 수가 없었다.

탁!

강서장이 갑자기 왼손을 뻗어 변기자의 멱살을 낚아챘다. 뜻밖의 상황에 놀란 변기자가 낑낑거리며 두 손으로 강서장의 손을 풀어보려 했지만 완력으로는 상대가 되지 않았다. 숨이 막힐 정도는 아니었지만, 고개를 조금도 돌릴 수가 없었다. 그처럼 강서장은 강인한 왼손으로 변기자의 멱살을 잡은 채, 오른손에 들고 있던 불붙은 담배를 손바닥으로 질끈 감싸 쥐고는 변기자의 코에 갖다댔다. 확, 역겨운 노린내가 번졌다. 이 냄새 어떤가, 하고 강서장이 침울한 목소리로 중얼거렸다.

"이게, 이게 바로 사람 살을 지지는 냄새다. 환장할 만큼 좋지 않나? 그런데 이보다 더 좋은 냄새가 있다. 바로 화염이 사람의 피부를 넘실대는 냄새, 저 빨갛고 파란 불의 혀가 옷을 태우고, 그 안쪽의 연한 살을 야들야들하게 구워버리는 냄새다. 언젠가 기회가 생긴다면, 이게 바로 Y시의 소방서장이 말한 냄새구나 하고 기억해라. 그때쯤이면 이미 넌 죽어가고 있을 테지만."

모텔에 돌아온 변기자는 한동안 양복을 벗기는커녕 자리에 앉을 수도 없었다. 머릿속이 온통 헝클어져 숙소에서 밟아야 할 평범한

210

일상의 순서조차 까먹어버린 것이다. 몸이 덜덜 떨려왔다. 변기자는 잠시 방을 서성거렸다. 목을 왼쪽 오른쪽으로 움직여보았다. 휴, 하고 한숨을 내쉰 다음 약 5분 동안 헉헉거리며 아이처럼 울었다. 변기자는 분했다. 강서장에게 멱살을 잡혔기 때문이 아니었다. 변기자는 남에게 멱살을 잡힐 만한 사람이 아니지만, 설령 그런 일을 당한다 해도 어렵지 않게 극복할 사람이었다. 그가 소리 내어 운 건, 그가 정말로 분함을 느낀 건, 강서장 손바닥에서 흘러나온 냄새 때문이었다. 담뱃재에 의해 타들어가는 사람 피부의 냄새, 아직도 코끝에서 떨어질 줄 모르는 그 야릇한 냄새에 지독한 수치심을 느꼈기 때문이었다.

울음을 멈추고, 잠시 마음을 가라앉힌 후 변기자는 옷을 갈아입었다. 노트를 꺼내어 원고를 정리하려 했다. 그러나 도무지 기사의 방향을 잡을 수가 없었다. 차라리 Y시에 오지 않았다면 훨씬 잘 썼을 것이다. 이 암울하고 적막한 도시에서는 너무 많은 것이 제 길을 잃은 채 방황하고 있었다. 이런 경우는 처음이었다. 변기자는 이런 경우에 대비한 훈련이 전혀 되어 있지 않았다. 크게 심호흡을 한 후 꼬마, 세탁소 주인, 진할머니와의 인터뷰를 생각해보았다. T시에 살고 있는 친구와 Y일보 기자와의 만남을 되새겼고 강서장의 낮고 침울한 목소리를 떠올렸다. 그것들은 변기자의 임무와 의도, 목적과 완전히 어긋난 방향을 가리키고 있었다. 그들이 가리키는 방향으로 가야 할 것인지, 무시하고 애초에 정해져 있던 방향으로 가야 할 것인지 변기자는 가늠할 수가 없었다. 그러나 그는 기자였고, 누가 자기에게 생계비를 주는지 잘 알고 있었다. 어쨌든 펜을 들어 휘갈겨야 했다.

한 시간이 조금 지나 변기자는 펜을 내려놓고는 허공을 향해 한 숨쉬었다. 방이 너무 추웠기 때문에 변기자의 한숨은 입김의 형태를 띠었다. 정신없이 휘갈기고 난 후라 팔이 몹시 저려왔다. 오 분가량 누웠다가 일어난 변기자는 편한 옷으로 갈아입고, 차분하게 앉아 자신이 쓴 글을 읽어보았다. 일곱 페이지에 달하는 글은 대충 다음과 같은 내용이었다.

불은 인간의 역사다. 프로메테우스가 인간에게 불을 가져다준 이래 문명이 시작되었다. 인간은 불의 도움으로 혹독한 환경에 맞서 활동 영역을 넓혀나갔다. 불을 꺼뜨리는 것은 죄악이었고 영원히 꺼지지 않는 불은 동경의 대상이었다. 그러나 불은 동시에 저주였다. 파멸은 불과 상통한다. 불에서 신성을 본 인간들은 타락의 심판이 불과 함께 온다고 믿었다. 그리고 그 믿음은 매우 오랜 시간 지속되었다. 프로메테우스가 인간에게 저항의 의미를 알려준 자였다면, 불 끄는 사람들은 그 저항의 실천자들이다.

화재 현장에 투입되어 인명을 구조하는 것이 불 끄는 자들의 의무이다. 그 의무는 스스로 심각한 위험을 인식할 때를 제외하고는 무조건적이다. 부자와 가난한 자가 함께 불길 속에 있을 때, 누구를 먼저 구해야 하는가. 부자도 아니고 가난한 자도 아니다. 가까이 있는 사람을 먼저 구해야 한다. 그것이 의무이기 때문이다.

불 끄는 자들은 화재 현장에서 어떠한 이익도 취해서는 안 된다. 인명 구조와 조금이라도 상관이 없는 일을 할 때 누군가는 죽어가고 있을 것이다. 함무라비 법전에 의하면, 화재 현장에서 사소한 이익이라도 취한 자는 타오르는 불길 속으로 내던져졌다.

불길 속에서 사람들은 강렬한 생의 욕구를 느끼게 된다. 크게 화상을 입더라도 개의치 않는다. 대부분의 사람들에게 있어서, 살아남고자 하는 욕구는 살아남은 후에 어떻게 살아갈 수 있는가 하는 삶의 질에 선행한다. 그들은 목숨을 구해주는 대가로 무엇이든 주려고 할 것이다, 설령 그것이 자기 몸의 일부일지라도. 다만 아직 삶을 제대로 알지 못하는 어린아이나 삶을 너무 많이 알아버린 노인은 이런 경향에서 조금 벗어나 있다.

대부분의 화재에서 피해자들은 유독 가스에 의해 질식사한다. 중세에 벌어졌던 마녀 사냥의 피해자들은 불에 타 죽기 이전에 질식해서 죽은 것으로 추측된다. 드물게는 불길에 직접 노출되어 사망하기도 한다.

하지만 불의 아가리에는 이빨이 없다. 유독한 연기와 뜨거운 불길로 사람을 해칠 수 있지만 물어뜯지는 않는다. 소년은 불 끄는 자가 자신의 오른쪽 팔을 물어뜯었다고 했다. 유독 가스에 의한 환각이었다고 치부할 수 있다. 세탁소 주인은 오른쪽으로 돌아누웠고, 불 끄는 자가 왼쪽 귀에 대고 지르는 소리를 들었다. 완전히 익어버린 왼쪽 귀가 구조 과정에서 떨어져 나갔을 수 있다. 진할머니의 경우, 불길이 크게 번진 상황도 아니었고 가스에 중독이 된 상황도 아니었지만, 기름에 완전히 녹아버린 가슴이 웃옷을 벗길 때 함께 떨어져 나갔을 수 있다. 피해자들의 잃어버린 육체는, 강렬한 불길에 탄화된 것일 수도 있다. 하지만 정말 그럴까? 이 도시의 불은 목숨에 너그러운 대신 시커멓게 그슬린 살점에 지나친 탐욕을 부리고 있다.

  불 끄는 자들에게도 불 끄는 자로서의 삶이 있고, 꿈이 있고, 욕망
이 있다. 그들이 우리와 우리의 재산을 위해 불 속으로 몸을 던질 때,
그 보답으로 우리는 얼마나 지불하고 있는가. 우리는 불 끄는 자들에
게 불길 속으로 뛰어들라고 말한다. 그들은 당연하다는 듯 뛰어들지
만, 누구도 불 속으로 뛰어들기 위해 태어나지 않는다. 그들 역시 무
언가를 바라기 때문에 위험을 감수하는 것이다. 그렇다면 무엇을?

  변기자는 자신이 쓴 글을 읽어보고, 또 읽어보고는 한쪽 구석에
아무렇게나 던져버렸다. 그건 기사가 아니었다. 일관된 주제도, 내
용도, 사실도 없었다. 처음 잡지사에 입사해 기사 작성을 연습할
때도 최소한 이보다는 잘 썼다. 이런 건 변기자보다 약 7미터 아
래, 1층 104호에 투숙한 40대 후반의 무명 소설가나 쓸 글이었다.
사흘이나 면도를 하지 않아 지저분한 그는 최근 일주일 동안, 자신
이 계속 살아가야 할 이유를 찾으려 힘겹게 버둥거렸다. 하지만 단
하나의 이유도 찾아내지 못했다. 카프카의 작품을 읽던 아홉 살 소
년 시절부터 그는 소설가가 되기 위해 노력해왔다. 그리고 기쁠 때
나 슬플 때나 최선을 다해 써왔다. 결코 소설가로 대성할 수 없는
이름을 가지고 있었지만, 그러나 5톤 트럭 한 대 분량의 글을 써냈
으면서도 전혀 세간의 주목을 받지 못했던 이유는 오로지 이름 때
문만이 아니었다. 그에게는 소설가와는 어울리지 않는 순결한 신
념이 있었다. 그것은, 소설가로서 최악의 범죄인 표절을 방지하기
위해 타인의 글 따위는 절대로 읽지 않겠다는 신념이었다. 덕분에
그의 어휘는 250여 개에 지나지 않았다. 그건 세 살짜리 계집아이

의 수준이었다. 이제껏 그가 써온 5톤 트럭 한 대 분량의 글들은, 250여 개의 단어들로 조합할 수 있는 모든 문장의 경우를 완벽하게 보여주는 걸작이었다.

머릿속의 헝클어진 실타래를 풀어나가던 변기자는 뒤로 벌렁 누워 "에이 모르겠다" 하고 중얼거렸다. 누렇게 변색된 천장이 낮게 깔려 있어서, 발돋움하고 손을 뻗치면 쉽게 닿을 것 같았다. 그렇게 멍하니 누워 있던 변기자는 문득 졸음과 함께 가벼운 오한을 느꼈고, 그래서 여기저기 널려 있는 이불들을 발과 손을 이용해 끌어와 깔고 덮었다. 몇 분 지나지 않아 변기자는 아기처럼 잠이 들었다. 그리고 바로 그때, 1층의 불운한 무명 소설가는 마침내 쥐약을 꿀꺽 삼키고 자리에 누웠다. 자리에 눕자마자 그의 대갈통 내부와 외부에는 두 가지 현상이 동시에 일어났다. 독성이 강한 쥐약으로 인해 250여 개의 단어들이 빠른 속도로 줄어드는 현상은 그의 대갈통 내부에서 일어났다. 베개로 사용된 접혀진 전기장판에서 누적된 전기 저항이 고온의 불꽃을 발생시키는 현상은 그의 대갈통 외부에서 일어났다. 푸르스름한 불꽃은 처녀의 잠자리로 스며드는 음흉한 강간범처럼 장판의 비닐과 무명 소설가의 머리카락을 조금씩 태워나갔다. 그리고 그 여세를 몰아 이윽고 모텔 전체를 무대로 세력을 확장하기 시작했다.

큼지막한 중화 프라이팬을 잡은 변기자의 왼손은 불길이 솟아오르는 화덕 위를 능란하게 움직이는 중이었다. 인자하게 늙은 중국집 주인이 곁에서 흐뭇한 표정으로 참견하고 있었다. 변기자는 기뻤다. 오랫동안 소망해왔던 모습이었다. 변기자는 프라이팬 잡은 손아귀에 힘을 주었다. 이마와 등에 흐르는 땀은 오히려 유쾌했다.

불꽃이 신선한 재료 속에 숨겨진 맛을 기세 좋게 끌어내는 중이었다. 주위는 다양한 재료가 익어가며 나는 좋은 냄새로 가득 차 있었다. 화덕의 불길이 주변 공기를 태우는 소리에 가슴이 뛰었다. 멀리 돌아왔지만 결국 이렇게 주방에, 화덕 앞에 선 것이다. 화려한 요리들이 친구들, 부모님, 그리고 많은 사랑하는 사람들이 둘러앉은 식탁으로 옮겨졌다. 변기자는 부지런히 프라이팬을 놀리면서도, 수줍게 곁눈질로 그들의 식사를 훔쳐보았다. 코를 가까이 대어 향을 맡고, 오물거리며 조심스럽게 맛을 보고, 서로 눈빛을 교환하고, 이윽고 번져가는 만족스러운 미소. 변기자는 뺨을 타고 흐르는 눈물을 느꼈다. 잘 돌아왔어, 하고 변기자는 흐느끼면서 중얼거렸다. 잘 돌아왔어.

변기자는 가만히 눈을 떴다. 눈이 바늘에 찔린 것처럼 따끔거렸다. 조용했다. 그리고 어두웠다. 확실히 주방은 아니었다. 변기자는 어리둥절한 기분이었다. 잠에서 덜 깬 것인지 무엇인가에 취한 것인지 알 수 없었다. 밤인지 낮인지도 알 수 없었다. 확실한 건 바닥에 꽁꽁 묶인 듯 좀처럼 몸을 움직이기 힘들다는 느낌뿐이었다. 합성수지가 타는 고약한 냄새와 더불어 잉잉거리는 강렬한 에너지가 주위에 가득 차 있었다. 조용했다. 그리고 어두웠다. 소리와 빛을 내는 모든 것들이 이상한 형태로 뒤엉켜 바닥에 깔려 있었다. 변기자는 몸을 옆으로 굴려 간신히 일어났다. 눈알이 빠져 달아날 것 같았고, 머리도 깨질 듯 아팠다. 무슨 일이 벌어지고 있는 것인지 알 수가 없었다. 조용했다. 그리고 어두웠다. 세상의 모든 전기가 나가버린 것 같았다. 휘청거리며 낯선 빛이 아른거리는 창가로 다가갔다. 손을 들어 커튼을 잡고는, 한쪽으로 걷어 젖혔다.

그 순간 강렬한 폭발음과 함께 유리가 깨지며 화염이 안으로 쏟아져 들어왔다. 변기자는 자잘한 유리 파편에 피투성이가 된 채 쓰러졌다. 조금 전까지만 해도 바닥에 낮게 깔려 있던 온갖 종류의 소음이 떠올라 사방을 가득 메웠다. 변기자의 입술은 너무 많은 외침을 한꺼번에 쏟아내려는 양 심하게 경련을 일으켰다. 창문을 통해 거대한 불길이 폭풍처럼 밀어닥쳤다. 쉴새없이 날름대는 그것은 마치 탐욕스런 야수의 거대한 혀 같았다. 커튼을 순식간에 태우고 텔레비전의 검은 플라스틱 케이스를 광부의 가래침처럼 만들어버렸다. 방에 아무렇게나 흩어져 있는 이불에도 연기가 나면서 불이 붙기 시작했다. 다행히도 화염이 대부분의 연기를 창 밖으로 몰아내고 있었다.

변기자는 개처럼 기어 현관으로 갔다. 간신히 손잡이를 잡아 돌렸지만 문은 열리지 않았다. 온 힘을 다해 밀어도 꿈쩍하지 않았다. 전신에 다발적으로 일어난 출혈과 객실을 흐르는 유독한 연기는 변기자의 사고를 부분적으로 마비시켰고, 그래서 변기자는 문을 열려면 밀어야 할지 당겨야 할지조차 제대로 판단할 수가 없었다. 변기자는 현관에 주저앉은 채, 상처 입은 짐승처럼 낮게 울었다. 그리고 손톱이 모두 빠져버릴 때까지 문이며 벽을 때리고 긁어댔다. 번져오는 불길만큼 밖으로 나가고자 하는 변기자의 노력 역시 집요했지만, 그러나 현관문마저 연기를 뿜어내며 조금씩 비틀어지기 시작하자 넘어지듯 뒤로 몸을 던졌다. 그리고 멍하니 누워 눈을 끔뻑거렸다. 이제는 할 수 있는 일이 없었다. 부산의 어느 소각장에서 펄럭이며 타버린 그 자신의 연두색 수첩처럼 무기력할 뿐이었다.

변기자는 바지에도 불이 붙은 것을 보았다. 왼쪽 다리 부분에 붙은 불은 천과 살을 함께 태우고 있었다. 하지만 불을 끌 엄두가 나지 않았다. 몸을 옆으로 굴릴 힘조차 없었다. 바싹 타서 금이 간 피부 사이로 끓는 기름 형태의 노란 지방질이 흘러나왔고, 불붙은 천에 흡수되어 불과 함께 연소되었다. 근육이 익어가면서 왼쪽 다리가 안쪽으로 천천히 오그라들었다. 그것은 더 이상 다리가 아니었다. 그것은 단지 완전히 익은 고깃덩어리에 불과했다. 이제 모든 벽에서 불길이 솟아났다. 불은 변기자를 둘러싸고 순간순간 포위를 좁혀왔다. 입 안에 무언가가 가득 찬 듯한 느낌에 숨도 쉬기 힘들었다. 터질 것 같은 눈으로 변기자는 이 무자비하고 냉혹한 요리사를 멍하니 바라보았다.

갑자기 현관문이 세로로 박살나며 불꽃이 튀었다. 그 사이로 누군가가 사방에 흰 가루 같은 것을 뿜으며 뛰쳐 들어왔다. 잔뜩 검댕이 묻었다 하더라도 주황색 제복과 쥐새끼처럼 옹골찬 체격으로 보아 누구인지 짐작할 법도 하건만, 변기자는 그를 알아보지 못했다. 아니, 사람인지 쥐새끼인지조차 분간할 수 없었다. 그는 변기자를 보자마자 고래고래 소리 질렀다. 뭐라고 소리치는지 역시 알아들을 수가 없었다. 하지만 맹렬한 불길을 헤집으며 어떻게든 자신에게 접근하기 위해 미친 듯이 발악하는 것만은 분명히 알 수 있었다. 변기자는 조금씩 희미해져가는 의식을 붙잡으려 버둥댔다. 머릿속에서는 단 하나의 생각만이 공기를 만난 핏방울처럼 응고되었다. 그것을 표현하기 위해 변기자는 손가락을 움직였다. 경련과 같은 필사적인 움직임 속에서 차츰 어떤 형상이 갖춰졌다.

불 끄는 자가 가까이 달려갔을 때, 막 숨이 끊어진 변기자의 손가락은 시커멓게 탄 자신의 왼쪽 다리를 가리키고 있었다.

[『문학인』, 2003년]

악몽의 탈주와 혼돈의 수사학

──박형서의 소설

우찬제

1. 퍼즐과 이야기장

　박형서의 소설은 아주 특이하다. 어떤 때는 1,200조각짜리 고난이도의 퍼즐을 떠오르게 하고, 또 어떤 때는 12조각짜리 저난이도의 퍼즐처럼 싱겁다는 생각이 들기도 한다. 가령 넓은 바다나 광활한 하늘 풍경의 퍼즐은 대단히 어려운 수고를 요하는데, 박형서의 야심작은 그런 경우에 속한다. 왜 그런가. 그의 상상력이 보이는 세상의 재현 대상에서 비롯되는 게 아니기 때문이다. 그의 의식과 시선은 나날의 삶의 구체적 세목을 관찰하지만, 그것은 무의식적 적층을 위한 예비 작업으로서만 의미를 지닌다. 그의 상상력과 이야기는 무의식의 혼돈스런 지대, 바로 꿈의 지대에서 비롯된다. 그것도 악몽, 차라리 지독한 악몽에서 박형서의 상상적 탈주는 시작된다. 단지 꿈과 현실, 무의식과 의식, 혹은 환상과 현실이 날 선 채로 충돌하는 것도 아니다. 꿈과 꿈, 꿈속의 꿈들이 얽히고설킨 상태에서 충돌하고 부유하거나 산화된다. 그러므로 박형서의 이야기장(場) 안에서는 당연하게도 이야기의 선조적 연속성은 대체로 보장되지 않는다. 한 줄 한 줄 차례대로 읽어나가다가는 길을 잃은/잊은 독자가 되기 십상이다. 사건이나 행동의 인과론도 어지간히 해체되어 있다. 우연의 동기화 전략이나 새로운 가능 세계에 대한 낯선 탐색 전략에 의해 기존의 서사적 핍진성이나 현실적 개연성은 파문의 상태에 가깝게 방치된다.

박형서의 인물들은, 이유는 불분명하지만, 대체로 현실에서 철저하게 절망한 자들이다. 「물 한 모금」의 양파는 '물 한 모금' 마실 몇 초 정도 늦는 바람에 공들여 만든 작품이 특허를 받지 못한 채 "형편없는 모조품"으로 전락되는 비극을 겪게 된다. 「하나, 둘, 셋」에서는 "불완전한 몸으로 태어났으니 애초에 내 몫의 선택이란 없었다"라고 진술되는 인물의 초상이 제시된다. 「토끼를 기르기 전에 알아두어야 할 것들」에 나오는 아내는 토끼의 죽음에 절망하여 토끼처럼 죽어간다. 「이쪽과 저쪽」에서는 사소한 우연 때문에, 무의식중에, 살인자가 되고 마는 인물이 나오는가 하면, 「불 끄는 자들의 도시」에서는 식인육적 카니발리즘이 화염처럼 자행된다. 사정이 이러한 까닭에 「사막에서」처럼 대부분의 인물들은 정처 모를 사막에서의 방황을, 악몽처럼 겪어내지 않으면 안 된다. 그들은 대체로 지독한 악몽을 체험하면서 현실에 대한 복수 욕망을 추동하거나 타나토스 충동을 보인다. 혼돈을 즐기면서 혼돈스런 현실을 더욱 혼돈스럽게 교란하고자 하는 수사 전략을 지닌 작가가 바로 박형서다. 그가 보이는 묵시록적 상상력이나 타나토스에의 충동은 지금, 여기의 현주소를 나름대로 진단하는 임상학적 성격도 지닌다. 작가 박형서는 끊임없는 탈주 전략을 통해, 산문 정신이 훼손된 불안한 우리 시대를 불안하게 증거한다. 매우 서늘하면서도 불길한 상상력의 일환이 아닐 수 없다.

2. 사막의 백일몽과 백일몽의 사막

「사막에서」는 이미 표제가 많은 것을 암시하는 것처럼, 우리 현실이 사막처럼 불모성의 생존 장(場)이 되고 있다는 불길한 조짐을 이야기장 곳곳에 매설해놓고 있는 작품이다. 복수(複數)의 꿈들이 복수(復讐)하듯 이야기를 교란하는 형국이어서 매우 복잡하고 모호하기 짝이 없는 작품이지만, 그래도 다음과 같은 본문을 통해, 우리는 이 소설의 기본적 서사 상황을 유추해볼 수 있다.

사막은 끝없이 탐욕을 부리며 더더욱 많은 것을 집어삼켰다. 더이상 견디지 못할 만큼 비대해졌으며, 한없이 질량을 키워나갔다. 내 앎과, 내 느낌과, 빼앗기기가 죽기보다 싫었던 모든 것들. 그들은 사막에 갇혀 소리 죽여 울었고, 때가 되자 하나씩 소멸해갔다. 절대 벗어날 수 없는 것들에서 벗어나기 위해 필요한 것은 사막을 닮은 망각뿐이었다. 나는 너무 늦지 않게 이를 깨달았고, 어떻게든 순응하기 위해 애쓰며 살아왔다. 그러던 먼 훗날의 어느 밤, 나는 꿈을 꾸었다.

여기서 사막은 내가 대면한 세계의 상징이다. 마치 자본주의 체제 자체가 그러하듯 사막은 끝없는 탐욕으로 더더욱 많은 것들을 삼켜버린다. 그러니 사막과의 대결에서 나는 "빼앗기기가 죽기보다 싫었던 모든 것들"까지 빼앗기며, 소진되고, 소멸된다. 사막은 시커먼 아가리이고, 나는 삼켜진 것들을 망각하는 방어기제만을 발동시킬 따름이다. 그런 사막-세계와의 처절한 대결이 나를 꿈의 세계로 유인한다. 물론 악몽의 세계로 말이다. 그의 악몽은, 그러나 그가 가급적 피하고 싶었던 과거 현실에서의 악몽이 되풀이되는 형국으로 유영한다. 꿈의 주요 표상으로 제시되는 세목들, 이를테면 "이름마저 잊혀진 고양이, 우습게 죽어버린 아버지가 그곳에 있었다. 병상에서 보낸 여섯 해의 내 젊음, 아득히 먼 곳으로 가버린 원주의 옛집, 이국의 보석처럼 끝없이 무엇인가 이글거리는 아우의 검은 눈동자" 따위가 "마치 사막이라는 오르골에 매달려 빙글 도는 꼭두각시"처럼 악몽으로 현현된다. 이런 나의 꿈은 과거의 악몽 같은 현실에 대한 반사몽(反射夢)의 성격을 지니면서, 동시에 샤갈의 그림을 통해 꿈의 세계로 입사하는 접속몽(接續夢)의 성격도 지닌다. 곧 나의 사막은 나의 사막이기도 하면서 곧 샤갈이 만들어낸 사막이기도 하다.

또 다른 사막이, 또 다른 악몽이 있다. "노란 히아신스를 좋아하던 여인", 내게 "그녀의 머릿속을 가득 채운 기이할 정도로 정교한 톱니바퀴"를 보여주었던 광인(狂人), "기이한 굴곡과 형용할 수 없이 진한 보랏빛의 황혼으로 꿈틀거리는 한 광인의 뇌 속"에서 펼쳐지는 사막이 그것이다. 이는 "완전히 차원이 다른 어느 저주받은 여인의 사막"이다. 그 "보랏빛 톱니바퀴의 사막"에서는 네 명의 사내가 정처 없이 걷다가 차츰 한 명, 한 명씩 떨어져나가는 이야기가 전개된다.

조금도 벗어날 수는 없어. 낙타는 그렇게 말하고 있었다. 그 낙타로서도 전혀 짐작할 수 없는 보랏빛 사막을 방황하는 네 명의 사내가 여전히 있다. 그들은 심히 지쳤음에도 이상하게 갈등과 허기를 느끼지 못했다. 이봐, 어떻게 된 거지? 한 사내가 드디어 입을 열어 말하자, 모두들 그의 용기를 칭찬했다. 실은 아무도 모르지, 하고 제법 앞장서서 씩씩하게 걷던 사내가 말했다. 이 보랏빛 사막에서 우리는 대체 무엇을 하고 있는지, 왜 여기 있는지, 아니 우리가 누구인지조차 모르고 있단 말이야. 그럼에도 불구하고 우리는 각각 완벽한 하나의 인격체이고. 이런 것이 세상에 가능이나 할까? 야트막한 벽하나 없는 사막은 인간을 가두기에 지상에서 가장 완벽한 감옥이다.

따온 부분에서 낙타는 나의 사막, 나의 꿈 속에 등장하는 상상적 존재다. 나의 사막 이야기가 전개되다가 슬그머니, 낙타를 매개로 하여 보랏빛 톱니바퀴의 사막으로 옮겨간다. 그러니까 보랏빛 광인의 사막/악몽은 나의 사막 속의 사막이요, 나의 꿈 속의 꿈[夢中夢]의 성격을 지닌다고 볼 수도 있다. 나의 사막 이야기의 실감보다 광인의 사막 이야기가 더 아슴아슴하게 느껴지는 것은 그 때문인지도 모른다. 그 깊은 꿈속에서, 혹은 사막 속의 사막에서 사내들은 도대체 자기가 누구인지, 무엇을 하고 있는지, 왜 거기 있는지, 어디로 가고 있는지, 어디로 가야 할지 등등을 도무지 알지 못한다. "야트막한 벽 하나" 없음에도 불구하고, 역설적으로 사막은 "지상에서 가장 완벽한 감옥"이기 때문일까. 어쨌든 "위치의 불확정성과 운동량의 불확정성의 곱"의 운동이 교란하는 가운데, 사내들은 한 명, 한 명 떨어져나간다. 그리고 그 존재들은 사막의 보랏빛 톱니바퀴 속에 완전히 묻혀버리고 만다. 그러니까 그 "각각 완벽한 하나의 인격체"였던 사내들은 넷이면서 동시에 하나였고, 하나이면서 넷이거나 그 이상인 존재태였다. 마치 나의 사막에서 내가 그림자를 지닌 육체와 그림자 없는 영혼으로 분열되어 서로 희화적인 시선과 응시를 교환하는 것과 같은 양상이다. 넷이었던 존재들이 서서히 무화되는 이야기를 혼돈스럽게 전개하던 작가는 이렇게 질문한다. "보랏빛 사막을 걷고 있던 마지막 사내는 어찌 된 것일까. 기이한 굴곡과 형용할 수 없이 진한 보랏빛의 황혼으로 꿈틀거리는 한 광인의 뇌 속을 영원히 방랑하는 것이 자신의 운명이리라 여겼던 그는, 이 많은 사연을 부둥켜안고서 도대체 어디로 간 것일까." 사막에서의 영원한 방랑자의 운명에 대한 탐색의 방식은 그러나 사막의 위력 때문에 제대로 전개되기 곤란하다. 질문은 뚜렷한데 대답은 보랏빛 사막에 갇혀버린다.

위대한 황제가 죽어버린 사막을 아직도 항해하고 있을 것인가, 아니면 그 무슨 요사스런 병균이라도 되어 이미 죽어버린 광인 대신 나에게로 옮아온 것인가. 이도 저도 아니라면 혹시 그 광인의 죽음과 더불어, 그 영혼의 소멸과 더불어 애초 그랬던 것처럼 무의 형태로 돌아간 것은 아닐지. 하지만 이미 저 광활한 사막에 뿌리를 내리고 방랑자들의 습기 섞인 한숨과 보랏빛 잔광을 흡수해가며 끈질기게 존재하던 욕망과 기억과 형상이 이제 와 어떻게 모든 것을 부유하는 모래의 안개 속에 묻어버린 채 온전히 무로 돌아갈 수 있단 말인가?

사막에서의 영원한 방랑자의 운명에 대한 탐색의 열정은 발본적이지만, 결국 질문의 형식으로 소설은 끝나고 만다. 그럼에도 무화될 운명과, 무화될 수 없는 "욕망과 기억과 형상" 사이의 날카로운 대립은 대단히 문제적이다. 무화될 운명을 거스르는 "욕망과 기억과 형상"으로 인해 인간은 거듭 "깊은 꿈의 경계를 향해 걷"게 되는 것이다. 달리 말한다면 그것은 꿈의 형식을 빌리지 않고서는, 현실에서 실재화되기 곤란한 것이다. 말하자면 도저히 실재계에 가 닿을 수 없는 운명이다. 그러니 사막의 악몽에서 어찌 벗어날 수 있겠는가. 이렇게 박형서의 「사막에서」는 현존 인간의 존재론을, 그 보랏빛 사막의 존재론을, 그 보랏빛 톱니바퀴의 존재론을 악몽의 형식으로, 단락 나누기의 휴지조차 멀리한 채 전체를 한 단락으로 한 숨막히는 방식으로 탐문한 텍스트다. 무화될 운명을 거스르는 욕망의 에너지를, 사막에서의 불안한 기운으로 그려낸 작품이다. 그리고 이런 탐문의 방식과 태도는 정도를 달리 함에도 불구하고, 그의 소설적 인식의 근간이 되는 게 아닐까 싶다.

박형서의 소설에 등장하는 악몽은 대체로 일종의 순교자형 백일몽의 성격을 지닌다. 사막과도 같은 현실은 주체로 하여금 욕망의 실현을 강력하게 저지하게 마련인데, 이때 주체는 그 저지 상황에서 벗어나기 위해 꿈의 세계로 이사하는 경우가 있다. 꿈을 통해 실패와 무능, 고난에 처한 주인공과 자기를 동일시하거나, 그 실패와 곤란을 과장함으로써 자신의 존재 가치를 확보하려는 백일몽의 세계로 말이다. 「사막에서」의 경우도 그렇거니와 「하나, 둘, 셋」에서도 그런 양상이 현저하다. "증오와 고통보다 강한 것은 두려움이었다. 몽환처럼 강이 나타나고 허공으로 돌아갔다"며 몽환의 세계를 강조하고, 그러므로 "내게는 백일몽이 필요치 않았다"라고 적고 있지만, 실제로는 심각하게 백일몽의 사막에 포획되어 있는 형국이다. "애초 방향 감각이 결여된 퍼런 배추벌레에 지나지 않았는지도 모른다"고 말하는 주인공이 사로잡힌 백일몽의 표상은 가히 위악적이다. "검은 배꼽"의 어둠에 포획되거나, "불결한 여자의 음모로 둥지를 튼 새들의 수면 사이를 꿈처럼 유영"한다. 혹은 "완벽하게 파괴된 자궁"이거나, 상처 입은 짐승이 스며드는 "파괴된 무덤"이거나 "병신의 시체가 숨겨진 도로의 맨홀"의 표상으로 나타나기도 한다. 골수를 숙주로 하여 살아가는 악령에 시달리는가 하면, "거짓된 희망을 주려는 듯 꼬불꼬불 길기만 한 무덤" 내지 "출구 없는 터널"에 봉착하기도 한다. 암흑 속에서 "내 머릿속에는 고속도로가 있다네. 맑은 날이면 빨간색 스포츠카를 타고 그곳을 질주하지. 흐린 날은 자전거를 타고 어슬렁대기도 하고. 하지만 비라도 내리면, 그곳에 누군가의 커다란 트럭이 굉음을 내며 달린다네. 그러면 내 머릿속의 도로는 무참히 파손되어 피를 토하지"라는 여자의 말을 듣고는 자신의 머릿속에 생긴 고속도로에서 "사방에 튀는 선홍색 피"를 목도한다. 이런 백일몽에 시달리면서 때때로 "왜 나는 나를 사랑하지 않고 복수를, 자학을, 쓰레기 같은 분노의 형상을 사랑해왔던가"라며 죄책감을 느끼기도 하지만, 악몽처럼 백일몽은 검은 심연으로, 심연으로 내려간다. 그럴수록 주인공은 소멸의 영점 지대를 향해 탈주하는 형국이 된다.

영, 혹은 무, 그리고 영원한 회귀의 기억. 불완전한 몸으로 나는 오랜 시간을 견뎌내었다. 하지만 영원할 수는 없었다. 한없이 비대해진, 뒤집혀진 내 속의 구멍은 삼키지 않아도 좋을 많은 것들을 끝내 삼켜버렸다. 또 반대로 마땅히 삼켜야 할 것들은 철저히 토해내며 나를 망가뜨렸다. 맥박보다는 경련에 가까운 움직임을 전신에 느끼며, 밤이면 불 꺼진 거리를 나는 배회했다. (……)
연못이었다. 완전히 열려버린 맨홀 속의 세계는, 그야말로 밑도 끝도 없는 연못이었다. 나는 멍하니 주저앉아 좁고 깊은 연못을 마주했다. 몸은 흔들흔들 중심을 잃었다. 머릿속은 텅, 비어 아무것도 아닌 것보다 깨끗해졌다. 아하, 그렇구나, 간단한 거구나. 나는 깨달았다. 하나, 둘, 그리고 셋이었구나. 이제 나는 알겠다. 더 이상 변명하지 말자. 조금씩 들려온다, 저 공간이 찢어지는 지독한 소리. 그 소리가 끝나기 전, 추락하듯 허리가 꺾이며 나는 시커먼 도로 위에 피를 쏟았다. 내 피에서는 고통보다 진한 비린내가 났다.

주인공은 지상에서 불구의 몸으로나마 고향으로 돌아가고 싶어했지만, 고향으로 돌아가는 길을 잊어버렸으므로, 결코 돌아갈 수 없었다. 어쩌면 그에게는 상상적 합일을 위한 유년기적 기억도 존재하지 않았는지 모른다. 유년기에도 그를 맞아준 "세상의 공기는 너무나 차가"웠으며, 아무렇지도 않게 나를 피하던 아버지는 앵두를 먹다가 "나를 살짝 밀어 아래로 떨어뜨렸"기에 댓돌의 모서리에 눈이 찔린 나는 "생애의 첫 아픔"을 느낄 수밖에 없었던 것이다. 그러니 그가 영원한 회귀의 기억에 매달리는 것도 차라리 이해가 된다. 그렇지만 영원한 회귀란 무엇인가. 저주받은 세상에서의 "까마득한 심연" 속으로 침잠해들어가면서 "일생을 결박하던 밧줄"을 벗겨내고 돌아갈 그곳은 어디인가. 죽음. 이 죽음에 이르는 타나토스에의 충동은 매우 절박하다. 삶이 죽음보다 더 병들었을 때, 죽음은 차라리 영원 회귀의 대상 공간이 되는 것이다.

「토끼를 기르기 전에 알아두어야 할 것들」은 "30년이나 같이 살아온 아내가 단 한 번의 뒤숭숭한 백일몽으로 인해 토끼로 변모해가는 것을 지켜보아야 하는" 몹시 고통스러운 나의 관찰기이자 탐문기다. 3주 동안 기르던 토끼 부부가 죽자 아내는 정신적 공황 상태에서 토끼처럼 행세하다가 토끼를 닮은 죽음을 맞이한다. 이

과정을 나는 아무렇지도 않게 보고하면서, 왜 아내는 그럴 수밖에 없었을까 하는 이유를 탐문해들어간다. 그 몇 가지 탐문 중에 타자 되기의 형이상학은 깊은 생각거리를 제공한다. "외로움"을 넘어서기 위한 타자 되기의 적극적 전략으로 인해 죽음으로까지 입사해 들어가는 추론 말이다. 그런가 하면 「불 끄는 자들의 도시」에서 변기자는 Y시에서 겉으로는 "의로운 사람들"로 칭송받던 불 끄는 자들의 실체를, "'의로운 사람들'이 아니라 '인육을 즐기는 사람들'"이라는 실체를 규명하려 하다가 결국 불에 타 죽는다. 주체의 진실이든, 타자의 진실이든 할 것 없이, 진실을 알고자 하는 사람들은, 박형서의 소설에서 죽음을 면치 못한다. 그들은 대체로 죽음을 담보로 죽음을 희미하게 밝힐 수 있을 따름이다. 그렇지만 이미 죽었으므로 그들은 영원히 진실을 알지 못한다. 묵시록치고도 아주 고약한 묵시록처럼 보인다.

3. 불길한 우연 혹은 혼돈 속의 혼돈

「사막에서」에는 이런 문장이 있다. "모든 것은 한순간이고, 삶이란 그러한 우연한 순간들의 연속이므로, 그리고 죽음이란 그 마지막 우연에 불과하므로." 또 이런 문장도 있다. "위치의 불확정성과 운동량의 불확정성의 곱은 플랑크 항수를 4π로 나눈 값보다 크거나 같으므로 그 각각의 성질을 정확히 파악하는 것은 불가능하다." 죽음마저 감당하며 인간의 운명과 진실을 탐문하고자 했지만, 그 진실에 이르는 것도, 이르지 못하는 것도 확정적일 수 없는 상태라는 것 혹은 혼돈스런 우연의 소산이라는 생각에 가 닿은 것은 퍽

쓸쓸한 일이다. 실제로 박형서는 우연의 모티프를 많이, 어쩔 수 없이 활용하고 있다. 「하얀 발목」「K」「물 한 모금」「이쪽과 저쪽」 등 여러 소설들은 불확정성 혹은 우연성 때문에 인간이 얼마나 불행할 수 있는가 하는 점을 극단적인 방식으로 보여준다.

「하얀 발목」의 경우 아내의 꿈 속에 등장하는 인물들은 한결같이 죽어간다. 「물 한 모금」에서는 아주 똑같은 특허품을 발명했지만, 물 한 모금 마실 시간의 차이 때문에 특허 등록을 하지 못하고, 치사한 모조자의 신세로 전락하는 운명의 사내가 있다. 발명품의 일치도, 특허 등록을 위한 도착 시간의 차이도 우연이 아니면 설명되기 어려운 성질의 것이다. 「이쪽과 저쪽」에서 양씨는 오랜 버릇처럼 "이쪽"만을 택하다가 우연히 살인자의 신세가 된다. 이들 작품에서 우연의 모티프는 어찌 보면 황당하기도 하고, 희화적이기도 하다. 그러나 작가는 이런 불길한 우연의 궤적을 조작적으로 배설하면서 인간 삶과 세상의 일들이 얼마나 혼돈스러운가를 역설적으로 증거하고 싶었던 것이 아닐까 짐작된다. 혼돈 속의 질서는 희망처럼 속기 쉬운 것이지만, 그것은 애초에 없거나 불가능한 것이라고 작가는 생각하는 것 같다. 질서는 물론, 혼돈 속에서 어렵사리 찾아들 혼돈 속의 질서도 불가능하기에 남는 것은 오직 혼돈 속의 혼돈일 뿐이다. 신진 작가 박형서가 착목한 핵심 문제 영역은 바로 이 지점일 터이다.

혼돈 속의 혼돈을 더욱 혼돈스러운 방식으로 탐문하기 위한 서사 기제 중의 하나가 다름 아닌 불길한 우연의 모티프다. 그러나 이 계열의 작품들은 혼돈스런 백일몽 계열의 작품들에 비해 단순하게 느껴지는 게 사실이다. 당연하게도 현실 설명력도 환기력도 상대적으로 취약한 편이다. 불길한 우연의 그럴듯함을 위한 서사적 수고가 더욱 요구되는 대목이다. 그런 면에서 등단 초기의 작품인 「사막에서」나 「하나, 둘, 셋」의 세계를 더욱 확대, 심화하지 않은 것이 다소간 안타깝게 느껴지기도 한다. 지독한 묵시록의 세계, 그 검은 궁륭의 심연에서 모색하던 '혼돈 속의 혼돈'의 서사 전략에 새로운 에너지를 보태 더욱 새롭고, 더욱 깊고, 더욱 고통스러우면서도 진정성이 느껴지는 그런 소설의 방향으로 상상적 탈주의 여로를 보여줄 수 있기를 바란다.

작가의 말

　돌이켜보면 나는 항상 어딘가에 갇혀 있었다. 어딘가에 갇혀, 밑도 끝도 없는 초조함에 시달리고 있었다. 슬슬 이 도박장의 규칙에 익숙해질 때도 되었건만, 난 여전히 잊거나 혹은 잃기만 한다. 이미 많은 것을 잃었다.

　무엇 하나 기대할 수 없는 패를 들고 지난 3년을 버텨왔다. 자금은 오래전에 바닥이 났는데, 더 배짱을 부리려면 뒷주머니에 숨겨놓은 차비마저 태연한 낯으로 내놓아야 할 판이다. 알거지가 되어 터벅터벅 돌아갈 멀고먼 거리를 헤아릴 때, 당신은 테이블 맞은편에서 고개를 들고는 오호라 그게 전부였구나, 그 별것도 아닌 걸 가지고 여기까지 따라왔구나 하며 나를 꾸짖을 셈인가. 애써 무시하려 해도, 뼛속까지 훑는 듯한 그 시선에 자꾸만 고개가 숙여진다. 천연덕스럽게 너스레를 떨지도 못하고, 훌훌 털며 사내답게 일어서지도 못하고, 이건 전부 사기라며 울부짖지도 못하고, 요놈의 손모가지를 뎅경 잘라버리지도 못하고, 아아 어찌하여 나는 이 빌어먹을 패를 확 내던지지도 못하고.

이제, 부끄러운 내 첫 패를 당신 앞에 늘어놓는다. 그러니 어서 이 패를 다시 섞으라. 부디 나에게도 무언가 좋은 것이 들어오도록.

2003년 12월
박형서